NOUS N'IRONS PLUS AU BOIS

Mary Higgins Clark, d'origine irlandaise, née à New York, est l'un des plus célèbres écrivains américains, un maître incontesté de l'énigme. Tous ses livres : *La Nuit du Renard* (Grand Prix de littérature policière), *La Clinique du Docteur H.*, *Un cri dans la nuit, La Maison du Guet, Le Démon du passé, Ne pleure pas ma belle, Dors ma jolie, Le Fantôme de Lady Margaret, Recherche jeune femme aimant danser, Un jour tu verras, Souviens-toi*, remportent invariablement un succès considérable.

MARY HIGGINS CLARK

Nous n'irons plus au bois

ROMAN TRADUIT DE L'ANGLAIS
PAR ANNE DAMOUR

ALBIN MICHEL

Édition originale américaine :

ALL AROUND THE TOWN

*Pour mon dernier petit-fils
Justin Louis Clark,
avec toute ma tendresse.*

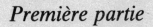

Première partie

1

Il y avait à peine dix minutes, la petite Laurie Kenyon, une enfant de quatre ans, était assise par terre en tailleur, dans le petit salon où elle jouait à placer et déplacer les meubles dans sa maison de poupée. Elle en avait assez de s'amuser seule et aurait bien aimé aller à la piscine. Depuis la salle à manger lui parvenaient les voix de sa maman et des dames qui allaient tous les jours à la même école qu'elle à New York. Elles parlaient et riaient tout en déjeunant.

Parce que Sarah, sa grande sœur de douze ans, assistait à une fête d'anniversaire chez d'autres enfants, maman avait dit à Laurie que Beth, la jeune fille qui venait parfois la garder le soir, l'emmènerait à la piscine. Mais à peine arrivée, Beth s'était mise à téléphoner.

Laurie repoussa ses longs cheveux blonds qui lui tenaient trop chaud. Elle était montée dans sa chambre il y a un bout de temps et avait enfilé son nouveau costume de bain rose. Peut-être que si elle rappelait à Beth...

Beth était roulée en boule sur le canapé, le téléphone

coincé entre son épaule et son oreille. Laurie la tira par le bras. « Je suis prête. »

Beth eut l'air furieuse. « Dans une minute, mon chou, dit-elle. J'ai une discussion très importante. » Laurie l'entendit soupirer dans l'appareil. « Je *déteste* faire du baby-sitting. »

Laurie alla à la fenêtre. Une longue voiture passait lentement devant la maison. Suivaient une décapotable remplie de fleurs, puis toute une procession de voitures qui roulaient avec leurs phares allumés. Chaque fois qu'elle voyait des voitures comme celles-là, Laurie disait toujours qu'il allait y avoir un défilé, mais maman disait non, c'était un convoi funéraire en route vers le cimetière. Pourtant on aurait vraiment dit un défilé, et Laurie aimait courir dans l'allée et faire de grands gestes de la main aux gens dans les voitures. Parfois, ils lui rendaient son salut.

Beth raccrocha. Laurie s'apprêtait à lui demander de sortir avec elle pour regarder passer le reste des voitures quand Beth s'empara à nouveau du téléphone.

Beth était *méchante*, se dit Laurie. Elle franchit le vestibule sur la pointe des pieds et jeta un coup d'œil dans la salle à manger. Maman et ses amies étaient encore en train de bavarder et de rire. Maman disait : « Je n'arrive pas à croire que nous sommes toutes sorties diplômées de Villa il y a déjà trente ans. »

La dame à côté d'elle dit : « Toi au moins, Marie, tu peux cacher la vérité. Tu as une fille de quatre ans. Moi, c'est ma *petite-fille* qui a quatre ans ! »

— Quand même, nous sommes drôlement bien conservées », déclara une autre dame. Et elles recommencèrent à rire.

Elles ne jetèrent même pas un regard à Laurie. Elles aussi étaient méchantes. La jolie boîte à musique que l'amie de maman lui avait apportée était posée sur la table. Laurie s'en empara. La porte d'entrée était distante de quelques pas à peine. Elle l'ouvrit sans bruit, traversa la véranda en courant et s'élança le long de l'allée vers la route. Il y avait encore des voitures qui passaient devant la maison. Elle fit de grands gestes.

Elle resta à regarder jusqu'à ce qu'elles soient hors de vue, puis soupira, espérant que les invitées de maman rentreraient bientôt chez elles. Elle remonta la boîte à musique et entendit le son grêle d'un piano et des voix qui chantaient : « Nous n'irons plus au bois... »

« Petite fille. »

Laurie n'avait pas vu la voiture ralentir et s'arrêter. C'était une femme qui était au volant. L'homme assis près d'elle sortit, souleva Laurie dans ses bras et, avant qu'elle ne comprît ce qui lui arrivait, elle se retrouva coincée entre eux deux à l'avant. Laurie fut trop surprise pour dire un mot. L'homme lui souriait, mais ce n'était pas un gentil sourire. Les cheveux de la femme pendaient dans son cou et elle ne portait pas de rouge à lèvres. L'homme avait une barbe et ses bras étaient couverts de poils frisés. Laurie était tellement pressée contre lui qu'elle les sentait lui frôler la peau.

La voiture démarra. Laurie se cramponna à la boîte à musique. Maintenant les voix chantaient : « Nous n'irons plus au bois, les lauriers sont coupés... »

« Où on va ? » demanda-t-elle. Elle se rappela qu'elle n'avait pas le droit d'aller seule sur la route. Maman serait très fâchée contre elle. Elle sentit les larmes lui piquer les yeux.

La femme paraissait très contrariée. L'homme dit : « Nous n'irons plus au bois, petite fille, nous n'irons plus au bois. »

2

Sarah marchait en se dépêchant sur le bas-côté de la route, portant avec précaution une part du gâteau d'anniversaire dans une assiette en carton. Laurie adorait le gâteau au chocolat et Sarah voulait se faire pardonner de l'avoir laissée seule pendant que maman recevait ses invitées.

C'était une longue perche de douze ans, avec de

grands yeux gris, des cheveux roux qui frisaient par temps humide, une peau de lait et un nez constellé de taches de rousseur. Elle ne ressemblait à aucun de ses parents — sa mère était petite, blonde, avec des yeux bleus ; la chevelure grise de son père avait été châtain foncé à l'origine.

John et Marie Kenyon étaient beaucoup plus âgés que les parents des autres enfants, et Sarah se tourmentait. Elle craignait de les voir mourir avant qu'elle ne soit grande. Un jour, sa mère lui avait expliqué : « Nous nous sommes mariés il y a quinze ans, et j'avais renoncé à l'espoir d'avoir un bébé quand, à l'âge de trente-sept ans, j'ai su que tu allais naître. Un vrai cadeau. Puis huit ans plus tard, lorsque Laurie est arrivée… oh, Sarah, ce fut comme un miracle ! »

En classe de cinquième, Sarah avait demandé à Sœur Catherine ce qui était mieux, un cadeau ou un miracle ?

« Un miracle est le plus grand cadeau qu'un être humain puisse recevoir », avait répondu Sœur Catherine. Cet après-midi-là, Sarah s'était soudain mise à pleurer en classe et elle avait menti, prétextant qu'elle avait mal au ventre.

Même en sachant que Laurie était la préférée, Sarah aimait ses parents avec passion. A l'âge de dix ans, elle avait conclu un marché avec Dieu. S'Il permettait que papa et maman restent en vie jusqu'à ce qu'elle soit grande, elle ferait la vaisselle tous les soirs, s'occuperait de Laurie, et ne mâcherait plus jamais de chewing-gum. Elle tenait sa promesse, et jusqu'ici Dieu l'avait entendue.

Un sourire inconscient sur les lèvres, Sarah tourna au coin d'Oak Street et s'immobilisa. Deux voitures de police stationnaient dans l'allée de sa maison, leurs gyrophares encore en marche. Une foule de voisins se pressaient à l'extérieur, y compris les nouveaux occupants de la maison un peu plus bas dans la rue, dont ils n'avaient pas encore fait réellement connaissance. Ils paraissaient tous effrayés et tristes, et tenaient leurs enfants fermement par la main.

Sarah se mit à courir. Maman ou papa étaient peut-être malades. Elle aperçut Richie Johnson sur la pelouse. Il était dans sa classe à Mount Carmel. Sarah demanda à Richie pourquoi tous ces gens se trouvaient là.

Il la regarda d'un air navré. Laurie avait disparu, lui dit-il. La vieille Mme Whelan avait vu un homme l'emmener dans une voiture, mais elle n'avait pas réalisé que Laurie se faisait kidnapper…

3

1974-1976
Bethlehem, Pennsylvanie

Ils ne voulaient pas la ramener à la maison.

Ils roulèrent pendant longtemps et l'emmenèrent dans une maison poussiéreuse, quelque part au fond des bois. Ils la frappaient si elle criait. L'homme la prenait tout le temps dans ses bras et il la serrait fort contre lui. Puis il la portait en haut des escaliers. Elle voulait l'en empêcher, mais il se moquait d'elle. Ils l'appelaient Lee. Leurs noms étaient Bic et Opal. Au bout d'un certain temps elle apprit à leur échapper, en esprit. Parfois, elle planait simplement en l'air et regardait ce qui arrivait à la petite fille aux longs cheveux blonds. Elle se sentait quelquefois triste pour la petite fille. De temps en temps, elle se riait d'elle. Et parfois aussi, lorsqu'ils la laissaient dormir seule, elle rêvait à d'autres gens, à maman, à papa et à Sarah. Mais alors elle recommençait à pleurer et ils la frappaient, aussi se força-t-elle à oublier maman, papa et Sarah. *C'est très bien*, lui disait une voix dans sa tête. *Oublie-les définitivement.*

Au début, la police vint tous les jours chez eux, et la photo de Laurie fut publiée en première page des journaux du New Jersey et de New York. Les yeux secs, Sarah regarda sa mère et son père à l'émission « Good Morning, America », suppliant le ou les ravisseurs de leur rendre Laurie.

Des douzaines et des douzaines de gens téléphonèrent pour dire qu'ils avaient vu Laurie, mais aucune des pistes ne donna quelque chose. La police avait espéré que les ravisseurs demanderaient une rançon, mais il n'en fut rien.

L'été tirait à sa fin. Sarah voyait le visage de sa mère devenir de plus en plus hagard et sombre, tandis que son père cherchait constamment dans sa poche ses pilules pour le cœur. Chaque matin, ils se rendaient à la messe de sept heures et priaient pour le retour de Laurie. Souvent Sarah se réveillait la nuit en entendant les sanglots de sa mère, les efforts las de son père pour la consoler. « La naissance de Laurie fut un miracle, lui disait-il. Un autre miracle nous la ramènera peut-être. »

L'école reprit. Sarah avait toujours été une bonne élève. Elle se plongea désormais dans ses livres, trouvant dans l'étude un moyen de noyer son chagrin. Sportive de nature, elle prit des leçons de golf et de tennis. Pourtant sa petite sœur lui manquait cruellement. Peut-être Dieu la punissait-il pour les rares occasions où elle avait jalousé l'attention que ses parents portaient à Laurie. Elle s'en voulait d'avoir assisté à cette fête d'anniversaire ce jour-là, et elle oubliait que Laurie avait l'interdiction formelle de sortir seule dehors. Elle promit que si Dieu ramenait Laurie, elle s'occuperait toujours, *toujours* d'elle.

L'été s'écoula. Le vent se mit à souffler à travers les fissures des murs. Laurie avait toujours froid. Un jour Opal lui rapporta des chemises à manches longues, une salopette et une veste d'hiver. Ce n'était pas aussi joli que les vêtements habituels de Laurie. Lorsque revinrent les jours chauds, ils lui achetèrent d'autres affaires, des shorts, des chemisiers et des sandales. Un autre hiver passa. Laurie regarda le grand arbre centenaire devant la maison se couvrir de bourgeons, puis elle vit les feuilles s'ouvrir et recouvrir toutes les branches.

Bic avait une vieille machine à écrire dans la chambre. Son crépitement résonnait aux oreilles de Laurie quand elle faisait la vaisselle dans la cuisine ou regardait la télévision. Elle aimait bien ce bruit. Il signifiait que Bic ne viendrait pas la tourmenter.

Au bout d'un moment, il sortirait de la chambre, une liasse de feuillets à la main, et se mettrait à les lire à haute voix à Laurie et Opal. Il parlait toujours très fort et concluait par les mêmes mots : « Alléluia. Amen ! » Une fois qu'il avait fini, lui et Opal chantaient ensemble. Ils appelaient ça s'exercer. Des chants sur le Seigneur et la maison du Seigneur.

La maison. Il ne fallait plus penser à ce mot, disaient ses voix à Laurie.

Laurie ne voyait jamais personne. Uniquement Bic et Opal. Et lorsqu'ils sortaient, ils l'enfermaient à la cave. Cela arrivait souvent. Elle avait très peur en bas. La fenêtre se trouvait presque à la hauteur du plafond et elle avait des barreaux. La cave était pleine d'ombres, et parfois on aurait dit qu'elles bougeaient. Laurie essayait de s'endormir le plus vite possible sur le matelas qu'ils laissaient sur le sol.

Bic et Opal ne recevaient presque jamais d'invités. Si quelqu'un venait à la maison, ils forçaient Laurie à descendre à la cave et lui enchaînaient la jambe à un tuyau, pour qu'elle ne puisse pas monter l'escalier et frapper à la porte. « Et ne t'avise pas de nous appeler, l'avait prévenue Bic. Tu le regretterais, et de toute façon personne ne t'entendrait. »

Ils ramenaient généralement de l'argent de leurs sorties. Peu ou beaucoup, ça dépendait. Surtout des pièces et des billets d'un dollar.

Ils lui permettaient de les accompagner dans le jardin à l'arrière de la maison, lui montraient comment arracher les mauvaises herbes dans le jardin potager, ramasser les œufs dans le poulailler. Il lui donnèrent même un petit poussin qui devint son animal familier. Elle jouait avec lui dehors. Quelquefois, quand ils l'enfermaient à la cave avant de s'en aller, ils lui permettaient de le garder avec elle.

Jusqu'à cet horrible jour où Bic le tua.

Un matin, ils se mirent brusquement à faire leurs valises — le strict nécessaire : leurs vêtements, le poste de télévision et la machine à écrire de Bic. Bic et Opal riaient et chantaient : « *ALLÉLUIA*. »

« Une station radio de quinze mille watts dans l'Ohio, jubila Bic. Pays des adorateurs de la Bible, nous voilà. »

Ils roulèrent pendant deux heures. Puis du siège arrière où elle était recroquevillée contre les vieilles valises cabossées, Laurie entendit Opal proposer : « Si on allait déjeuner dans un restaurant sur la route ? Personne ne prêtera attention à elle. Pourquoi la remarquerait-on ? »

Bic dit : « Tu as raison. » Puis il jeta un regard à Laurie par-dessus son épaule. « Opal te commandera un sandwich et du lait. Ne parle à personne, tu entends ? »

Ils pénétrèrent dans une salle avec un long comptoir, des tables et des chaises. Laurie avait tellement faim qu'elle sentait presque dans sa bouche le goût du bacon frit. Mais il y avait autre chose. Elle se rappelait être entrée dans un endroit comme celui-ci avec les autres gens. Un sanglot qu'elle ne put retenir monta dans sa gorge. Bic la poussa en avant pour qu'elle suive Opal et

16

elle se mit à pleurer. A sangloter si fort qu'elle ne pouvait plus reprendre sa respiration. Elle vit la dame à la caisse la dévisager. Bic la prit brusquement par le bras et l'entraîna au pas de course hors du restaurant vers le parking, Opal sur ses talons.

Bic la projeta violemment sur la banquette arrière de la voiture et se précipita avec Opal à l'avant. Tandis qu'Opal appuyait à fond sur l'accélérateur, il se tourna vers Laurie, le bras levé. Elle essaya d'éviter la main poilue qui giflait et giflait son visage. Mais après le premier coup, elle ne ressentit plus rien. Elle était seulement triste pour la petite fille qui pleurait si fort.

6

Juin 1976
Ridgewood, New Jersey

Assise aux côtés de son père et de sa mère, Sarah regardait le programme de télévision sur les enfants disparus. La dernière partie concernait Laurie. On voyait des photos prises peu avant sa disparition. Une image digitalisée traçait son portrait présumé aujourd'hui, deux ans après son enlèvement.

Lorsque l'émission prit fin, Marie Kenyon sortit de la pièce, hurlant : « Je veux mon enfant. Je veux mon enfant. »

Les joues inondées de larmes, Sarah entendit son père qui essayait désespérément de consoler sa mère. « Peut-être cette émission sera-t-elle l'instrument d'un miracle », disait-il. Il ne semblait pas convaincu.

Ce fut Sarah qui répondit au téléphone une heure plus tard. Bill Conners, le commissaire de police de Ridgewood, avait toujours traité Sarah en adulte. « Je suppose que tes parents sont bouleversés après cette émission, dit-il.

— Oui.

— Je ne sais pas s'il faut leur donner de l'espoir, mais on a reçu un appel téléphonique qui annonce peut-être une bonne nouvelle. La caissière d'un routier à Harrisburg, en Pennsylvanie, affirme avoir vu Laurie cet après-midi.

— Cet après-midi ! » Sarah crut que sa respiration s'arrêtait.

« Elle s'est inquiétée en voyant la petite fille éclater en sanglots hystériques. Mais ce n'était pas par caprice. Elle hoquetait en s'efforçant de se contenir. La police de Harrisburg a la photo actualisée de Laurie.

— Qui était avec elle ?

— Un homme et une femme. Du genre hippie. La description est malheureusement vague. L'attention de la caissière était concentrée sur l'enfant, et elle n'a jeté qu'un coup d'œil rapide au couple. »

Il laissa à Sarah le soin de décider s'il était sage de prévenir ses parents, de raviver leurs espoirs. Elle passa un autre marché avec Dieu. « Faites ce miracle pour eux. Faites que la police de Harrisburg retrouve Laurie. Et je m'occuperai toujours d'elle. »

Elle s'élança dans l'escalier pour donner à sa mère et à son père cette nouvelle raison d'espérer.

7

La voiture montra des signes de faiblesse peu après qu'ils eurent quitté le restaurant. Chaque fois qu'ils ralentissaient dans les encombrements, le moteur crachotait et s'arrêtait. Lorsque les ratés se reproduisirent pour la troisième fois, freinant le flot de voitures derrière eux, Opal dit : « Bic, si nous tombons réellement en panne et qu'un flic rapplique, il vaudra mieux faire attention. Il pourrait se mettre à poser des questions à son sujet. » Elle désigna Laurie d'un signe de la tête.

Bic lui ordonna de quitter la grand-route et de

chercher une station-service de dépannage. Lorsqu'ils en trouvèrent une, il força Laurie à s'allonger sur le plancher et empila sur elle des sacs-poubelle remplis de vieux vêtements avant d'entrer dans le garage.

La voiture avait besoin de réparations importantes ; elle ne serait pas prête avant le lendemain. Il y avait un motel non loin du garage. Le mécanicien leur dit qu'il était correct et bon marché.

Ils se rendirent en voiture au motel. Bic alla à la réception et en ressortit avec la clef. Il allèrent ensuite se garer devant la chambre et Bic poussa brutalement Laurie à l'intérieur. Ils regardèrent la télévision pendant le restant de l'après-midi. Bic rapporta des hamburgers pour le dîner. Laurie s'endormit au moment où commençait l'émission sur les enfants disparus. Elle se réveilla pour entendre Bic jurer. *Garde les yeux fermés,* lui dit une voix intérieure. *Sinon il va s'en prendre à toi.*

« La caissière l'a très bien vue, disait Opal. Suppose qu'elle soit en train de regarder cette émission. Il faut nous débarrasser de cette gosse. »

Le lendemain après-midi, Bic alla seul chercher la voiture. Lorsqu'il revint, il installa Laurie sur le lit et lui maintint les bras immobilisés contre le corps. « Quel est mon nom ? lui demanda-t-il.

— Bic. »

Il fit un signe de tête vers Opal. « Et elle, comment s'appelle-t-elle ?

— Opal.

— Je veux que tu oublies tout ça, tu m'entends ? Je veux que tu nous oublies. Ne parle jamais de nous. Est-ce que tu comprends, Lee ? »

Laurie ne répondit pas. *Dis oui,* chuchota une voix impatiente. *Hoche la tête et dis oui.*

« Oui, dit-elle doucement, et elle sentit sa tête s'incliner.

— Te souviens-tu du jour où j'ai coupé la tête du poulet ? » demanda Bic.

Elle ferma les yeux. Le poulet avait couru en voletant dans le jardin, un flot de sang jaillissant de son cou. Puis il s'était effondré à ses pieds. Elle avait voulu hurler en voyant le sang se répandre autour d'elle, mais aucun son n'était sorti de sa bouche. Elle ne s'était plus jamais approchée des poules par la suite. Parfois, elle rêvait que le poulet sans tête la poursuivait.

« Tu te souviens ? répéta Bic, resserrant l'étau de ses doigts sur ses bras.

— Oui.

— Nous devons partir. Nous allons te laisser à un endroit où des gens te trouveront. Si jamais tu prononces devant quelqu'un mon nom ou celui d'Opal, si tu dis le nom que nous t'avons donné ou si tu parles de l'endroit où nous habitions ou des choses que nous faisions ensemble, je viendrai avec le couteau du poulet et je te couperai la tête. Tu m'as compris ? »

Le couteau. Long et pointu, taché du sang du poulet.

« Promets que tu ne diras rien à personne, exigea Bic.

— Promis, promis », murmura-t-elle désespérément.

Ils montèrent dans la voiture. Une fois de plus, ils la forcèrent à se coucher sur le plancher. Il faisait si chaud. Les sacs-poubelle lui collaient à la peau.

A la nuit tombée, ils s'arrêtèrent devant un grand bâtiment. Bic la fit sortir de la voiture. « C'est une école, lui dit-il. Des gens viendront demain matin, ainsi que d'autres enfants avec lesquels tu pourras jouer. Reste ici et attends-les. »

Elle eut un mouvement de recul pour éviter son baiser humide, son étreinte passionnée. « Tu me rends fou, dit-il, mais n'oublie pas, si tu dis un seul mot sur nous... » Il leva le bras, ferma son poing comme s'il tenait un couteau et fit mine de lui trancher le cou.

« Je promets, sanglota-t-elle. Je promets. »

Opal lui tendit un paquet de biscuits et un Coca. Elle les regarda s'éloigner. Elle savait que si elle ne restait pas là sans bouger, ils reviendraient lui faire mal. Il faisait si noir. Elle entendait des bruits d'animaux dans les bois alentour.

Laurie se pelotonna contre la porte du bâtiment et serra ses bras autour d'elle. Elle avait eu trop chaud pendant toute la journée et maintenant le froid et la peur la faisaient frissonner. Peut-être que le poulet sans tête courait dans les parages. Elle se mit à trembler.

Quelle trouillarde ! Elle se laissa glisser dans l'inconscience pour ne plus entendre la voix moqueuse qui riait de la petite silhouette blottie devant l'entrée de l'école.

8

Le commissaire de police Conners téléphona à nouveau dans la matinée. La piste semblait bonne, dit-il. Une enfant répondant au signalement de Laurie avait été trouvée par le concierge d'une école des environs de Pittsburgh à l'heure de l'ouverture. On envoyait là-bas en urgence les empreintes digitales de Laurie.

Une heure plus tard, le téléphone sonna à nouveau. Les empreintes correspondaient. Laurie allait rentrer à la maison.

9

John et Marie Kenyon prirent l'avion pour Pittsburgh. On avait emmené Laurie à l'hôpital pour lui faire subir des examens. Le lendemain, au journal télévisé de midi, Sarah regarda sa mère et son père quitter l'hôpital, encadrant Laurie. Sarah s'accroupit devant le poste et l'agrippa à deux mains. Laurie avait grandi. Ses boucles blondes étaient en broussaille. Elle était très maigre. Mais il y avait autre chose. Laurie avait toujours eu l'air si confiant. Aujourd'hui, bien qu'elle gardât la tête baissée, ses yeux allaient de droite à gauche comme si elle cherchait quelque chose qu'elle redoutait de trouver.

Les journalistes les bombardaient de questions. John Kenyon répondait d'une voix tendue et lasse : « Les médecins nous ont affirmé que Laurie est en bonne santé, bien qu'elle ait beaucoup maigri. Bien sûr, elle est un peu perdue et effrayée.

— A-t-elle parlé des ravisseurs ?

— Elle n'a parlé de rien. Je vous en prie, nous vous sommes infiniment reconnaissants de votre intérêt et de votre attention, mais nous aimerions nous retrouver calmement en famille. » La voix de son père suppliait presque.

« Y a-t-il un signe qu'on ait abusé d'elle sexuellement ? »

Sarah vit l'horreur se peindre sur le visage de sa mère. « Non, absolument pas ! » dit-elle. Son ton était épouvanté. « Nous sommes convaincus que les gens qui ont enlevé Laurie voulaient simplement avoir un enfant. Nous espérons seulement qu'ils n'ont pas fait subir ce cauchemar à une autre famille. »

Sarah ressentit le besoin de libérer l'énergie qui bouillonnait en elle. Elle alla préparer le lit de Laurie avec les draps à motifs de Cendrillon qu'aimait tant sa sœur. Elle disposa ses jouets préférés dans sa chambre, les poupées jumelles dans leurs berceaux, la maison de poupée, l'ours, les livres de Jeannot Lapin. Elle plia sa couverture fétiche, son « doudou » sur l'oreiller.

Laurie adorait les lasagnes. Sarah alla en bicyclette jusqu'à l'épicerie acheter du fromage, des pâtes et de la viande hachée. Le téléphone ne cessa de sonner pendant qu'elle s'affairait à la cuisine. Elle parvint à convaincre tout le monde d'attendre quelques jours avant de venir leur rendre visite.

Ils devaient arriver à la maison vers six heures du soir. A sept heures et demie, les lasagnes étaient au four, la salade dans le réfrigérateur, la table mise à nouveau pour quatre personnes. Sarah monta se changer. Elle s'examina dans la glace. Laurie se souviendrait-elle d'elle ? Elle avait pris huit centimètres durant ces deux dernières années, passant d'un mètre soixante-deux à un mètre soixante-dix. Elle avait les cheveux coupés court et non plus flottants dans le dos. Elle était une véritable planche à pain autrefois. Aujourd'hui, à l'âge de quatorze ans, elle commençait à avoir de la poitrine. Et elle portait des lentilles de contact à la place de ses lunettes.

Sarah se souvint qu'elle avait un jean et un long T-shirt la veille de l'enlèvement de Laurie. Le T-shirt se trouvait encore dans son placard. Elle l'enfila sur son jean.

Les reporters de la télévision étaient massés dans l'allée quand la voiture s'arrêta. Des groupes de voisins et d'amis se tenaient à l'arrière-plan. Tout le monde se mit à applaudir au moment où la portière de la voiture s'ouvrit et où John et Marie Kenyon apparurent avec Laurie.

Sarah s'élança vers sa petite sœur et tomba à genoux. « Laurie », dit-elle doucement. Elle tendit les bras et vit Laurie porter les mains à son visage. Elle a peur que je la frappe, pensa Sarah.

Ce fut elle qui prit Laurie dans ses bras et la porta à l'intérieur de la maison pendant que ses parents répondaient une dernière fois aux journalistes.

Laurie ne parut pas reconnaître la maison. Elle ne dit pas un mot. Au dîner, elle mangea en silence, les yeux baissés sur son assiette. Une fois son repas terminé, elle se leva, apporta son assiette dans l'évier et commença à débarrasser la table.

Marie se leva. « Chérie, tu n'as pas besoin de…

— Laisse-la faire, maman », l'interrompit doucement Sarah. Elle aida Laurie à débarrasser, lui disant qu'elle était une grande fille, qu'elle l'aidait toujours à faire la vaisselle autrefois. Tu te souviens ?

Ils allèrent ensuite tous les quatre dans le petit salon et Sarah alluma la télévision. Laurie se recula en tremblant lorsque Marie et John lui demandèrent de s'asseoir entre eux. « Elle a peur, les prévint Sarah. Faites comme si elle n'était pas là. »

Les yeux de sa mère s'emplirent de larmes, mais elle

fit mine de s'intéresser à l'émission. Laurie s'assit par terre en tailleur, choisissant un endroit d'où elle pouvait voir sans être vue.

A neuf heures du soir, lorsque Marie lui proposa de monter prendre un bain avant d'aller au lit, Laurie sembla prise de panique. Elle pressa ses genoux contre sa poitrine et se cacha la figure dans ses mains. Sarah et son père échangèrent un regard.

« Pauvre petit chou, dit-il. Tu n'as pas envie d'aller te coucher maintenant, n'est-ce pas ? » Sarah vit dans son regard le même refus d'affronter la réalité qu'elle avait lu dans les yeux de sa mère. « C'est parce que tout est tellement étrange pour toi, n'est-ce pas ? »

Marie s'efforçait de dissimuler ses larmes. « Elle a peur de nous », murmura-t-elle.

Non, pensa Sarah. Elle a peur d'aller au lit. Pourquoi ?

Ils laissèrent la télévision en marche. A dix heures moins le quart, Laurie s'étendit sur le sol et s'endormit. Ce fut Sarah qui la monta dans sa chambre, la changea, la borda dans son lit, glissa son doudou dans ses bras.

John et Marie entrèrent sur la pointe des pieds et s'assirent de part et d'autre du petit lit blanc, s'absorbant dans le miracle qui leur avait été accordé. Ils ne virent pas Sarah quitter furtivement la pièce.

Laurie dormit longtemps et tard. Dans la matinée, Sarah passa la voir, savourant la vision des longs cheveux blonds répandus sur l'oreiller, de la petite forme blottie avec son doudou contre son visage. Elle répéta la promesse qu'elle avait faite à Dieu. « Je prendrai toujours soin d'elle. »

Sa mère et son père étaient déjà levés. Ils semblaient tous les deux exténués mais débordants de joie. « Nous n'avons cessé d'aller vérifier si elle était réellement là, dit Marie. Sarah, nous nous disions à l'instant que nous n'aurions jamais pu traverser ces deux années sans toi. »

Sarah aida sa mère à préparer le petit déjeuner préféré de Laurie, pancakes et bacon. Quelques minutes plus tard, Laurie entra en trottinant dans la pièce, sa chemise de nuit lui arrivant maintenant aux genoux, traînant sa couverture fétiche derrière elle.

Elle grimpa sur les genoux de Marie. « Maman, dit-elle, d'un ton boudeur. Hier, je voulais aller à la piscine et Beth a passé son temps à téléphoner. »

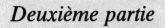

Deuxième partie

10

12 septembre 1991
Ridgewood, New Jersey

Pendant la messe, Sarah ne cessa de surveiller Laurie du coin de l'œil. La vue des deux cercueils au bas de l'autel l'avait comme hypnotisée. Elle les fixait, les yeux secs, apparemment insensible à la musique, aux prières, à l'homélie. Sarah avait dû prendre sa sœur par le coude pour lui rappeler de se lever ou de s'agenouiller.

A la fin de la messe, au moment où Mgr Fisher bénit les cercueils, Laurie murmura : « Maman, papa, je vous demande pardon, je ne sortirai plus jamais seule dans la rue.

— Laurie », chuchota Sarah.

Laurie tourna vers elle un regard vide, puis détourna la tête et avec une expression étonnée contempla l'église bondée. « Tous ces gens. » Sa voix semblait intimidée et jeune.

La chorale entonna l'hymne finale, « Grâce suprême ».

Se mêlant à l'assemblée, un couple au fond de l'église se mit à chanter, doucement au début, puis plus fort. L'homme était visiblement habitué à chanter en solo. Comme à l'accoutumée, il se laissa emporter et sa voix

29

de baryton s'éleva au-dessus des autres, dominant celle plus faible du soliste. L'assistance se tourna dans sa direction, l'attention distraite, admirative.

« J'étais perdu, mais tu m'as retrouvé… »

A travers sa peine et sa douleur, Laurie sentit brusquement une terreur glaciale la traverser. Cette voix. Elle résonnait dans sa tête, dans tout son être.

Je suis perdue, gémit-elle en silence. *Je suis perdue*.

On emmenait les cercueils.

Les roues de l'estrade sur laquelle était posé le cercueil de sa mère grincèrent.

Elle entendit les pas mesurés des porteurs.

Puis le crépitement de la machine à écrire.

« … *J'étais aveugle, mais tu m'as rendu la vue*. »

« Non ! Non ! » hurla Laurie, avant de s'effondrer dans une bienheureuse obscurité.

Plusieurs douzaines des camarades de classe de Laurie étaient venus de l'université de Clinton pour assister à la messe, ainsi que quelques professeurs. Allan Grant, son professeur d'anglais, était présent et il vit avec émotion Laurie s'évanouir sous ses yeux.

Allan Grant était l'un des professeurs les plus populaires de Clinton. La quarantaine à peine entamée, il avait des cheveux bruns, drus et indisciplinés, parsemés çà et là de fils gris. De grands yeux marron au regard plein d'humour et d'intelligence étaient la caractéristique principale de son visage plutôt allongé. Sa silhouette dégingandée vêtue avec décontraction lui donnait une apparence que bien des étudiantes trouvaient irrésistible.

Grant s'intéressait sincèrement à ses étudiants. Laurie avait suivi régulièrement ses cours depuis son arrivée à Clinton. Il connaissait son passé et se montrait attentif aux éventuels effets secondaires liés à son enlèvement. Les seules fois où il avait remarqué quelque chose, c'était durant les cours de création littéraire. Laurie était incapable de rédiger un essai personnel. Par ailleurs, ses critiques de romans et de pièces de théâtre étaient pertinentes et pleines de réflexion.

Trois jours auparavant, elle se trouvait dans sa classe lorsqu'on était venu lui demander de se rendre immédiatement au bureau de l'administration. Le cours se terminait et, la sentant troublée, il l'avait accompagnée. Tandis qu'ils traversaient à la hâte le campus, elle lui avait raconté que sa mère et son père devaient lui ramener sa voiture et reprendre la leur. Elle avait oublié de faire réviser son cabriolet et avait emprunté la berline de sa mère pour rentrer à l'université après le week-end. « Ils ont probablement pris du retard, avait-elle dit, cherchant visiblement à se rassurer. Ma mère dit toujours que je m'inquiète trop à leur sujet. Mais elle n'est pas en bonne santé et papa va avoir soixante-douze ans. »

L'air sombre, le recteur leur avait annoncé qu'il y avait eu un carambolage sur la nationale 78.

Allan Grant avait conduit Laurie à l'hôpital. Sa sœur, Sarah, était déjà sur place ; un halo de cheveux auburn encadrait un visage que dominaient d'immenses yeux gris noyés de chagrin. Grant avait rencontré Sarah lors de réunions à l'université et il avait été impressionné par l'attitude protectrice de la jeune assistante du procureur envers Laurie.

L'expression du visage de sa sœur avait fait comprendre immédiatement à Laurie que ses parents étaient morts. Elle s'était mise alors à gémir : « C'est ma faute, ma faute », semblant ne pas entendre la voix pleine de larmes de Sarah qui lui répétait qu'elle ne devait pas se sentir coupable.

Grant regarda d'un air navré l'huissier traverser l'église en portant Laurie, Sarah à ses côtés. L'organiste joua les premières notes de l'hymne finale. Précédés par l'évêque de la paroisse, les porteurs se mirent lentement en branle le long de l'allée centrale. Dans la rangée devant lui, Grant vit un homme se frayer un passage vers l'extrémité du banc. « Excusez-moi. Je suis médecin », disait-il, d'une voix basse mais autoritaire.

Un instinct poussa Allan Grant à se glisser dans l'allée et à le suivre jusqu'à la petite pièce contiguë où l'on avait emmené Laurie. Elle était allongée sur deux chaises rassemblées l'une contre l'autre. Sarah, blanche comme un linge, se penchait sur elle.

« Laissez-moi... » Le médecin toucha le bras de Sarah.

Laurie bougea et gémit.

Le médecin lui souleva les paupières, prit son pouls. « Elle reprend conscience mais il faut la ramener chez elle. Elle n'est pas en état de se rendre au cimetière.

— Je sais. »

Allan vit les efforts désespérés de Sarah pour garder son sang-froid. « Sarah », dit-il. Elle se tourna vers lui, sembla le remarquer pour la première fois. « Sarah, laissez-moi raccompagner Laurie chez elle. Elle se sentira bien avec moi.

— Oh, vous voulez bien ? » Pendant un instant, la gratitude remplaça la tension et le chagrin dans le regard de la jeune fille. « Des voisins sont en train de préparer une petite réception, mais Laurie a tellement confiance en vous. Je serais vraiment soulagée. »

« J'étais perdue, mais tu m'as retrouvée... »

Une main s'avançait vers elle, brandissant le couteau, le couteau dégoulinant de sang, qui tranchait l'air. Sa chemise et sa blouse étaient maculées de sang. Elle sentait la chaleur gluante sur son visage. Quelque chose tombait à ses pieds. Le couteau venait...

Laurie ouvrit les yeux. Elle était couchée dans son lit dans sa chambre. Il faisait noir. Qu'était-il arrivé ?

Elle se souvint. L'église. Les cercueils. L'hymne.

« Sarah ! hurla-t-elle. Sarah, où es-tu ? »

Ils séjournaient au Wyndham Hotel, dans la 58e Rue Ouest, en plein cœur de Manhattan. « Très chic, lui avait-il dit. Beaucoup de gens du spectacle descendent ici. Un endroit idéal pour faire des rencontres. »

En rentrant des obsèques, il resta silencieux jusqu'à New York. Ils devaient déjeuner avec le Révérend Rutland Garrison, pasteur de l' « Eglise des Ondes », et le producteur de l'émission de télévision. Garrison se préparait à prendre sa retraite et était en train de choisir son successeur. Chaque semaine, un prédicateur était invité à participer à l'émission.

Elle le regarda écarter trois complets différents avant de porter son choix sur un costume bleu nuit, une chemise blanche et une cravate d'un gris-bleu assorti. « Ils veulent un prédicateur. Ils vont avoir un prédicateur. De quoi ai-je l'air ? »

— Tu es parfait », lui assura-t-elle. C'était vrai. Ses cheveux s'argentaient déjà, bien qu'il eût à peine quarante-cinq ans. Il surveillait attentivement sa ligne et s'appliquait à se tenir très droit, si bien qu'il paraissait toujours dominer tout le monde autour de lui. Il s'était également exercé à ouvrir démesurément les yeux lorsqu'il prononçait un sermon d'une voix profonde, jusqu'à ce que cela lui devienne naturel.

Il repoussa la robe à carreaux rouges et blancs qu'elle lui présentait. « Pas assez élégante pour ce genre de réunion. Un peu trop Betty Crocker. »

C'était leur habituelle plaisanterie lorsqu'ils voulaient faire impression sur les assemblées qui venaient l'entendre prêcher. Mais il ne plaisantait pas aujourd'hui. Elle lui tendit une robe droite de lin noir avec une veste assortie. « Et ça ? »

Il acquiesça. « Ça ira, dit-il sombrement. Et n'oublie pas...

— Je ne t'appelle jamais Bic en public, protesta-t-elle

doucement. Ça ne m'est pas arrivé depuis des années. »
Il avait une lueur fiévreuse dans le regard. Opal
connaissait et redoutait cette expression. Trois ans
s'étaient écoulés depuis la dernière fois où la police était
venue le questionner parce qu'une petite blonde s'était
plainte de lui à sa mère. Il était toujours parvenu à le
prendre de haut et à obtenir des excuses de la part des
plaignants, mais l'incident s'était reproduit trop souvent
et dans trop de villes différentes. Lorsqu'il prenait ce
regard, cela signifiait qu'il perdait à nouveau les
pédales.

Lee était l'unique enfant qu'il avait voulu garder. Dès
la minute où il l'avait aperçue avec sa mère dans le
centre commercial, il avait été obsédé par elle. Il avait
suivi leur voiture ce jour-là et n'avait cessé ensuite de
passer devant leur maison, dans l'espoir de voir l'enfant.
A cette époque, Opal et lui donnaient un tour de chant
en s'accompagnant à la guitare dans une boîte minable
sur la nationale 17, dans le New Jersey, et ils séjournaient dans un motel situé à vingt minutes de la maison
des Kenyon. C'était sans doute la dernière fois qu'ils se
produisaient dans un night-club. Bic avait commencé à
chanter des gospels aux cérémonies évangélistes puis à
prêcher dans le nord de l'Etat de New York. Le
propriétaire d'une station de radio à Bethlehem, en
Pennsylvanie, l'avait entendu et lui avait confié le
démarrage d'une émission religieuse sur sa petite station.

Le malheur avait voulu qu'il tienne à passer une
dernière fois devant la maison avant de rentrer en
Pennsylvanie. Lee se trouvait dehors toute seule. Il
l'avait soudainement soulevée dans ses bras, emmenée
avec eux et pendant deux ans Opal avait vécu dans un
état permanent de peur et de jalousie qu'elle n'osait pas
lui montrer.

Il y avait quinze ans qu'ils s'étaient débarrassés d'elle
comme d'un paquet dans la cour de l'école, mais Bic ne
l'avait jamais chassée de son esprit. Il gardait sa photo
dans son portefeuille et parfois Opal le surprenait en
train de la regarder, l'effleurant de ses doigts. Ces

dernières années, à mesure que le succès lui souriait, il s'était mis à redouter que des agents du FBI ne viennent l'arrêter pour enlèvement d'enfant et atteinte à la pudeur. « Souviens-toi de cette femme en Californie qui a fait incarcérer son père parce qu'elle a commencé à consulter un psychiatre et à se remémorer des choses qu'elle aurait mieux fait d'oublier », lui disait-il parfois.

Ils venaient d'arriver à New York lorsque Bic avait lu l'article dans le *Times* sur l'accident fatal survenu aux Kenyon. Malgré les supplications d'Opal, ils avaient assisté aux obsèques. « Opal, lui avait-il dit, nous sommes aussi différents que le jour et la nuit de ces deux hippies guitaristes dont se souvient Lee. »

Il est vrai qu'ils avaient complètement changé. Ils avaient commencé à modifier leur apparence dès le lendemain du jour où ils s'étaient débarrassés de Lee. Bic avait rasé sa barbe et s'était fait couper les cheveux. Elle s'était teinte en blond platine et avait noué ses cheveux en chignon. Ils s'étaient ensemble rendus chez J.C. Penney, y avaient acheté le genre de vêtements classiques qui leur permettaient de passer inaperçus, leur donnaient un air d'Américains moyens. « Au cas où quelqu'un dans ce restaurant nous aurait remarqués », avait-il expliqué. C'était alors qu'il lui avait signifié de ne plus jamais le nommer Bic devant quiconque, décrétant que dorénavant, en public, lui-même l'appellerait par son vrai nom, Carla. « Lee a entendu nos noms du matin au soir pendant ces deux années, avait-il dit. Désormais, je suis le Révérend Bobby Hawkins pour tous ceux que nous rencontrerons. »

Malgré tout, elle l'avait senti inquiet au moment où ils gravissaient les marches de l'église. A la fin de la messe, tandis que l'organiste jouait les premières notes de « Grâce suprême », il avait murmuré : « C'est notre chant, notre chant à Lee et à moi. » Sa voix s'était élevée au-dessus des autres. Ils avaient pris place à l'extrémité du banc. Lorsque l'huissier portant dans ses bras le corps inanimé de Lee était passé devant eux, Opal avait dû agripper la main de Bic pour l'empêcher de tendre le bras et de la toucher.

« Pour la dernière fois. Est-ce que tu es prête ? » Sa voix était acerbe. Il se tenait à la porte de leur suite.

« Oui. » Opal prit son sac et s'avança vers lui. Elle devait l'apaiser. La tension nerveuse en lui se percevait depuis l'autre bout de la pièce. Elle lui prit le visage dans ses deux mains. « Bic, chéri. Détends-toi, dit-elle doucement. Tu veux faire bonne impression, n'est-ce pas ? »

On aurait dit qu'il était sourd à sa voix. Il murmura : « J'ai encore le pouvoir de terroriser cette gamine, non ? » Puis il éclata en sanglots rauques, durs, secs. « Bon Dieu, j'en suis fou. »

12

Le Dr Peter Carpenter était le psychiatre de Ridgewood auquel Sarah fit appel dix jours après les obsèques de ses parents. Elle l'avait déjà rencontré, l'avait trouvé sympathique et les renseignements pris sur lui corroboraient ses impressions personnelles. Son patron, Ed Ryan, le procureur du comté de Bergen, ne tarissait pas d'éloges sur Carpenter. « Il se trompe rarement. Je lui confierais n'importe quel membre de ma famille et vous savez ce que ça signifie pour moi. Trop de ces types sont de vrais zozos. »

Elle demanda un rendez-vous d'urgence. « Ma sœur se reproche l'accident survenu à nos parents », lui dit-elle. Sarah se rendit compte, tout en parlant, qu'elle évitait de prononcer le mot « mort ». C'était encore trop irréel pour elle. Serrant le téléphone entre ses doigts, elle continua : « Pendant des années, elle a fait le même cauchemar. Puis il a cessé, mais il réapparaît régulièrement maintenant. »

Le Dr Carpenter se rappelait parfaitement l'enlèvement de Laurie. Lorsqu'elle avait été abandonnée par ses ravisseurs et était retournée dans sa famille, il avait discuté avec ses collègues des effets secondaires de sa perte totale de mémoire. Il était très intéressé à l'idée de la recevoir en consultation, mais il dit à Sarah : « Je crois préférable de m'entretenir avec vous avant de voir Laurie. J'ai une heure de libre dans l'après-midi. »

Comme le lui rappelait souvent sa femme en riant, Carpenter aurait fait un parfait médecin de famille. Des cheveux gris argenté, le teint rose, des lunettes sans monture, une physionomie amène, pas la moindre trace d'embonpoint, paraissant ses cinquante-deux ans.

Son cabinet était intentionnellement confortable et accueillant : murs vert pâle, rideaux retenus par des embrasses dans les tons de vert et de blanc, un bureau en acajou où trônait une jardinière pleine de plantes, un vaste fauteuil de cuir bordeaux en face de son fauteuil pivotant, un divan assorti orienté le dos aux fenêtres.

Lorsque sa secrétaire introduisit Sarah, Carpenter dévisagea la séduisante jeune femme vêtue d'un simple tailleur bleu. Sa silhouette mince et sportive se déplaçait avec grâce. Elle ne portait aucun maquillage et son nez était constellé de taches de rousseur. Des sourcils et des cils noirs soulignaient la tristesse de ses yeux gris. Un étroit bandeau bleu retenait en arrière un flot de cheveux auburn qui ondulaient sur sa nuque. Sarah répondit sans peine aux questions du Dr Carpenter. « Oui. Laurie n'était plus la même à son retour. Dès le premier jour, j'ai été certaine qu'on avait abusé d'elle sexuellement. Mais ma mère a tenu à déclarer publiquement que les ravisseurs de Laurie étaient à son avis des gens affectueux et désireux d'avoir un enfant. Maman avait besoin d'y croire. Il y a seize ans, on ne parlait pas de ce genre de choses. Pourtant Laurie avait tellement peur d'aller au lit. Elle adorait mon père mais refusa à tout jamais de s'asseoir sur ses genoux. Elle n'aimait pas qu'il la touche. Elle craignait les hommes en général.

— Elle a sûrement été examinée après qu'on l'a retrouvée.

— Oui, à l'hôpital, en Pennsylvanie.

— Ces dossiers existent sans doute encore. J'aimerais que vous les réclamiez. Parlez-moi de ce cauchemar qui revient périodiquement.

— Elle l'a fait à nouveau la nuit dernière. Elle était complètement terrifiée. Elle l'appelle le rêve du couteau. Depuis son retour à la maison, elle a toujours éprouvé une peur panique des couteaux pointus.

— Quelle transformation avez-vous observée dans sa personnalité ?

— Un grand changement au début. Laurie était une enfant gaie et extravertie avant son enlèvement. Un peu gâtée, sans doute, mais adorable. Elle avait un groupe d'amies et aimait dormir chez les unes ou chez les autres. Après son retour, elle n'a plus jamais passé une nuit dans une autre maison que la nôtre. Elle est devenue un peu distante avec ses camarades. Elle a choisi de s'inscrire à l'université de Clinton parce que le campus se trouve à une heure et demie en voiture de la maison, ce qui lui permettait de revenir presque tous les week-ends. »

Carpenter demanda : « Et sur le plan des petits amis ?

— Comme vous le verrez, Laurie est ravissante. Elle n'a certes pas manqué d'invitations et au lycée elle se rendait aux habituelles sorties et surprises-parties. Elle n'a jamais paru s'intéresser à personne jusqu'à Gregg Bennett et elle l'a brusquement quitté.

— Pourquoi ?

— Nous l'ignorons. Gregg n'en sait pas plus que nous. Ils sont sortis ensemble pendant toute l'année dernière. Comme elle, il était étudiant à Clinton et elle l'amenait souvent à la maison pour le week-end. Nous l'aimions beaucoup et Laurie semblait si heureuse avec lui. Ils sont l'un et l'autre très sportifs, excellents golfeurs. Puis un jour, au printemps dernier, ce fut la fin. Pas d'explication. Juste fini. Elle ne voulut plus en parler, ne prononça plus jamais son nom. Il vint nous voir. Il n'a aucune idée de la raison qui a pu provoquer la rupture. Il passe ce semestre en Angleterre et je ne sais même pas s'il est au courant pour l'accident de mes parents.

— J'aimerais voir Laurie demain à onze heures. »

Le lendemain matin, Sarah conduisit Laurie au rendez-vous et promit de revenir la chercher cinquante minutes plus tard. « J'apporterai de quoi dîner, lui dit-elle. Il faut que tu te remplumes un peu. »

Laurie hocha la tête et suivit Carpenter dans son cabinet. Avec une expression proche de la panique, elle refusa de s'étendre sur le divan, préférant s'asseoir face au bureau. Elle attendit en silence, l'air triste et absent.

Dépression profonde, diagnostiqua Carpenter en lui-même. « Je suis là pour vous aider, Laurie.

— Pouvez-vous ramener ma mère et mon père ?

— J'aimerais en avoir le pouvoir. Laurie, vos parents sont morts parce qu'un autocar a eu un incident mécanique.

— Ils sont morts parce que je n'ai pas fait réviser ma voiture.

— Vous aviez oublié.

— Je n'avais pas oublié. J'ai décidé d'annuler mon rendez-vous au garage. J'ai dit que je ferais faire une révision gratuite au Centre de sécurité automobile. C'est ça que j'ai oublié, mais j'ai délibérément annulé le premier rendez-vous. C'est ma faute.

— Pourquoi avez-vous annulé le premier rendez-vous ? » Il observa attentivement Laurie Kenyon pendant qu'elle réfléchissait à la question.

« Il y avait une raison mais j'ai oublié laquelle.

— Combien coûte la révision d'une voiture au garage ?

— Vingt dollars.

— Et c'est gratuit au Centre de sécurité automobile. N'est-ce pas une raison suffisante ? »

Elle sembla plongée dans ses propres pensées. Carpenter se demanda si elle l'avait entendu. Puis elle murmura « non » et secoua la tête.

« Alors pourquoi croyez-vous avoir annulé le premier rendez-vous ? »

A présent il était certain qu'elle ne l'avait pas entendu. Elle était ailleurs. Il tenta une autre tactique. « Laurie, Sarah m'a dit que vous faisiez à nouveau des cauchemars, ou plutôt que votre *vieux* cauchemar était réapparu. »

Quelque part dans sa tête, Laurie entendit une plainte

aiguë. Elle remonta ses jambes contre sa poitrine et se cacha la figure. La plainte n'était pas seulement en elle. Elle sortait de sa poitrine, de sa gorge, de sa bouche.

13

La réunion avec le Révérend Rutland Garrison et les producteurs de télévision tirait à sa fin.

Ils avaient déjeuné dans la salle à manger privée du Worldwide Cable, la société qui distribuait l'émission à un large public mondial. Au café, Garrison annonça clairement : « J'ai créé l' " Eglise des Ondes " du temps où les postes en noir et blanc à petit écran étaient un luxe, dit-il. Pendant des années, ce ministère a apporté le réconfort, l'espoir et la foi à des millions de gens. Nous avons reçu des dons importants pour des œuvres de charité qui le méritaient. Je veux être sûr de la personne qui poursuivra mon œuvre après moi. »

Bic et Opal avaient acquiescé, leur physionomie empreinte d'une expression de déférence, de respect et de piété. Le dimanche suivant ils se présentèrent à l' « Eglise des Ondes ». Bic parla pendant quarante minutes.

Il parla de sa jeunesse dissolue, de son vain désir de devenir une vedette de rock, de la voix que le Seigneur lui avait donnée et du mauvais usage qu'il en avait fait en chantant de méprisables airs profanes. Il parla du miracle de sa conversion. Oui, en vérité, il comprenait ce que pouvait être le chemin de Damas. Il avait suivi les pas de Paul. Le Seigneur n'a-t-il pas dit : « Saul, Saul, pourquoi me persécutes-tu » ? Non, la question le tourmentait encore davantage. Au moins Saul croyait-il agir au nom du Seigneur lorsqu'il voulait exterminer la chrétienté. Tandis que lui, Bobby, chantait ces airs répugnants dans ce night-club minable et bondé, une voix emplissait son cœur et son âme, une voix à la fois énergique et terriblement triste, emplie de colère et d'indulgence. La voix demandait : « Bobby, Bobby, pourquoi blasphèmes-tu ? »

Là, il commença à pleurer.

A la fin du sermon, le Révérend Rutland Garrison posa un bras fraternel autour de ses épaules. Bobby fit signe à Carla de les rejoindre. Elle s'avança sur le plateau, les yeux embués de larmes, les lèvres tremblantes. Il la présenta aux téléspectateurs du Worldwide Cable.

Ils entonnèrent l'hymne finale ensemble. « Portant les gerbes... »

Après l'émission, le standard fut submergé d'appels élogieux à l'intention du Révérend Bobby Hawkins. Il fut invité à revenir deux semaines plus tard.

Sur la route qui les ramenait en Géorgie, Bic resta silencieux pendant des heures. Puis il dit : « Lee est à l'université de Clinton, dans le New Jersey. Peut-être retrouvera-t-elle la mémoire. Peut-être pas. Le Seigneur me dit qu'il est temps de lui rappeler ce qui lui arrivera si jamais elle parle de nous. »

Bic serait le successeur de Rutland Garrison. Opal le sentait. Garrison avait été séduit comme tous les autres. Mais si Lee commençait à se souvenir... « Qu'allons-nous lui faire, Bic ?

— J'ai une ou deux idées, Opal. Des idées qui me sont venues soudainement à l'esprit tandis que je priais. »

14

Au cours de sa seconde séance avec le Dr Carpenter, Laurie annonça qu'elle s'apprêtait à retourner à l'université dès le lendemain. « C'est préférable pour moi, et beaucoup mieux pour Sarah, dit-elle calmement. Elle se fait un tel souci pour moi qu'elle n'est pas retournée une seule fois à son bureau et travailler est la meilleure chose pour elle. Quant à moi, je dois mettre les bouchées doubles si je veux rattraper le temps perdu pendant presque trois semaines. »

Carpenter n'était pas certain de ce qu'il voyait. Il y avait quelque chose de différent chez Laurie Kenyon, un côté alerte et décidé qui tranchait totalement avec la jeune fille abattue et désespérée qu'il avait vue la semaine dernière.

Ce jour-là, elle portait une veste de cachemire jaune d'or sur un pantalon noir parfaitement coupé et un chemisier de soie noir et blanc. Aujourd'hui, elle était vêtue d'un jean et d'un ample sweater. Une barrette retenait ses cheveux en arrière. Elle semblait très calme.

« Avez-vous fait d'autres cauchemars, Laurie ? »

Elle haussa les épaules. « Je suis vraiment gênée de m'être donnée en spectacle la semaine dernière. Ecoutez, des tas de gens ont de mauvais rêves et ils n'en font pas une montagne. Vrai ?

— Faux, dit-il calmement. Laurie, puisque vous vous sentez si forte, pourquoi ne pas vous allonger sur le divan, vous détendre et parler ? » Il étudia attentivement sa réaction.

Elle fut la même que la semaine dernière. Une panique totale dans le regard, mais suivie cette fois par une expression de méfiance, presque de mépris. « A quoi bon m'allonger ? Je suis parfaitement capable de parler assise. Non qu'il n'y ait beaucoup à dire. Deux choses se sont mal passées dans ma vie. Dans les deux cas, je suis la seule à blâmer. Je l'admets.

— Vous vous reprochez d'avoir été enlevée alors que vous aviez quatre ans ?

— Bien sûr. J'avais l'interdiction de sortir dans la rue toute seule. L'interdiction formelle. Ma mère avait tellement peur de me voir traverser la route. Il y avait un garçon en bas de la rue qui conduisait comme un fou. La seule fois où ma mère m'a vraiment grondée, ce fut le jour où elle m'a surprise en train de jouer seule à la balle sur la pelouse qui bordait la route devant la maison. Et vous savez que je suis responsable de la mort de mes parents. »

Ce n'était pas le moment d'explorer ce dernier point.

« Laurie, je désire vous aider. Sarah m'a dit que vos parents avaient cru préférable pour vous de ne pas consulter de psychologue après votre enlèvement. C'est probablement en partie la raison de votre répugnance à me parler aujourd'hui. Pourquoi ne pas fermer les yeux, vous laisser aller et apprendre peu à peu à vous sentir en confiance avec moi ? Nous pourrons ainsi travailler ensemble lors des séances suivantes.

— Vous êtes si sûr qu'il y aura d'autres séances ?

— Je l'espère. Pas vous ?

— Uniquement pour faire plaisir à Sarah. Je compte rentrer à la maison tous les week-ends, aussi devrons-nous nous voir le samedi.

— Cela peut s'arranger. Vous allez rentrer chez vous tous les week-ends ?

— Oui.

— Est-ce par désir de retrouver Sarah ? »

La question sembla la remplir d'exaltation. L'attitude détachée disparut. Laurie croisa les jambes, leva le menton, porta la main en arrière et dégrafa la barrette qui retenait ses cheveux en queue de cheval.

Carpenter vit la masse de cheveux dorés se répandre autour de son visage. Un sourire mystérieux se dessina sur ses lèvres. « Sa femme revient à la maison pendant le week-end, dit-elle. Ça ne sert à rien de traîner à l'université dans ce cas. »

15

Laurie ouvrit la porte de sa voiture. « Ça commence à sentir l'automne », dit-elle.

Les premières feuilles tombaient. La nuit dernière, la chaudière s'était remise en marche automatiquement. « Oui, dit Sarah. Maintenant écoute, si c'est trop difficile pour toi...

— Ça ira. Occupe-toi de fourrer le maximum de salauds en prison, et de mon côté je vais rattraper tous les cours que j'ai manqués et j'aurai mon diplôme avec mention. Je peux même tenter la mention très bien. Tu m'en as mis plein la vue avec tes félicitations du jury. A vendredi. » Elle donna un rapide baiser à sa sœur, puis s'accrocha à elle. « Sarah, ne change jamais de voiture avec moi. »

Sarah lui caressa les cheveux. « Hé, je croyais que nous étions convenues que maman et papa seraient bouleversés s'ils savaient ce que tu penses. Après ta séance de samedi avec le Dr Carpenter, nous devrions faire une partie de golf. »

Laurie s'efforça de sourire. « La gagnante paie à dîner.

— C'est parce que tu sais que je n'ai aucune chance. »

Sarah fit de grands signes de la main jusqu'à ce que la voiture eût disparu de sa vue, puis elle regagna la maison. Tout était si calme, si vide à l'intérieur. Le bon sens voulait qu'on n'opère pas de changements radicaux après un décès dans une famille, mais son instinct lui disait de rechercher sans tarder un autre endroit où habiter, pourquoi pas un appartement, et de mettre la maison en vente. Peut-être allait-elle téléphoner au Dr Carpenter pour lui demander son avis.

Elle était déjà prête à partir travailler. Elle prit sa serviette et son sac posés sur la table de l'entrée. L'élégante table XVIIIᵉ à incrustations de marbre et le miroir au-dessus étaient des pièces d'époque qui avaient appartenu à sa grand-mère. Où iraient-ils, où iraient tous les autres jolis meubles dans un appartement pour deux personnes, et tous les ouvrages classiques en édition originale qui s'alignaient dans la bibliothèque de John Kenyon ? Sarah ne voulut pas y penser.

Instinctivement elle jeta un coup d'œil dans la glace et sursauta à la vue de son reflet. Elle avait une mine de papier mâché, des cernes profonds sous les yeux. Elle avait toujours eu un visage mince, mais aujourd'hui ses joues étaient creusées, ses lèvres couleur de cendre. Elle se souvint des paroles de sa mère le dernier jour : « Sarah, pourquoi ne pas te farder un peu ? Une touche d'ombre à paupières mettrait tes yeux en valeur... »

Elle déposa à nouveau son sac et sa serviette sur la table et monta à l'étage. Dans la coiffeuse de la salle de bains, elle prit son nécessaire à maquillage presque neuf. L'image de sa mère dans sa robe de chambre rose pâle, si naturellement jolie, si tendrement maternelle, lui conseillant de mettre un peu de fard à paupières fit enfin venir à ses yeux les larmes brûlantes qu'elle avait retenues par amour pour Laurie.

C'était si bon de retrouver son bureau mal ventilé entre quatre murs à la peinture écaillée, les piles de dossiers, la sonnerie du téléphone. Ses collègues étaient venus en masse aux obsèques. Ses plus proches amis avaient assisté à la messe, téléphoné et ils étaient passés la voir chez elle pendant ces trois dernières semaines.

Aujourd'hui ils semblaient tous comprendre qu'elle veuille retrouver un semblant de vie normale. « Content de te revoir. » Une étreinte rapide. Puis le réconfortant : « Sarah, quand tu auras une minute... »

Elle déjeuna d'un sandwich au fromage et d'un café noir à la cafétéria du palais de justice. Vers trois heures, Sarah eut la sensation satisfaisante d'avoir comblé une partie de son retard en répondant aux messages urgents des plaignants, témoins et avocats.

A quatre heures, incapable d'attendre plus longtemps, elle appela la chambre de Laurie à l'université. Le téléphone fut décroché à la première sonnerie. « Allô.

— Laurie, c'est moi. Comment ça va ?

— Comme ci, comme ça. J'ai assisté à trois cours, puis j'ai séché le dernier. Je me sentais crevée.

— Rien d'étonnant. Tu n'as pas eu une seule vraie nuit de sommeil. Que fais-tu ce soir ?

— Je me couche. J'essaie de m'éclaircir les idées.

— Très bien. Je vais travailler tard. Je serai de retour à la maison vers huit heures. Veux-tu que je te passe un coup de fil ?

— Volontiers. »

Sarah resta au bureau jusqu'à sept heures et quart, s'arrêta dans un bistrot et acheta un sandwich pour la route. A huit heures et demie, elle téléphona à Laurie.

La sonnerie à l'autre bout du fil se prolongea. Peut-être est-elle sous la douche, peut-être a-t-elle eu une sorte de contrecoup. Sarah garda l'appareil à la main, écoutant résonner sans fin à son oreille le timbre saccadé. Finalement, une voix impatiente répondit : « Ici la chambre de Laurie Kenyon.

— Laurie est-elle là ?

— Non, et s'il vous plaît, si le téléphone ne répond pas au bout de cinq à six sonneries, soyez gentille de ne pas me déranger. J'habite dans la chambre de l'autre côté du couloir et j'ai un examen à préparer.

— Excusez-moi. C'est juste parce que Laurie avait l'intention d'aller se coucher tôt.

— Eh bien, elle a changé d'avis. Elle est sortie il y a quelques minutes.

— Est-ce qu'elle avait l'air d'aller bien ? Je suis sa sœur et je me fais un peu de souci.

— Oh, je ne savais pas, excusez-moi. Je suis telle-ment navrée de ce qui est arrivé à vos parents. Je crois que Laurie allait bien. Elle était sur son trente et un, comme pour un rendez-vous. »

Sarah rappela à dix heures, à onze heures, à minuit, à une heure. La dernière fois, Laurie lui répondit d'une voix endormie. « Je vais bien, Sarah. Je suis allée me coucher tout de suite après dîner et j'ai dormi depuis.

— Laurie, j'ai laissé sonner pendant si longtemps que la fille en face de ta chambre est venue répondre à ta place. Elle m'a dit que tu étais sortie.

— Sarah, elle s'est trompée. Je te jure que j'étais là. » Laurie parut effrayée. « Pourquoi mentirais-je ? »

Je l'ignore, pensa Sarah.

« Bon, l'essentiel est que tu ailles bien. Retourne te coucher », dit-elle, et elle raccrocha lentement l'appareil.

16

Le Dr Carpenter perçut tout de suite le changement survenu en Laurie lorsqu'il la vit se caler dans le confortable fauteuil de cuir. Il ne lui proposa pas de s'étendre sur le divan. Il ne voulait à aucun prix la voir perdre ce timide début de confiance en lui. Il lui demanda comment s'était passée sa semaine à l'université.

« Bien, du moins je suppose. Tout le monde est tellement gentil avec moi. J'ai un retard énorme dans mon travail et je dois veiller tard pour rattraper le temps perdu. » Elle hésita puis s'arrêta.

Carpenter attendit puis dit doucement : « Qu'y a-t-il, Laurie ?

— Hier soir quand je suis rentrée à la maison, Sarah m'a demandé si j'avais des nouvelles de Gregg Bennett.

— Gregg Bennett ?

— Je sortais avec lui autrefois. Mes parents et Sarah l'aimaient beaucoup.

— Est-ce que vous l'aimiez ?

— Je l'aimais, jusqu'à ce que… »

A nouveau, il attendit.

Ses yeux s'agrandirent. « Il ne voulait pas me lâcher.

— Vous voulez dire qu'il s'est imposé à vous ?

— Non. Il m'a embrassée. Et tout allait bien. Ça me plaisait. Mais ensuite il a serré mes bras avec ses mains.

— Et vous avez eu peur.

— Je savais ce qui allait arriver.

— Qu'allait-il arriver ? »

Elle regardait dans le vague. « Il ne faut pas parler de ça. »

Pendant dix minutes elle resta silencieuse, puis dit

tristement : « Je suis sûre que Sarah n'a pas cru que j'étais restée dans ma chambre l'autre soir. Elle était inquiète. »

Sarah l'avait mis au courant. « Peut-être étiez-vous réellement sortie, suggéra-t-il. Cela vous ferait du bien de voir des amis.

— Non, je n'ai envie de voir personne en ce moment. J'ai trop de travail.

— Vous avez rêvé ?

— Toujours le même rêve, celui du couteau. »

Deux semaines auparavant, elle avait eu une véritable crise de nerfs quand il l'avait questionnée à ce sujet. Aujourd'hui, sa voix était presque indifférente. « Il faut que je m'y habitue. Je ferai ce rêve jusqu'au moment où le couteau me rattrapera. C'est ce qui m'attend, vous savez.

— Laurie, en thérapie nous appelons *abréaction* le fait d'extérioriser en le mimant un souvenir refoulé qui est émotionnellement perturbant. Je voudrais que vous l'extériorisiez pour moi aujourd'hui. Montrez-moi ce que vous voyez dans le rêve. Je pense que vous avez peur de vous coucher parce que vous craignez de faire ce rêve. Personne ne peut fonctionner sans dormir. Inutile de parler. Montrez-moi seulement ce qui se passe dans le rêve. »

Laurie se leva lentement, puis dressa sa main en l'air. Sa bouche s'étira en un mince sourire rusé. Elle contourna le bureau de Carpenter, se dirigea vers lui d'un pas délibéré. Sa main monta et s'abaissa par saccades comme si elle tenait une lame imaginaire. Et juste avant d'arriver à lui, elle s'immobilisa. Son attitude changea. Elle resta immobile, figée sur place, les yeux fixes. Elle fit mine de vouloir enlever quelque chose sur son visage et ses cheveux, puis baissa les yeux et bondit en arrière, le visage empli d'effroi.

Elle s'écroula par terre, la tête dans ses mains, se recroquevillant contre le mur, tremblante, poussant des petits gémissements comme un animal blessé.

Dix minutes s'écoulèrent. Laurie se calma, ôta ses mains de son visage et se redressa lentement.

« C'est le rêve du couteau, dit-elle.

— Etes-vous dans le rêve, Laurie ?

— Oui.

— Qui êtes-vous, la personne qui tient le couteau ou celle qui a peur ?

— Les deux à la fois. Et à la fin nous mourons ensemble.

— Laurie, j'aimerais m'entretenir avec un psychiatre de ma connaissance qui possède une grande expérience des gens ayant souffert de traumatismes dans leur enfance. M'autorisez-vous à lui parler de votre cas ?

— Si vous voulez. Ça m'est complètement égal. »

17

A sept heures et demie, le lundi matin, le Dr Justin Donnelly remontait d'un pas vif la Cinquième Avenue depuis son appartement de Central Park South jusqu'au Lehman Hospital dans la 96e Rue. Il s'obligeait toujours à parcourir un peu plus vite chaque jour les trois kilomètres de trajet. Mais à moins de se mettre à courir, il ne put battre son propre record de dix minutes.

C'était un grand gaillard que l'on imaginait facilement en bottes de cow-boy et stetson, une image assez conforme à la réalité, en fait. Donnelly avait grandi en Australie au milieu des moutons. Ses cheveux noirs bouclés semblaient rebelles au peigne. Sa moustache brune et fournie soulignait, quand il souriait, une solide rangée de dents blanches. Ses yeux d'un bleu vif étaient bordés de cils et de sourcils noirs que les femmes lui enviaient. Dès le début de ses études en psychiatrie, il avait décidé de se spécialiser dans les troubles de personnalité multiple. Innovateur et convaincant, Donnelly s'était battu pour ouvrir en Nouvelle-Galles du Sud une clinique spécialisée dans ce type de psychoses qui était rapidement devenue un établissement modèle. Ses communications, divulguées dans les publications médicales les plus renommées, lui avaient rapidement apporté une célébrité mondiale. A trente-cinq ans, il avait été invité à ouvrir un centre sur la personnalité multiple au Lehman Hospital.

Après deux ans à Manhattan, Justin se considérait comme un New-Yorkais bon teint. Pendant ses trajets à pied jusqu'à son cabinet, il savourait pleinement les scènes qui lui étaient peu à peu devenues familières : les chevaux et les calèches arrivant devant le parc, la vue sur le zoo à la hauteur de la 65e Rue, les portiers à l'entrée des immeubles luxueux de la Cinquième Avenue qui le saluaient par son nom. Aujourd'hui, sur son passage, plusieurs firent quelques commentaires sur la douceur du temps.

La journée promettait d'être chargée. Justin s'efforçait généralement de garder libre la période entre dix et onze heures pour une réunion avec son équipe. Ce matin, il avait fait une exception. Samedi, un appel téléphonique urgent provenant d'un psychiatre du New Jersey avait piqué son intérêt. Le Dr Peter Carpenter désirait le consulter le plus rapidement possible au sujet d'une patiente qu'il présumait atteinte de personnalité multiple à tendances suicidaires. Justin était convenu d'un rendez-vous aujourd'hui même à dix heures.

Il atteignit le coin de la 96e Rue et de la Cinquième Avenue en vingt-cinq minutes et se persuada que la foule des piétons avait ralenti son pas. L'entrée principale de l'hôpital se trouvait sur la Cinquième Avenue. On pénétrait dans le service de Donnelly par une porte privée donnant dans la 96e Rue. Justin était presque invariablement le premier arrivé. Son cabinet comprenait deux petites pièces au bout du corridor. La première, peinte en blanc cassé et simplement meublée d'un bureau, d'un fauteuil pivotant, de deux sièges pour les visiteurs, de bibliothèques et d'un classeur, était égayée par des reproductions colorées de voiliers évoluant dans la baie de Sydney.

C'est dans la pièce suivante qu'il traitait ses patients. Elle était équipée d'une caméra vidéo sophistiquée et d'un magnétophone.

Sa première patiente était une femme d'une quarantaine d'années originaire de l'Ohio qui avait été en traitement pendant six ans pour schizophrénie. Elle était venue le consulter grâce à un psychologue avisé qui s'était demandé si les voix qu'entendait cette femme ne provenaient pas de personnalités alternant successivement en elle. Elle était en réel progrès.

Le Dr Carpenter arriva à dix heures tapantes. Après avoir poliment remercié Justin de le recevoir si rapidement, il aborda immédiatement le cas de Laurie.

Donnelly écouta, prit des notes, l'interrompit par des questions. Carpenter conclut : « Je ne suis pas expert en troubles de personnalité multiple, mais s'il en existe des signes apparents, je les ai vus. J'ai pu remarquer un changement notoire dans sa voix et son comportement durant les deux dernières séances. Elle n'a absolument aucun souvenir d'un épisode précis, le soir où elle a quitté sa chambre et est sortie pendant plusieurs heures. Je suis convaincu qu'elle ne ment pas en affirmant qu'elle a dormi pendant ce laps de temps. Elle rêve périodiquement d'un couteau qui la frappe. Mais durant la séance d'abréaction, à un moment donné, c'était elle qui tenait le couteau et portait le coup. Puis elle a interverti les rôles et tenté de l'éviter. J'ai fait une copie de son dossier. »

Donnelly parcourut rapidement les pages, s'arrêtant pour encercler ou souligner un détail qui le frappait particulièrement. Le cas le fascinait. Une enfant choyée par sa famille, kidnappée à l'âge de quatre ans, puis abandonnée par ses ravisseurs à l'âge de six ans, avec une perte totale de mémoire des deux années d'intervalle ! Un cauchemar qui revient périodiquement ! Une sœur aînée qui a la sensation que, depuis son retour, Laurie réagit au stress avec une anxiété enfantine. La mort tragique des parents dont Laurie se sent coupable.

Il referma le dossier et dit : « Les rapports de l'hôpital de Pittsburgh où elle a été examinée soulignaient la possibilité d'abus sexuels durant une longue période et recommandaient fortement de consulter un psychologue. Je présume qu'il n'en a rien été.

— Il y a eu un refus catégorique de la part des parents, répondit le Dr Carpenter, et par conséquent aucune thérapie.

— Typique du comportement de l'autruche qui prévalait il y a quinze ans, plus le fait que les Kenyon étaient des parents âgés, fit remarquer Donnelly. Il serait bon que vous convainquiez Laurie de venir ici faire un bilan, et je dirais que le plus tôt serait le mieux.

— J'ai l'impression que nous aurons du mal. Sarah a dû la supplier pour qu'elle vienne me consulter.

— Si elle s'entête, j'aimerais voir sa sœur. Il lui faudra surveiller tous les signes de comportement aberrant, et bien sûr ne prendre aucune menace de suicide à la légère. »

Les deux psychiatres se dirigèrent ensemble vers la porte. Dans la salle d'attente, une adolescente brune regardait d'un air prostré par la fenêtre. Ses bras étaient couverts de pansements.

Donnelly dit à voix basse : « Nous devons prendre ça au sérieux. Les patients qui ont subi un traumatisme dans leur enfance sont prédisposés à s'autodétruire. »

18

Lorsque Sarah rentra chez elle ce soir-là, le courrier était soigneusement empilé sur la table de l'entrée. Après les obsèques, la fidèle Sophie, qui était depuis toujours à leur service, avait proposé de ne plus venir que deux jours par semaine. « C'est largement suffisant, Sarah, et je ne suis plus toute jeune. »

Lundi était l'un des jours où elle venait faire le ménage. Voilà pourquoi le courrier était trié, une agréable odeur de cire flottait dans la maison, les rideaux étaient tirés et la lumière tamisée des lampes et des appliques donnait une ambiance chaleureuse aux pièces du rez-de-chaussée.

C'était le moment le plus dur de la journée pour

Sarah, celui où elle pénétrait dans une maison déserte. Avant l'accident, les soirs où elle venait dîner à la maison, sa mère et son père l'attendaient pour prendre l'apéritif.

Sarah se mordit les lèvres et repoussa le souvenir. La lettre sur le dessus de la pile provenait d'Angleterre. Elle déchira l'enveloppe, certaine qu'il s'agissait de Gregg Bennett. Elle lut rapidement la lettre puis la relut, lentement. Gregg venait d'apprendre l'accident. L'expression de ses condoléances était sincère et émouvante. Il rappelait son affection pour John et Marie Kenyon, les moments merveilleux qu'il avait passés chez eux, ajoutant que leur absence devait être cruelle pour elle et Laurie.

Le dernier paragraphe était troublant : « Sarah, j'ai essayé de téléphoner à Laurie, et elle a répondu d'un ton extrêmement abattu. Puis elle a crié quelque chose comme : " Je ne veux pas, je ne veux pas ", et elle m'a raccroché au nez. Je suis horriblement inquiet à son sujet. Elle est si fragile. Je sais que tu prends soin d'elle, mais fais très attention. Je serai de retour à Clinton en janvier et j'aimerais te voir. Bien des choses à toi, et embrasse cette chère Laurie de ma part, s'il te plaît. Gregg. »

Les mains tremblantes, Sarah emporta le courrier dans la bibliothèque. Dès demain, elle téléphonerait au Dr Carpenter et lui lirait cette lettre. Elle savait qu'il avait donné à Laurie des antidépresseurs, mais les prenait-elle ? Le répondeur clignotait. Le Dr Carpenter l'avait appelée et laissait son numéro personnel.

Lorsqu'elle l'eut au bout du fil, elle lui parla de la lettre de Gregg puis l'écouta, bouleversée et effrayée, lui expliquer soigneusement pourquoi il avait vu le Dr Justin Donnelly à New York et pourquoi il était impératif que Sarah le rencontre dans les plus brefs délais. Il lui communiqua le numéro du secrétariat téléphonique de Donnelly. La voix tendue, elle dut répéter par deux fois son propre numéro de téléphone à la standardiste.

Sophie avait fait rôtir un poulet et préparé une salade.

La gorge nouée, Sarah put à peine avaler quelques bouchées. Elle était en train de faire du café lorsque le Dr Donnelly la rappela. Il n'avait pas un seul moment dans la journée, mais pouvait la recevoir à six heures le lendemain soir. Elle raccrocha, relut la lettre de Gregg et, avec un sentiment d'urgence, composa le numéro de Laurie. Il n'y eut pas de réponse. Elle rappela toutes les demi-heures jusqu'au moment où, à onze heures, elle entendit enfin qu'on décrochait. Le « Allô » de Laurie était joyeux. Elles bavardèrent pendant quelques minutes, puis Laurie dit : « Qu'est-ce que tu dis de ça ? Après dîner, je me suis installée sur mon lit pour terminer ce fichu essai et je me suis endormie. A présent, il ne me reste plus qu'à travailler toute la nuit. »

19

A onze heures ce lundi soir, le professeur Allan Grant s'allongea sur son lit et alluma la lampe de chevet. La baie vitrée de sa chambre était entrouverte, mais il ne faisait pas assez frais dans la pièce à son goût. Karen, sa femme, lui disait souvent en plaisantant que dans une vie antérieure il avait dû vivre dans la peau d'un ours polaire. Karen détestait dormir dans une chambre trop froide. Bien qu'elle fût rarement là pour s'en préoccuper, pensa-t-il, rejetant la couverture et se mettant debout.

Depuis trois ans, Karen travaillait dans une agence de voyages au Madison Arms Hotel, en plein centre de Manhattan. Au début, elle ne passait que rarement la nuit à New York. Puis, de plus en plus souvent, elle avait téléphoné en fin d'après-midi. « Chéri, on a un travail fou, et j'ai une masse de paperasserie à terminer. Peux-tu te débrouiller seul ? »

Il s'était débrouillé seul pendant trente-quatre ans avant de la rencontrer, six ans auparavant, au cours d'un voyage en Italie. Il n'avait eu aucun mal à en reprendre l'habitude. Karen aujourd'hui avait un appartement dans l'hôtel et y séjournait généralement en semaine. Elle revenait à la maison pour les week-ends.

Grant traversa la pièce et ouvrit la fenêtre en grand. Les rideaux se gonflèrent et un agréable souffle d'air froid s'engouffra dans la chambre. Il se hâta vers son lit, mais hésita et tourna en direction du couloir. A quoi bon ? Il n'avait pas sommeil. Une autre de ces étranges lettres était arrivée à son bureau par le courrier ce matin. Qui diable était cette Leona ? Il n'avait aucune étudiante de ce nom, n'en avait jamais eu.

La maison était de plain-pied, rustique et de belles dimensions. Allan l'avait achetée avant son mariage avec Karen. Pendant un temps, elle avait paru vouloir la décorer, changer le triste mobilier, mais aujourd'hui la maison reprenait petit à petit l'apparence d'une habitation de célibataire.

Se grattant la tête et remontant son pyjama, qui semblait toujours lui tomber sur les hanches, Grant longea le couloir, passa devant les chambres d'amis, traversa l'entrée, la cuisine, le salon et la salle à manger, et entra dans le bureau. Il alluma le plafonnier. Il chercha la clef du premier tiroir de son bureau, l'ouvrit, sortit les lettres et commença à les relire.

La première lui était parvenue deux semaines auparavant : « Allan chéri, je revis en ce moment les heures merveilleuses que nous avons passées ensemble la nuit dernière. Il me semble que nous nous sommes toujours aimés. Mais le temps n'existe peut-être pas pour nous. Savez-vous que je dois me retenir pour ne pas crier sur les toits que je vous aime à la folie ? Je sais que vous éprouvez la même chose. Nous devons cacher ce que nous sommes l'un pour l'autre. Je le sais. Fasse le ciel que vous ne cessiez jamais de m'aimer et de me désirer. Leona. »

Toutes les lettres étaient de la même veine. Elles se succédaient jour après jour, remémorant des scènes d'amour dans son bureau ou ici même, dans cette maison.

Il avait souvent reçu ses étudiants chez lui pour des réunions de travail, et beaucoup d'entre eux connaissaient les lieux. Certaines de ces lettres évoquaient le fauteuil défoncé de cuir marron dans le bureau. Mais il n'avait jamais reçu une étudiante seule dans cette maison. Ce n'était pas son genre.

Grant étudia attentivement les lettres. Elles étaient visiblement tapées sur une vieille machine à écrire. Les *o* et les *w* présentaient un défaut de frappe. Il avait parcouru les dossiers de ses étudiants, mais aucun n'utilisait ce type de machine. Il ne reconnaissait pas non plus la signature griffonnée.

A nouveau il se demanda s'il devait ou non les montrer à Karen et à l'administration de l'université. Impossible de prédire comment Karen réagirait. Il ne voulait pas l'inquiéter. Pas plus qu'il ne voulait la voir renoncer à son travail et rester à la maison. Peut-être l'aurait-il voulu il y a quelques années, mais plus maintenant. Il avait une décision importante à prendre.

L'administration. Il préviendrait le recteur des affaires internes dès qu'il aurait découvert l'auteur de ces lettres. L'ennui était qu'il n'avait pas le moindre indice, et si quelqu'un croyait qu'elles contenaient un iota de vérité, il pouvait dire adieu à son avenir dans cet établissement.

Il relut les lettres pour la énième fois, cherchant un style d'écriture, des phrases ou des expressions pouvant lui rappeler une de ses étudiantes. Rien. Il finit par les ranger dans le tiroir qu'il referma à clef, s'étira et se rendit compte qu'il était mort de fatigue. Et glacé. C'était une chose de dormir dans une pièce froide blotti sous les couvertures, c'en était une autre de rester assis dans un courant d'air vêtu d'un seul pyjama. Mais d'où diable venait ce courant d'air ?

Karen fermait toujours les rideaux lorsqu'elle était à la maison mais il ne s'en souciait jamais. Il constata que la porte vitrée coulissante qui donnait sur le patio était ouverte de quelques centimètres. Elle était lourde et se déplaçait difficilement sur la glissière. Il l'avait probablement mal refermée en sortant la dernière fois. Le loquet était assommant aussi. Une fois sur deux il s'enclenchait mal. Il se dirigea vers la porte, la ferma d'un coup sec, fit claquer le loquet et, sans prendre la peine de vérifier s'il était bloqué, éteignit la lumière et retourna au lit.

Il se pelotonna sous les couvertures et, dans la chambre désormais agréablement froide, ferma les yeux et s'endormit rapidement. Dans ses rêves les plus insensés, il n'aurait pu imaginer qu'une demi-heure auparavant une forme mince aux longs cheveux blonds était recroquevillée dans son fauteuil de cuir marron et qu'elle ne s'était enfuie qu'en entendant ses pas approcher.

20

Daniel O' Toole, cinquante-huit ans, détective privé de son état, était connu dans le New Jersey sous le nom de Danny la Traque. Sous ses apparences bonhommes et portées sur la bouteille, c'était un type efficace, sérieux et qui rassemblait les informations avec une discrétion à toute épreuve.

Danny avait l'habitude de voir les gens utiliser des pseudonymes lorsqu'ils l'engageaient pour filer des maris ou des femmes présumés infidèles. Du moment qu'il recevait son acompte et que les honoraires complémentaires étaient rapidement réglés, ses clients pouvaient prendre le nom qui leur chantait.

Malgré tout, il fut légèrement surpris lorsqu'une femme se dénommant Jane Graves téléphona à son bureau de Hackensack le mardi matin et, prétextant une déclaration d'assurance, le pria de faire des recherches sur les activités des sœurs Kenyon. La sœur aînée avait-elle repris son travail ? La plus jeune était-elle retournée à l'université pour terminer ses études ? Rentrait-elle souvent chez elle ? Comment réagissaient-elles au décès de leurs parents ? Montraient-elles des signes de dépres-

57

sion ? Très important : l'une d'elles consultait-elle un psychiatre ?

Danny eut l'impression de quelque chose de louche. Il avait rencontré Sarah Kenyon à plusieurs reprises au palais de justice. L'accident qui avait coûté la vie à ses parents avait été provoqué par un autocar roulant trop vite avec des freins en mauvais état. Il était possible qu'on ait engagé des poursuites contre la société propriétaire de l'autocar, mais les compagnies d'assurances avaient généralement leurs propres détectives. Pourtant un boulot était un boulot, et à cause de la récession, le marché du divorce n'était plus rentable. Rompre devenait une affaire difficile quand l'argent était compté.

Jouant le tout pour le tout, Danny doubla ses honoraires habituels et reçut l'assurance que le chèque lui serait envoyé par retour du courrier. On lui demanda d'adresser ses rapports et les factures suivantes à un numéro poste restante à New York.

Le sourire aux lèvres, Danny raccrocha.

21

Sarah partit pour New York en voiture en sortant du bureau le mardi soir. Elle arriva à temps pour son rendez-vous de six heures avec le Dr Justin Donnelly, mais lorsqu'elle se présenta à la réception, il sortait à la hâte de son cabinet.

Avec de brèves excuses, il expliqua qu'il avait une urgence et lui demanda d'attendre. Elle eut une impression fugitive de haute taille et de larges épaules, de cheveux noirs et d'un regard bleu perçant — et il était déjà parti.

La réceptionniste était visiblement rentrée chez elle. Les téléphones étaient silencieux. Après avoir parcouru un magazine pendant dix minutes sans y trouver quoi que ce soit d'intéressant, Sarah le reposa et resta assise immobile, perdue dans ses pensées.

Il était sept heures passées lorsque le Dr Donnelly réapparut. « Je suis vraiment désolé », dit-il simplement, et il la conduisit dans son bureau.

Sarah eut un vague sourire, s'efforçant d'ignorer les tiraillements d'estomac et un début de migraine. Elle n'avait rien avalé depuis son sandwich au jambon et son café de midi.

Le docteur lui désigna le fauteuil en face de son bureau. Elle s'assit, consciente qu'il l'étudiait, et entra dans le vif du sujet.

« Docteur Donnelly, j'ai demandé à ma secrétaire d'aller à la bibliothèque et de photocopier des ouvrages sur les troubles de personnalité multiple. J'en savais très peu sur la question, mais ce que j'ai lu aujourd'hui m'a terrifiée. »

Il attendit.

« Si je comprends bien, une des causes premières est un traumatisme subi durant l'enfance, particulièrement des abus d'ordre sexuel perpétrés sur une période prolongée. N'est-ce pas ?

— En effet.

— Laurie a certainement subi un traumatisme provoqué par son enlèvement et le fait d'être restée captive loin de chez elle pendant deux ans alors qu'elle était une petite enfant. Les médecins qui l'ont examinée lorsqu'on l'a retrouvée pensent qu'elle a été victime d'attentats répétés à la pudeur.

— Me permettez-vous de vous appeler Sarah ?

— Bien sûr.

— Bon. Sarah, si Laurie a développé une personnalité multiple, elle l'a probablement fait dès l'époque de son enlèvement. A supposer qu'elle ait subi une sorte d'agression sexuelle, elle a dû être trop effrayée, trop terrifiée à son âge pour assimiler ce qui lui arrivait. C'est à ce stade-là que s'est produite la fracture. Psychologiquement, Laurie, l'enfant que vous connaissiez, s'est évadée de la douleur et de la peur, et d'autres personnalités sont venues à son secours. C'est en elles que reste enfermée la mémoire de ces années. Il semblerait qu'elles ne soient pas apparues jusqu'à aujourd'hui.

D'après ce que vous dites, une fois revenue à la maison à l'âge de six ans, Laurie est peu à peu redevenue elle-même, mis à part un cauchemar à répétition. Récemment, avec la mort de vos parents, elle a subi un autre terrible choc, et le Dr Carpenter a discerné chez elle des changements nets de personnalité au cours de ses dernières séances avec lui. S'il est venu me voir aussi rapidement, c'est qu'il craint de lui voir développer des tendances suicidaires.

— Il ne m'en a rien dit. » Sarah sentit sa bouche se dessécher. « Laurie est déprimée bien sûr, mais... Oh, Seigneur, vous ne pensez pas cela possible, n'est-ce pas ? » Elle se mordit les lèvres pour les empêcher de trembler.

« Sarah, pouvez-vous convaincre Laurie de venir me voir ? »

Elle secoua la tête. « C'est déjà toute une histoire pour qu'elle voie le Dr Carpenter. Mes parents étaient des êtres merveilleux, mais ils ne connaissaient rien en psychiatrie. Maman citait toujours l'un de ses collègues enseignants. Selon lui, il existait trois sortes d'individus : ceux qui suivent une thérapie lorsqu'ils sont angoissés ; ceux qui parlent de leurs problèmes avec un ami, un chauffeur de taxi ou un barman ; ceux qui résolvent seuls leurs problèmes. Ce professeur affirmait que le taux de guérisons était exactement le même dans les trois cas. Laurie a grandi avec cette idée. »

Justin Donnelly sourit. « Je crains que cette opinion ne soit partagée par beaucoup.

— Je sais que Laurie a besoin d'une aide professionnelle, dit Sarah. Le problème est qu'elle refuse de se confier au Dr Carpenter. Comme si elle avait peur qu'il ne découvre quelque chose à son sujet.

— Pour le moment du moins, nous nous contenterons de travailler de manière indirecte. J'ai relu son dossier et pris quelques notes. »

A huit heures, observant les traits tirés, le visage las de Sarah, le Dr Donnelly dit : « Je crois que nous devrions nous arrêter là. Sarah, soyez attentive à toute allusion au suicide, même prononcée sur le ton le plus dégagé, et faites-en part au Dr Carpenter ou à moi. Je vais être tout à fait franc. J'aimerais beaucoup m'occuper du cas de Laurie. Je travaille sur les troubles de personnalité multiple et il est rare de rencontrer un patient dès les premières manifestations de ces dérèglements. Je m'entretiendrai de Laurie avec Carpenter après ses prochaines séances. A moins d'un changement radical, j'ai le pressentiment que nous obtiendrons plus d'informations de votre part que de Laurie. Observez-la de près. »

Sarah hésita puis demanda : « Docteur, est-il vrai que jusqu'au jour où Laurie retrouvera le souvenir de ces années perdues, elle n'ira jamais véritablement bien ?

— Je vais vous donner un exemple, Sarah. Ma mère s'est un jour cassé l'ongle jusqu'au sang et une infection s'est déclarée. Quelques jours plus tard, l'ongle entier était gonflé et douloureux. Elle a continué à se soigner toute seule par peur du bistouri. Lorsqu'elle est arrivée aux urgences à l'hôpital, elle avait le bras écarlate et était au bord d'une septicémie. Voyez-vous, elle avait ignoré les signes avant-coureurs parce qu'elle craignait la douleur d'un traitement immédiat.

— Et Laurie montre des signes d'affection psychologique ?

— Oui. »

Ils marchèrent ensemble le long du couloir jusqu'à la porte d'entrée. Le gardien les fit sortir. Malgré l'absence de vent, l'air du soir était piquant. Sarah s'apprêta à dire bonsoir.

« Vous êtes garée dans les environs ? demanda Donnelly.

— Miracle, j'ai trouvé une place de stationnement au coin de la rue. »

Il l'accompagna jusqu'à sa voiture. « Restons en contact. »

Il est charmant, songea Sarah en s'éloignant. Elle tenta d'analyser ses sentiments. Peut-être était-elle plus inquiète maintenant au sujet de Laurie qu'avant de voir le Dr Donnelly, mais au moins avait-elle le sentiment de pouvoir compter sur une aide véritable.

Elle emprunta la 96e Rue, dépassa Madison Avenue et Park Avenue, en direction du FDR Drive. Sur Lexington, elle tourna impulsivement sur la droite et se dirigea vers le centre. Elle était affamée, et Nicola's n'était qu'à une centaine de mètres.

Dix minutes plus tard, on la conduisait à une petite table. « Bonsoir, heureux de vous revoir, Sarah », l'accueillit Lou, le fidèle maître d'hôtel de chez Nicola's.

Le restaurant était toujours aussi animé, et le spectacle alléchant des pâtes fumantes sortant de la cuisine remonta le moral de Sarah. « Je sais ce qui me ferait plaisir, Lou.

— Des asperges vinaigrette, des linguini aux fruits de mer, de l'eau gazeuse, un verre de vin, débita-t-il.

— Exactement. »

Elle prit dans la corbeille un petit pain chaud et croustillant. Quelques minutes plus tard, juste après qu'on lui eut servi ses asperges, quelqu'un vint occuper la petite table à sa gauche. Elle entendit une voix familière : « Parfait, Lou. Merci. Je meurs de faim. »

Sarah leva la tête et son regard rencontra le visage surpris puis visiblement ravi du Dr Justin Donnelly.

22

Rutland Garrison avait su depuis l'enfance qu'il avait la vocation. Dès 1947, il avait pressenti le potentiel de la télévision et persuadé la chaîne Dumont à New York de lui allouer une heure tous les dimanches matin pour l'« Eglise des Ondes ». Il n'avait cessé d'y prêcher la parole du Seigneur.

Aujourd'hui, à l'âge de soixante-dix-huit ans, son cœur était à bout de course et son médecin lui avait conseillé de prendre sa retraite sans tarder. « Vous avez accompli le travail de douze hommes dans toute votre vie, Révérend Garrison, avait-il dit. Vous avez construit un collège de la Bible, un hôpital, des maisons de santé, des maisons de retraite. Il est temps de prendre un peu soin de vous, désormais. »

Garrison savait plus que quiconque les sommes qui pouvaient être détournées de leur but charitable pour aller dans des poches largement ouvertes. Il n'avait pas l'intention de laisser son ministère en des mains peu scrupuleuses.

Il savait aussi que, par sa nature même, une émission religieuse nécessitait en chaire un homme capable non seulement d'inspirer et de diriger ses ouailles mais aussi de soulever l'enthousiasme par ses sermons.

« Nous devons choisir un homme qui ait le sens du spectacle, mais non un homme de spectacle », avait dit Garrison aux membres du conseil de l' « Eglise des Ondes ». Néanmoins, à la fin du mois d'octobre, après la troisième apparition du Révérend Bobby Hawkins comme prédicateur invité, le conseil émit son vote lui demandant d'accepter la chaire.

Garrison avait le droit de veto sur les décisions du conseil. « Je ne suis pas sûr de cet homme, dit-il avec irritation. Il y a quelque chose en lui qui m'inquiète. Rien ne nous oblige à nous engager aussi vite.

— Il a une qualité messianique, protesta l'un des membres.

— C'est le Messie lui-même qui nous a enseigné à nous méfier des faux prophètes. » Rutland Garrison vit à l'indulgence teintée d'impatience peinte sur les visages de ceux qui l'entouraient que tous croyaient ses objections dictées par son hésitation à prendre sa retraite. Il se leva. « Faites ce que vous voulez, dit-il d'un ton las. Je rentre chez moi. »

Cette nuit-là, le Révérend Rutland Garrison mourut dans son sommeil.

23

Bic était à cran depuis sa dernière apparition à l'« Eglise des Ondes ». « Ce vieillard ne m'a pas à la bonne, Opal, lui dit-il. Il est jaloux des appels téléphoniques et des lettres qu'ils ont reçus à mon sujet. J'ai téléphoné à l'un des membres du conseil pour savoir pourquoi je n'avais aucune nouvelle d'eux, et c'est ça la raison.

— Peut-être vaudrait-il mieux rester ici en Géorgie, Bic », suggéra Opal. Elle se détourna sous son regard méprisant. Elle était assise à la table de la salle à manger, environnée de piles d'enveloppes.

« A combien se montent les dons cette semaine ?

— Ils sont considérables. » Tous les jeudis dans son émission régionale et lorsqu'il prêchait dans les assemblées, Bic faisait appel à la générosité du public pour différentes œuvres de charité. Opal et lui étaient les seules personnes autorisées à encaisser les dons.

« Ils représentent une goutte d'eau en comparaison de ce que reçoit l'" Eglise des Ondes " à chacun de mes sermons. »

Le 28 octobre, un appel leur parvint de New York. Lorsque Bic raccrocha, il regarda fixement Opal, son visage et son regard comme illuminés. « Garrison est mort la nuit dernière. Ils m'ont choisi pour devenir le pasteur de l'" Eglise des Ondes ". Ils désirent que nous venions nous installer à New York dès que possible. Nous logerons au Wyndham jusqu'à ce que nous trouvions un endroit où habiter. »

Opal s'apprêta à s'élancer vers lui, puis se figea. A son expression, elle comprit qu'il fallait le laisser seul. Il alla s'enfermer dans son bureau. Quelques minutes plus tard, elle entendit résonner faiblement une mélodie et sut qu'il avait ressorti la boîte à musique de Lee. Elle se dirigea sur la pointe des pieds jusqu'à la porte et écouta les voix aiguës chanter : « Nous n'irons plus au bois... »

24

Ce n'était pas facile de cacher à sa sœur qu'elle mourait de peur. Laurie cessa de raconter à Sarah et au Dr Carpenter que le cauchemar du couteau revenait régulièrement. Ça ne servait à rien d'en parler. Personne, pas même Sarah, ne pouvait comprendre que le couteau se rapprochait de plus en plus.

Le Dr Carpenter voulait l'aider, mais elle devait faire très attention. Parfois l'heure avec lui s'écoulait à toute vitesse, et Laurie savait qu'elle lui avait dit des choses sans même s'en rendre compte.

Elle était en permanence fatiguée. Même en restant tous les soirs dans sa chambre à étudier, elle parvenait à peine à rendre ses devoirs à temps. Et il lui arrivait de les trouver terminés sur son bureau alors qu'elle ne se rappelait pas les avoir rédigés.

Il y avait tellement de pensées qui tambourinaient dans sa tête comme des voix criant dans une chambre à échos. L'une d'elles lui disait qu'elle était une mauviette, une petite imbécile, qu'elle cassait les pieds à tout le monde et devait cesser d'ennuyer le Dr Carpenter avec ses histoires. Parfois, une petite fille pleurait dans la tête de Laurie. Tantôt l'enfant larmoyait sans bruit, tantôt elle sanglotait et gémissait. Une autre voix, rauque, sensuelle, parlait comme une reine du porno.

Elle appréhendait les week-ends. La maison était si grande, tellement silencieuse. Elle redoutait de s'y trouver seule. Heureusement que Sarah l'avait mise en vente dans une agence immobilière.

Les seuls moments où Laurie se sentait elle-même étaient ceux où elle et Sarah jouaient au golf et déjeunaient ou dînaient au club avec des amis. Ces jours-là lui rappelaient ses parties de golf avec Gregg. Il lui manquait cruellement, mais elle avait si peur de lui à présent que tout son amour avait disparu. Elle redoutait l'idée qu'il serait de retour à Clinton en janvier.

25

Justin Donnelly avait déjà conclu de son entretien avec le Dr Carpenter que Sarah Kenyon était une jeune femme particulièrement forte, mais il n'était pas préparé à l'impression qu'elle lui avait faite lors de leur première rencontre. Ce soir-là dans son cabinet, elle s'était assise en face de lui, ravissante, immobile sur le bord de son fauteuil, seule la tristesse de son regard révélant la douleur et l'angoisse qui l'habitaient. Son tailleur de tweed bleu sombre d'un luxe discret lui avait rappelé que le port de couleurs sobres était autrefois une manifestation de deuil.

Il avait apprécié son souci de s'informer sur les manifestations de la personnalité multiple avant même de le rencontrer après qu'elle eut appris l'éventualité de tels troubles chez sa sœur. Et il avait admiré qu'elle comprît si bien la vulnérabilité psychique de Laurie.

En la raccompagnant jusqu'à sa voiture, Justin avait failli inviter Sarah à dîner. Puis il s'était rendu chez Nicola's où il l'avait retrouvée. Elle avait paru contente de le voir, et c'était naturellement qu'il s'était joint à elle, libérant la dernière table pour un couple qui arrivait après lui.

Sarah avait donné le ton de la conversation. Souriante, elle lui avait passé la corbeille à pain. « J'imagine que vous avez comme moi déjeuné sur le pouce, lui avait-elle dit. Je commence à instruire une affaire de meurtre et j'ai passé ma journée à interroger des témoins. »

Elle avait parlé de son travail de substitut, avant d'orienter habilement la conversation vers lui. Elle savait qu'il était australien. Tout en dégustant son ossobuco, Justin lui avait parlé de sa famille et de son enfance dans un élevage de moutons. « Mon arrière-grand-père paternel est venu enchaîné d'Angleterre. Pendant des générations, bien sûr, personne n'en a jamais dit mot. Aujourd'hui, c'est un honneur d'avoir eu un ancêtre envoyé par Sa Majesté dans la colonie pénitentiaire. Ma grand-mère maternelle est née en Angleterre ; elle avait trois mois quand la famille s'est installée en Australie. Elle a passé sa vie entière à regretter l'Angleterre et n'y est retournée qu'à deux reprises en quatre-vingts ans. C'est l'autre facette de la mentalité australienne. »

C'est en buvant un cappuccino qu'il raconta sa décision de se spécialiser dans le traitement des troubles de personnalité multiple.

Après cette soirée, Justin s'entretint avec le Dr Carpenter et Sarah au moins une fois par semaine. Le Dr Carpenter leur confia que Laurie se montrait de moins en moins coopérative. « Elle dissimule ses senti-ments, dit-il à Justin. En surface, elle convient qu'elle ne devrait pas se sentir responsable de la mort de ses parents, mais je ne la crois pas. Elle parle d'eux trop naturellement. Elle évoque uniquement de tendres souvenirs. Lorsque l'émotion la submerge, elle prend la voix d'un petit enfant. Elle persiste à refuser de subir les tests de personnalité multiphasique ou de Rorschach. »

Sarah indiqua qu'elle n'avait décelé aucun indice de dépression à tendance suicidaire. « Laurie déteste ses séances du samedi avec le Dr Carpenter, dit-elle à Justin. Elle dit que c'est une dépense inutile et qu'il est parfaitement normal d'être triste quand vos parents sont morts. Elle ne semble vraiment gaie que lorsque nous allons au club de golf. Elle a eu deux mauvaises notes dans le trimestre, et m'a demandé de ne pas l'appeler après huit heures du soir. Ensuite elle veut pouvoir travailler sans être dérangée. Je crois qu'elle refuse de me voir la surveiller. »

Justin Donnelly ne dit pas à Sarah que le Dr Carpen-ter et lui pressentaient dans le comportement de Laurie le calme qui annonce la tempête. Il préféra la presser de garder un œil attentif sur Laurie. En raccrochant, il se rendit compte qu'il commençait à attendre les appels de Sarah avec une impatience qui n'avait rien de professionnel.

26

Le meurtre instruit par Sarah était une affaire particulièrement atroce où une jeune femme de vingt-sept ans, Maureen Mays, avait été étranglée par un garçon de dix-neuf ans qui s'était introduit de force dans sa voiture dans le parking d'une gare.

Se plonger dans les derniers préparatifs précédant la tenue du procès fut une diversion bienvenue pour Sarah. Avec une intense concentration, elle parcourut les déclarations des témoins qui avaient vu l'accusé rôder dans la gare. Si seulement ils étaient intervenus, songea Sarah. Ils avaient tous eu le sentiment qu'il préparait un mauvais coup. Elle savait que la preuve physique des efforts désespérés de la victime pour échapper à son assaillant ferait une forte impression sur le jury.

Le procès débuta le 2 décembre. La partie, qui semblait gagnée d'avance, devint plus difficile à partir du moment où Conner Marcus, un avocat de soixante ans sympathique et convaincant, entreprit de mettre en pièces l'argumentation de Sarah. Sous ses habiles questions, les témoins admirent qu'il faisait très sombre dans le parking, qu'ils ignoraient si l'accusé avait ouvert la porte de la voiture ou si c'est Mays qui lui avait permis de monter près d'elle.

Mais lorsque vint le tour de Sarah de mener l'interrogatoire, tous les témoins déclarèrent fermement que Maureen Mays avait sans équivoque rabroué James Parker lorsqu'il s'était approché d'elle à la gare.

La perversité du crime, combinée aux effets de manches réputés de Marcus, avait attiré la foule des médias. Les bancs des spectateurs étaient bondés. Les mordus des procès criminels faisaient des paris sur le verdict final.

Sarah était à nouveau dans son élément. Elle mangeait, buvait et dormait au rythme de « l'Etat contre James Parker ». Laurie regagnait souvent le campus le samedi, après ses séances avec le Dr Carpenter. « Tu as du travail et il faut que je donne un coup de collier moi aussi, disait-elle à Sarah.

— Comment cela se passe-t-il avec le Dr Carpenter ?

— Je commence à mettre l'accident sur le compte de l'autocar.

— Voilà une bonne nouvelle. » Lors de son entretien téléphonique hebdomadaire avec le Dr Donnelly, Sarah dit : « J'aimerais tant la croire. »

Elles passèrent les fêtes de Thanksgiving chez des cousins dans le Connecticut. Tout se passa mieux que Sarah ne l'avait craint. A Noël, elles prirent l'avion pour la Floride et firent une croisière de cinq jours dans les Caraïbes. Nager dans la piscine sur le pont du Lido éloigna de leur esprit les souvenirs attachés à Noël. Pourtant Sarah ne put s'empêcher d'attendre avec impatience la fin des vacances judiciaires afin de pouvoir reprendre le cours du procès.

Laurie passa une grande partie de la croisière à lire dans leur cabine. Elle s'était inscrite au cours d'Allan Grant sur les femmes écrivains de l'époque victorienne et voulait s'avancer. Elle avait emporté la vieille machine à écrire portable de leur mère, soi-disant pour prendre des notes. Mais Sarah savait qu'elle écrivait aussi des lettres, des lettres qu'elle arrachait du chariot et dissimulait dès que Sarah entrait dans la cabine. Laurie s'intéressait-elle à quelqu'un ? se demanda Sarah. Pourquoi se montrer si secrète ?

Elle a vingt-deux ans, se gourmanda-t-elle. Occupe-toi de tes affaires.

27

La veille de Noël, le professeur Allan Grant eut une discussion désagréable avec sa femme, Karen. Il avait oublié de ranger la clef du tiroir de son bureau et elle avait trouvé les lettres. Karen exigea de savoir pourquoi il les lui avait cachées ; pourquoi il n'en avait pas fait part à l'administration si, comme il l'affirmait, elles n'étaient qu'inventions grotesques.

Patiemment au début, puis d'un ton plus agacé, il expliqua : « Karen, je ne voyais aucune raison de t'inquiéter. Quant à ce qui concerne l'administration, je ne suis même pas certain que l'auteur en soit une étudiante, bien que je le soupçonne. Que fera le recteur si ce n'est se demander, comme toi-même en ce moment, ce qu'il y a de vrai dans ces lettres ? »

La semaine entre Noël et le Nouvel An, les lettres cessèrent de lui parvenir. « Preuve supplémentaire qu'elles proviennent probablement d'une étudiante, dit-il à Karen. A présent, j'aimerais en recevoir une. Le cachet de la poste nous aiderait. »

Karen aurait voulu qu'il vienne passer le Nouvel An à New York. Ils étaient invités à une réception au Rainbow Room.

« Tu sais que j'ai horreur de ce genre de mondanités, lui dit-il. Les Larkin nous ont invités chez eux. » Walter Larkin était le recteur responsable des affaires internes de l'université.

La neige se mit à tomber dru le premier de l'an. Karen téléphona depuis son bureau. « Chéri, mets la radio. Les trains et les bus sont tous retardés. Qu'est-ce que tu me conseilles de faire ? »

Allan savait ce qu'il était censé répondre. « Inutile de te retrouver coincée à Penn Station ou dans un bus sur l'autoroute. Pourquoi ne restes-tu pas en ville ?

— Tu es certain que ça ne t'ennuie pas ? »

Ça ne l'ennuyait pas.

Allan Grant s'était marié avec l'idée bien définie qu'il s'engageait pour la vie. Son père avait abandonné sa mère peu après sa naissance et il avait juré de ne jamais se comporter ainsi avec aucune femme au monde.

Karen était visiblement très satisfaite de leur arrangement. Elle aimait vivre à New York pendant la semaine et passer les week-ends avec lui. Au début, tout avait bien marché. Habitué à vivre seul, Allan aimait se retrouver en tête à tête avec lui-même. Mais il éprouvait une insatisfaction grandissante depuis peu. Karen était l'une des plus jolies femmes qu'il eût jamais connues. Elle avait l'allure d'un mannequin. Contrairement à lui, elle possédait un sens inné des affaires, et c'était elle qui gérait leurs finances. Mais son attirance physique pour lui s'était émoussée au fil du temps. Son réalisme têtu et enjoué ne le surprenait plus.

Qu'avaient-ils réellement en commun ? se demanda Allan une fois encore en s'habillant pour aller chez le recteur. Il éluda la question. Ce soir, il allait passer une soirée agréable chez de bons amis. Il connaissait tous les invités et c'étaient tous des gens séduisants et intéressants.

En particulier Vera West, le membre le plus récent de la faculté.

28

Durant les premiers jours de janvier, le campus de Clinton s'était transformé en palais de cristal. Après une grosse tempête de neige, les étudiants s'étaient amusés à sculpter d'éphémères silhouettes imaginaires. La température en dessous de zéro les conserva dans leur beauté virginale, jusqu'à l'arrivée de la pluie.

Aujourd'hui, quelques traces blanches restaient accrochées sur l'herbe brune et trempée. Les vestiges des sculptures avaient pris en fondant des formes grotesques. L'euphorie qui avait suivi les examens était passée et le travail avait repris son cours normal dans les classes.

Laurie traversa d'un pas vif le campus jusqu'au bureau d'Allan Grant. Elle marchait, les mains enfoncées dans les poches de son anorak qu'elle avait passé sur son jean et son sweater. La masse dorée de ses cheveux était rejetée en arrière et attachée en queue de cheval. En prévision de l'entretien, elle avait commencé à mettre un peu d'ombre à paupières et de rouge à lèvres, puis elle avait tout enlevé.

Ne te fais pas d'illusions. Tu es affreuse.

Les voix lui parlaient de plus en plus souvent. Laurie accéléra le pas comme si elle cherchait à les distancer. *Laurie, tout est de ta faute. Ce qui est arrivé quand tu étais petite est de ta faute.*

Laurie espérait avoir réussi son essai sur les auteurs victoriens. Elle avait toujours obtenu de bonnes notes jusqu'à cette année, mais depuis quelque temps il lui semblait être sur des montagnes russes. Un jour elle avait un A ou B+. Un autre, le sujet à traiter lui paraissait si peu familier qu'elle pensait n'avoir pas écouté le cours. Plus tard, elle découvrait des notes qu'elle ne se rappelait pas avoir prises.

C'est alors qu'elle le vit. Gregg. Il traversait l'allée qui séparait les deux bâtiments où résidaient les étudiants. A son retour d'Angleterre la semaine dernière, il lui avait téléphoné. Elle lui avait crié de la laisser tranquille avant de raccrocher brutalement.

Il ne l'avait pas encore aperçue. Elle franchit en courant les quelques mètres qui la séparaient du bâtiment principal.

Dieu merci, le couloir était désert. Elle appuya sa tête contre le mur pendant une minute, en savourant la fraîcheur.

Trouillarde.

Je ne suis pas une « trouillarde », se récria-t-elle intérieurement. Redressant les épaules, elle arbora un sourire dégagé à l'adresse de l'étudiant qui sortait du bureau d'Allan Grant.

Elle frappa à la porte entrouverte. Une sensation de

72

chaleur l'envahit en l'entendant l'accueillir : « Entrez, Laurie. » Il était toujours si gentil avec elle.

Le minuscule bureau de Grant était peint d'un jaune ensoleillé. Des étagères bourrées de livres occupaient tout le mur à droite de la fenêtre. La longue table était chargée de publications et de copies d'élèves. Son bureau, par contraste, était parfaitement rangé et on y voyait seulement un téléphone, une plante verte et un bocal où nageait sans but un poisson solitaire.

Grant lui désigna la chaise en face de son bureau. « Asseyez-vous, Laurie. » Il portait un chandail bleu sombre sur un col roulé blanc. Laurie songea fugitivement que l'effet était presque clérical.

Il lui tendait son dernier essai, celui qu'elle avait écrit sur Emily Dickinson. « Vous ne l'aimez pas ? demanda-t-elle avec crainte.

— Je le trouve excellent, au contraire. Mais je ne comprends pas pourquoi vous avez changé d'avis à propos de cette vieille Em. »

Il le trouvait bon. Laurie eut un sourire de soulagement. Mais que voulait-il dire sur le fait qu'elle avait changé d'avis ?

« Au trimestre dernier, dans votre dissertation sur Emily Dickinson, vous avez parfaitement souligné son existence recluse, expliquant que son génie ne pouvait sans doute s'exprimer pleinement qu'en restant à l'écart du monde. Aujourd'hui, vous développez la thèse qu'Emily était une névrosée en proie à la peur et que sa poésie aurait atteint de plus grands sommets si elle n'avait pas refoulé ses émotions. Vous concluez par : " Une aventure avec son maître et idole, Charles Wadsworth, lui aurait fait le plus grand bien. " »

Grant sourit : « Je me suis parfois posé la même question, mais quelle raison vous a amenée à changer d'avis ? »

Quelle raison en effet ? Laurie trouva une réponse. « Peut-être mon esprit travaille-t-il comme le vôtre. Peut-être me suis-je demandé ce qui serait advenu si elle avait trouvé un exutoire physique à ses émotions au lieu d'en avoir peur. »

Grant hocha la tête. « Bon. Ces deux phrases dans la marge… est-ce vous qui les avez écrites ? »

Ça ne ressemblait pas à son écriture, mais la couverture bleue portait son nom.

Il y avait quelque chose de changé chez le professeur Grant. L'expression de son visage était songeuse, troublée même. Essayait-il simplement de se montrer gentil avec elle ? Peut-être son essai ne valait-il rien, en réalité.

Le poisson rouge nageait lentement, indifférent. « Qu'est-il arrivé aux autres ? demanda-t-elle.

— Un plaisantin les a trop nourris. Ils sont tous morts. Laurie, il y a quelque chose dont j'aimerais vous parler…

— Je préférerais mourir d'indigestion plutôt que d'être écrasée en voiture, pas vous ? Il n'y a pas de sang, au moins. Oh, pardon. De quoi vouliez-vous me parler ? »

Allan Grant secoua la tête. « Rien d'urgent. Vous allez mieux, n'est-ce pas ? »

Elle savait ce qu'il voulait dire.

« Parfois, avec l'aide du docteur, j'arrive à admettre que c'était l'autocar qui roulait trop vite avec des freins déficients. A d'autres moments, je n'y parviens pas. »

La voix en elle cria : *Tu as ôté à ta mère et à ton père le reste de leur existence, tout comme tu leur as volé deux années en allant regarder le passage de ce convoi funéraire.*

Elle ne voulait pas pleurer devant le professeur Grant. Il s'était toujours montré si gentil, mais les gens se fatiguent à force de vous remonter constamment le moral. Elle se leva. « Je… je dois m'en aller. Y a-t-il autre chose ? »

Troublé, Allan Grant regarda Laurie partir. Il était trop tôt pour en être sûr, mais l'essai de fin de trimestre qu'il tenait entre ses mains lui apportait le premier indice sérieux quant à l'identité de l'auteur mystérieux qui signait ses lettres « Leona ».

Il y avait un aspect sensuel dans cette rédaction qui différait complètement du style habituel de Laurie mais ressemblait au ton des lettres. Il lui sembla aussi reconnaître quelques phrases inhabituellement extravagantes. Ça n'était pas une preuve, mais il savait au moins par où commencer sa recherche.

Laurie Kenyon était la dernière personne qu'il aurait crue capable d'écrire ces lettres. Son attitude envers lui avait toujours été celle d'une étudiante respectueuse à l'égard d'un professeur qu'elle admirait et appréciait.

Tout en enfilant sa veste, Allan décida de ne rien confier à Karen ou à l'administration de ses soupçons. Certaines des lettres étaient carrément osées. Il serait embarrassant pour quelqu'un d'innocent d'être interrogé à leur propos, en particulier pour une gosse ayant vécu le genre de tragédie qui avait frappé Laurie. Il éteignit la lumière et rentra chez lui.

Dissimulée derrière une rangée de buissons, les ongles enfoncés dans ses paumes, Leona le regarda partir.

La nuit dernière, elle s'était à nouveau cachée à l'extérieur de la maison. Comme à l'accoutumée, il avait laissé les rideaux ouverts, et elle l'avait épié durant trois heures. Vers neuf heures, il avait fait réchauffer une pizza et l'avait apportée avec une bière dans son bureau. Il s'était installé confortablement dans le vieux fauteuil de cuir, avait ôté ses chaussures d'un coup de talon et posé ses pieds sur le canapé.

Il lisait une biographie de Bernard Shaw. Il avait une façon si attachante de passer machinalement sa main dans ses cheveux. Il faisait le même geste en cours, de temps en temps. Sa bière terminée, il avait contemplé le verre vide, haussé les épaules, puis il s'était rendu dans la cuisine d'où il était revenu avec une autre bière.

A onze heures, il avait regardé le journal télévisé, éteint la lumière et quitté le bureau. Elle savait qu'il allait se coucher. Il laissait toujours la fenêtre ouverte, mais les rideaux de la chambre étaient tirés. La plupart du temps, elle s'en allait simplement après qu'il eut éteint la lumière, mais un soir elle avait tiré la poignée de la porte coulissante et découvert que la serrure ne marchait pas. Depuis, certains soirs, elle se faufilait à l'intérieur de la maison et se pelotonnait dans son fauteuil, imaginant qu'il allait l'appeler d'une minute à l'autre : « Hé, chérie, viens te coucher. J'ai besoin de compagnie. »

Une ou deux fois, elle avait attendu d'être sûre qu'il fût endormi pour s'approcher de son lit sur la pointe des pieds et le regarder dormir. La nuit dernière, transie et exténuée, elle était rentrée chez elle dès qu'il avait éteint la lumière dans son bureau.

Transie et exténuée.
Transie.
Laurie frotta ses mains l'une contre l'autre. Il faisait si noir tout à coup. Elle n'avait pas remarqué qu'il faisait si sombre en quittant le bureau du professeur Grant une minute auparavant.

29

« Ridgewood est l'une des plus jolies villes du New Jersey, expliqua Betsy Lyons à la femme sobrement vêtue qui examinait avec elle les photos des propriétés à vendre. Bien sûr, les prix sont parmi les plus élevés, mais étant donné les conditions actuelles du marché, il y a d'excellentes affaires à réaliser dans la région. »

Opal hocha la tête pensivement. C'était sa troisième visite à l'agence immobilière Lyons Realty. Elle avait mis au point son histoire : son mari allait être muté à New York et elle faisait une première recherche dans le New Jersey, le Connecticut et le Westchester.

« Mets-la en confiance, lui avait recommandé Bic. Tous ces agents immobiliers ont pour consigne de surveiller du coin de l'œil les éventuels clients afin qu'ils ne chapardent rien lorsqu'on leur montre des maisons. Pour commencer, dis que tu prospectes dans différentes régions ; ensuite, après une visite ou deux, indique que tu as une préférence pour le New Jersey. Au premier entretien, tu diras que tu ne veux pas y mettre un prix aussi élevé que ceux qui se pratiquent à Ridgewood. Puis laisse entendre que la ville a beaucoup de charme et que tu pourrais faire un effort. Enfin, amène-la à te faire visiter la maison de Lee un des vendredis où nous apparaissons à l'antenne. Distrais son attention et… »

On était un vendredi en début d'après-midi. Tout fonctionnait comme prévu. Opal avait gagné la confiance de Betsy Lyons. Le moment était arrivé de visiter la maison des Kenyon. La femme de ménage venait le lundi et le vendredi matin. Elle serait probablement déjà partie à cette heure. La sœur aînée était retenue au palais de justice où elle instruisait une affaire qui faisait beaucoup de bruit. Opal se trouverait seule dans la maison de Lee avec quelqu'un qui ne se méfierait pas d'elle.

Betsy Lyons était une belle femme d'une soixantaine d'années. Elle aimait son travail et le faisait bien. Elle se vantait souvent de pouvoir repérer un mauvais client à trois kilomètres. « Ecoutez, il ne s'agit pas de perdre son temps, disait-elle aux nouveaux agents. Le temps, c'est de l'argent. Mais ne croyez pas qu'il faille systématiquement écarter les gens qui n'ont en apparence pas les moyens de s'offrir les maisons qu'ils veulent visiter. Il y a peut-être papa à l'arrière-plan avec un paquet de fric que lui rapportent ses chaînes de supermarchés. Par ailleurs, ce n'est pas parce que d'autres ont l'air de rouler sur l'or qu'ils sont des clients sérieux. Certaines femmes veulent seulement entrer dans des maisons luxueuses pour voir la décoration. *Et surtout ne les quittez jamais des yeux.* »

Ce qui plaisait particulièrement à Betsy Lyons chez Carla Hawkins, c'était qu'elle jouait franc jeu. Dès le premier instant, elle avait mis cartes sur table. Elle s'intéressait aussi à d'autres possibilités. Elle ne s'exclamait pas d'admiration devant toutes les maisons qu'on lui présentait. Pas plus qu'elle n'en soulignait les défauts comme le faisaient certaines personnes, qu'elles aient ou non l'intention d'acheter. « Les salles de bains sont ridiculement petites. » Mais c'est normal, ma chère. Vous êtes habituée à avoir un jacuzzi dans votre chambre.

Mme Hawkins posait des questions pertinentes sur les maisons qui pouvaient à priori l'intéresser. Manifestement, l'argent ne manquait pas. Un bon agent immobilier sait reconnaître des vêtements coûteux. Bref, Betsy Lyons avait l'impression que s'offrait à elle la chance de faire une grosse vente.

« Cette maison a un charme particulier, dit-elle, désignant la photo d'une longue bâtisse en briques. Neuf pièces de plain-pied, édifiée il y a seulement quatre ans, en parfait état, une fortune en terrain, située dans une voie sans issue. »

Opal feignit de lire avec attention les caractéristiques indiquées sous la photo. « Cela pourrait m'intéresser, dit-elle lentement, mais montrez-moi ce que vous avez d'autre. Oh, et celle-là ? » Elle était finalement parvenue à la page montrant la photo de la maison des Kenyon.

« Maintenant, si vous désirez quelque chose de vraiment exceptionnel, spacieux, confortable, cette maison est une affaire, dit Lyons avec enthousiasme. Un demi-hectare de terrain, une piscine, quatre grandes chambres, chacune avec sa propre salle de bains ; un living-room, une salle à manger avec une pièce attenante pour le petit déjeuner, bureau et bibliothèque au rez-de-chaussée. Deux cent cinquante mètres carrés, moulures, lambris, parquets, office.

— Nous pourrions peut-être visiter les deux maisons ce matin, proposa Opal. Je ne peux en faire plus à cause de ma cheville. »

Bic lui avait bandé la cheville gauche. « Tu expliqueras à cet agent que tu t'es foulé la cheville, lui avait-il dit. Ensuite, lorsque tu diras que tu as dû laisser tomber un gant dans l'une des chambres, elle ne verra aucun inconvénient à te laisser seule dans la cuisine. »

« Je vais téléphoner aux propriétaires de cette maison de plain-pied, dit Betsy Lyons. Ils ont de jeunes enfants et désirent être avertis de chacune de nos visites. Par contre, je peux me rendre chez les Kenyon tous les jours de la semaine sans avoir besoin de les prévenir. »

Elles visitèrent la première maison. Opal se rappela de poser les questions appropriées. Lorsqu'elles prirent enfin la route pour la maison des Kenyon, elle repassa en esprit les instructions de Bic.

« Il fait un temps pourri, fit remarquer Lyons tout en conduisant dans les rues calmes de Ridgewood. Mais c'est merveilleux d'imaginer que le printemps est proche. La propriété des Kenyon déborde d'arbres en fleurs à cette saison. Des cornouillers, des cerisiers... Mme Kenyon adorait jardiner et il y avait des fleurs du printemps à l'automne. J'envie les futurs propriétaires.

— Pourquoi ont-ils mis la maison en vente ? » Il sembla à Opal qu'il était naturel de poser la question. Rouler sur cette route la mettait mal à l'aise. Ça lui rappelait ces deux années. Elle se souvint de l'angoisse qui lui avait étreint le cœur au moment où ils avaient tourné à l'angle de la maison rose. Elle était repeinte en blanc aujourd'hui.

Lyons savait qu'il ne servait à rien de cacher la vérité. Le problème était que les gens refusaient souvent d'acheter une maison vouée à la malchance. Mais mieux valait les mettre d'emblée au courant plutôt que de les laisser fouiner et découvrir par eux-mêmes la situation. « La maison n'est plus habitée que par deux sœurs à l'heure actuelle, dit-elle. Les parents sont morts dans un accident en septembre dernier. Un autocar a heurté de plein fouet leur voiture sur la nationale 78. » Habilement, elle tenta d'attirer l'attention d'Opal sur le fait que l'accident avait eu lieu sur la route et non dans la maison.

Elles s'engageaient dans l'allée. Bic avait recommandé à Opal de noter chaque détail. Il voulait tout savoir sur l'endroit où vivait Lee. Elles sortirent de la voiture, et Lyons chercha la clef de la maison.

« Voici l'entrée principale, dit-elle en ouvrant. Vous voyez, c'est ce que j'appelle une maison bien tenue. C'est magnifique, n'est-ce pas ? »

Taisez-vous, aurait aimé lui dire Opal tandis qu'elles parcouraient le rez-de-chaussée. Le living-room se trouvait sur la gauche. Une porte en arc de cercle. De hautes fenêtres. Du tissu d'ameublement dans des tons à dominante bleue. Un plancher ciré recouvert d'un grand tapis d'Orient et d'un autre, plus petit et de couleur contrastée, devant la cheminée. Opal dut réprimer une envie irrésistible de rire. Ils avaient arraché Lee à cet endroit pour l'emmener dans leur ferme minable. Etonnant qu'elle ne se soit pas effondrée sous le choc.

Dans la bibliothèque, les murs étaient couverts de portraits. « La famille Kenyon, fit remarquer Betsy Lyons. Un beau couple, n'est-ce pas ? Et ici, ce sont des aquarelles des filles quand elles étaient enfants. Dès le premier jour, Sarah s'est occupée de Laurie comme une petite maman. Peut-être l'histoire n'est-elle pas venue jusqu'à vos oreilles, en Géorgie, mais... »

Tout en écoutant le récit de la disparition de Laurie, dix-sept ans auparavant, Opal sentit son cœur battre plus vite. Sur une table basse, elle aperçut une photo de Lee avec une autre fille plus âgée. Lee était vêtue du costume de bain rose qu'elle portait lorsqu'ils l'avaient enlevée. Parmi le nombre de photos encadrées qui étaient rassemblées dans cette pièce, c'était incroyable que son œil soit tombé sur celle-là en particulier. Bic avait raison. Si Dieu les avait envoyés ici, ce n'était pas sans raison. Il leur fallait se méfier de Lee à présent.

Elle feignit d'éternuer, prit un mouchoir dans sa poche et laissa tomber un gant à l'endroit convenu avec Bic. Sans que Betsy Lyons ait eu besoin de le préciser, elle avait deviné quelle était la chambre de Lee. Celle de la sœur aînée comportait un bureau où s'empilaient des livres de droit.

Opal redescendit avec Lyons au rez-de-chaussée, puis demanda à revoir la cuisine. « J'aime beaucoup cette cuisine, soupira-t-elle. Cette maison est un paradis. » Au moins suis-je sincère, songea-t-elle avec un léger amusement. « Je crois que je ferais mieux de rentrer, à présent, dit-elle. Ma cheville commence à refuser de marcher. » Elle s'assit sur l'un des hauts tabourets devant le comptoir central.

« Bien sûr. » Betsy sentait que l'affaire prenait une bonne tournure.

Opal chercha ses gants dans la poche de son manteau, puis fronça les sourcils. « Je suis pourtant certaine que j'avais les deux en entrant ici. » Elle fouilla dans l'autre poche, en sortit son mouchoir. « Oh, je sais. J'ai dû faire tomber mon gant au moment où j'ai pris mon mouchoir lorsque j'ai éternué. C'était dans la chambre à la moquette bleue. » Elle fit mine de descendre du tabouret.

« Ne bougez pas, ordonna Betsy Lyons. Je monte en vitesse le chercher.

— Oh, vraiment ? »

Opal attendit que les pas dans l'escalier lui assurent que Betsy montait au premier étage. Puis elle sauta du tabouret et alla rapidement jusqu'à la rangée de couteaux à manche bleu qui étaient fixés au mur près de la cuisinière. Elle s'empara du plus grand, un long couteau à découper, et le fourra dans son sac à bandoulière.

Elle était à nouveau installée sur son tabouret, légèrement penchée en avant, se frottant la cheville, lorsque Betsy Lyons revint dans la cuisine, un sourire triomphant sur les lèvres, serrant le gant manquant dans sa main.

30

La première partie de la semaine s'était écoulée dans un brouillard. Sarah travailla toute la nuit du jeudi, révisant une dernière fois ses conclusions.

Elle lut attentivement l'exposé des faits, coupant, insérant, préparant des fiches avec les points les plus marquants qu'elle voulait souligner devant le jury. La lumière de l'aube commençait à poindre dans la chambre. A sept heures et quart, Sarah lut son dernier paragraphe. « Mesdames et messieurs les jurés, M. Marcus est certes un avocat habile et expérimenté. Il s'est acharné sur chacun des témoins présents dans la gare cette nuit-là. De l'aveu général, il ne faisait pas grand jour mais l'obscurité n'était pas telle qu'ils ne puissent voir le visage de James Parker. Chacun d'entre eux l'a vu s'approcher de Maureen Mays dans la gare et a vu Maureen le repousser. Chacun d'entre eux vous a déclaré, sans hésitation, que James Parker est l'individu qui est monté dans la voiture de Maureen ce soir-là…

« Je dirais, mesdames et messieurs les jurés, qu'il a été établi sans aucun doute possible que James Parker a assassiné cette belle jeune femme et privé à jamais son mari, sa mère, son père et ses frères et sœurs de son amour et de son soutien.

« Il n'est rien que nous puissions faire pour la ramener à la vie, mais c'est à vous, le jury, que revient le pouvoir de faire condamner son meurtrier. »

Elle avait revu tous les points. Les preuves étaient indéniables. Mais Conner Marcus était le meilleur avocat d'assises qu'elle eût jamais combattu. Et les jurés se montraient souvent imprévisibles.

Sarah se leva et s'étira. La poussée d'adrénaline qui montait toujours en elle avant chaque procès atteindrait son paroxysme au moment de la plaidoirie finale. Elle comptait dessus.

Elle alla dans la salle de bains et ouvrit le robinet de la douche. S'attarder sous le jet d'eau chaude était tentant. Ses épaules en particulier étaient affreusement contractées. Elle choisit pourtant d'ouvrir l'eau froide à fond. La douche glacée la fit grimacer.

Elle se sécha rapidement, enfila un long peignoir en éponge, glissa ses pieds dans des pantoufles et descendit préparer du café. En attendant qu'il passât dans la cafetière, elle fit des exercices d'élongation et parcourut la cuisine du regard. Betsy Lyons, l'agent immobilier, semblait croire qu'elle avait un client sérieux pour la maison. Sarah s'aperçut qu'elle hésitait encore à la vendre. Elle avait déclaré à Lyons qu'elle ne baisserait pas d'un dollar le prix demandé.

Le café était prêt. Elle prit sa tasse préférée, celle que lui avaient offerte les inspecteurs quand elle était substitut du procureur et dirigeait le département des crimes sexuels. Elle portait l'inscription : « Pour Sarah, qui a remis le sexe à l'honneur. » Sa mère n'avait pas apprécié la plaisanterie.

Elle emporta le café au premier étage et le but tout en mettant une touche de fard sur ses joues, ses lèvres et ses paupières. C'était devenu un rituel matinal, un geste de tendresse en souvenir de sa mère. Maman, si tu n'y vois pas d'inconvénient, je vais m'habiller de façon un peu formelle aujourd'hui, décida-t-elle. Mais elle savait que Marie aurait apprécié son tailleur de tweed bleu et gris.

Ses cheveux. Un halo bouclé... non, une crinière frisée. Elle les brossa avec impatience. « Le soleil se lèvera aujourd'hui... », chanta-t-elle doucement. Tout ce dont je rêve, c'est d'une robe rouge à col blanc et d'un chien à l'air stupide [1].

Elle vérifia le contenu de sa serviette. Ses notes pour la plaidoirie finale étaient toutes là. Nous y voilà, pensa-t-elle. Elle arrivait au bas des escaliers lorsqu'elle entendit s'ouvrir la porte de la cuisine. « C'est moi, Sarah », cria Sophie. Ses pas résonnèrent dans la cuisine. « Je dois aller chez le dentiste, aussi ai-je préféré venir de bonne heure. Oh, vous êtes superbe.

— Merci. Il ne fallait pas venir si tôt, Sophie. Au bout de dix ans, ne pensez-vous pas que vous pourriez prendre quelques heures de congé en cas de besoin ? » Elles se sourirent mutuellement.

La pensée que la maison allait être vendue attristait Sophie, et elle ne l'avait pas caché.

« A moins, bien sûr, que vous ne trouviez un appartement non loin d'ici afin que je puisse continuer à m'occuper de vous », avait-elle dit à Sarah.

_____

1. Allusion à la célèbre comédie musicale : *Little Orphan Annie.* (*N.d.T.*)

Ce matin, elle semblait ennuyée. « Sarah, vous voyez le jeu de couteaux près de la cuisinière ? »

Sarah boutonnait son manteau. « Oui.

— En auriez-vous pris un pour une raison quelconque ?

— Non.

— Le grand couteau à découper a disparu depuis peu. C'est bizarre.

— Oh, il doit être quelque part.

— Je me demande bien où. »

Sarah se sentit soudain anxieuse. « Quand l'avez-vous vu pour la dernière fois ?

— Je ne me souviens pas exactement. J'en ai eu besoin lundi et j'ai commencé à le chercher. Il n'est pas dans la cuisine, je peux vous l'assurer. Depuis quand a-t-il disparu, je n'en ai pas la moindre idée. » Sophie hésita. « Laurie ne l'aurait pas emporté à l'université, quand même ? »

Sophie était au courant du rêve du couteau. « Je ne pense pas. » Sarah avala avec peine sa salive. « Il faut que je me dépêche. » Sur le seuil de la porte, elle ajouta : « Si par hasard vous retrouvez le couteau, laissez un message pour moi au bureau, voulez-vous ? Juste un simple : " Je l'ai trouvé. " D'accord ? »

L'expression de pitié sur le visage de Sophie ne lui échappa pas. Elle croit que c'est Laurie qui l'a pris, pensa Sarah. Mon Dieu !

Cédant à l'affolement, elle courut vers le téléphone et composa le numéro de Laurie. Une voix endormie. Laurie avait décroché dès la première sonnerie.

« Sarah ? Mais oui, je vais très bien. Pour te dire la vérité, j'ai rattrapé deux de mes notes. Il faudra fêter ça. »

Soulagée, Sarah raccrocha, sortit et se dirigea à la hâte vers le garage. Un garage de quatre places où n'était garée qu'une seule voiture à présent. Laurie laissait toujours la sienne dans l'allée. Les autres emplacements étaient un rappel constant de l'accident.

En démarrant, Sarah se dit que Laurie avait l'air d'aller bien aujourd'hui. Ce soir, elle téléphonerait au

Dr Carpenter et au Dr Donnelly pour leur parler du couteau. Mais pour l'instant, elle devait l'effacer de son esprit. Maureen Mays et sa famille méritaient qu'elle se donne à fond à l'audience tout à l'heure. Mais pourquoi diable Laurie aurait-elle pris le couteau à découper ?

31

« Le jury de Sarah est toujours en train de délibérer, annonça Laurie au Dr Carpenter en s'asseyant en face de lui dans son cabinet. Je l'envie. Elle se donne tellement à ce qu'elle fait, à son travail de substitut, qu'elle peut ne plus penser à rien d'autre. »

Carpenter attendit. Le ton avait changé. Laurie était différente. C'était la première fois qu'il la voyait exprimer de l'hostilité envers Sarah. Il y avait une colère rentrée dans son regard. Quelque chose s'était passé entre les deux sœurs. « J'ai entendu parler de ce procès, dit-il doucement.

— Bien sûr que vous en avez entendu parler. Sarah, madame le procureur ! Mais elle n'est pas aussi maligne qu'elle le croit. »

A nouveau il attendit. « Je n'étais pas plutôt rentrée à la maison hier soir qu'elle est arrivée. Toutes ses excuses. Désolée de ne pas s'être trouvée là pour m'accueillir. La grande sœur. J'ai dit : " Ecoute, Sarah, il y a un moment où il faut que même moi je me prenne en charge. J'ai vingt et un ans, pas quatre. "

— Quatre ?

— C'est l'âge que j'avais quand elle est partie s'amuser chez ses copines au lieu de rester à la maison. Je n'aurais pas été kidnappée si elle était restée avec moi.

— Vous avez toujours dit que les choses étaient arrivées par votre faute, Laurie.

— Oh, je suis responsable bien sûr. Mais c'est la faute de ma grande sœur aussi. Je parie qu'elle me déteste. »

L'un des buts du Dr Carpenter était de détourner Laurie de sa dépendance envers sa sœur, mais ce qui se passait sous ses yeux en ce moment était nouveau. Il lui semblait être avec une patiente totalement différente. « Pourquoi vous détesterait-elle ?

— Elle n'a plus une minute à elle. C'est *elle* qui devrait venir vous voir. Bon Dieu, vous en auriez des choses à entendre ! Toute une vie passée à jouer les grandes sœurs. J'ai lu son journal ce matin. Elle a commencé à le tenir quand elle était petite. Elle a écrit un tas de choses sur moi, à l'époque où j'ai été enlevée, puis lorsque je suis revenue et qu'elle me trouvait changée. Je suppose que j'ai vraiment dû la décourager. » Une certaine satisfaction perçait dans le ton de Laurie.

« Avez-vous pour habitude de lire les journaux intimes de Sarah ? »

Le regard que Laurie tourna vers lui était empli de commisération. « C'est vous qui voulez savoir ce que les gens pensent. Y a-t-il un meilleur moyen pour ça ? »

C'était sa posture qui détonnait, son maintien agressif, les genoux serrés, les mains cramponnées aux bras du fauteuil, la tête tendue en avant, les traits rigides. Où était passé le jeune visage doux et inquiet, la voix hésitante à la Jackie Onassis ?

« C'est une bonne question, mais je n'ai pas de réponse toute faite. Pourquoi Sarah vous agace-t-elle autant ?

— A cause du couteau. Sarah croit que j'ai fauché un couteau à découper dans la cuisine.

— Pourquoi le penserait-elle ?

— Uniquement parce qu'il a disparu. Je suis certaine de ne pas l'avoir pris. C'est Sophie, notre femme de ménage, qui a lancé toute cette histoire. Je veux bien qu'on me mette beaucoup de choses sur le dos, mais pas ça, docteur.

— Sarah vous a-t-elle accusée ou vous a-t-elle seulement questionnée à propos du couteau ? Il y a une grande différence, vous savez.

— Mon cher, on ne va pas me la faire lorsqu'il s'agit d'une accusation.

— Je croyais que vous aviez peur des couteaux. M'étais-je trompée, Laurie ?

— J'aimerais que vous m'appeliez Kate.

— Kate ? Pour quelle raison ?

— Kate sonne mieux que Laurie — ça fait plus mûr. De toute façon, mon second prénom est Katherine.

— Voilà qui pourrait être très positif. Renoncer à l'enfance. Est-ce que vous ressentez, en ce moment même, le désir de renoncer aux choses de l'enfance ?

— Non. Je ne veux pas avoir peur des couteaux, c'est tout.

— Il m'a semblé jusqu'à présent qu'ils vous terrifiaient.

— Pas du tout. Pas moi. C'est Laurie qui a toujours peur. Dès qu'on lui parle d'un couteau, elle envisage le pire. Vous savez, docteur, il existe des gens qui apportent le chagrin et la douleur au reste de l'univers. Notre chère Laurie, par exemple. »

Le Dr Carpenter sut désormais que Kate était le nom de l'une des autres personnalités de Laurie Kenyon.

32

Le samedi matin, ils garèrent la voiture près du cabinet du Dr Carpenter. Bic avait délibérément loué la même Buick que celle de Laurie. Seul l'intérieur était en cuir d'un ton différent. « Si quelqu'un se demande pourquoi j'ouvre cette portière, je ferai semblant de m'être trompé de voiture », expliqua-t-il, puis il répondit à la question silencieuse d'Opal. « Nous avons remarqué que Lee ne ferme jamais sa voiture. Le sac dans lequel elle transporte ses livres est toujours posé par terre, à l'avant. Je n'aurai qu'à y glisser le couteau tout au fond. Qu'importe comment elle le découvrira. L'essentiel est de s'assurer qu'elle le trouve. Un simple petit rappel de ce qui l'attend si elle commence à parler de nous avec son médecin pour dingues. Et maintenant, à toi de jouer, Opal. »

Lee quittait toujours le Dr Carpenter à midi moins cinq très exactement. A midi moins six, Opal ouvrit comme par hasard la porte de l'entrée privée du cabinet médical de Carpenter au premier étage. Un petit passage et une volée de marches conduisaient à son bureau. Elle regarda autour d'elle, comme si elle s'était trompée et cherchait plutôt la porte principale de l'immeuble au coin de Ridgewood Avenue. L'escalier était désert. Elle défit rapidement l'emballage du petit paquet qu'elle tenait à la main, en jeta le contenu au bas des marches et quitta les lieux. Bic l'attendait au volant de la voiture de location.

« Il n'échapperait pas à un aveugle, lui dit Opal.

— Personne ne t'a remarquée, la rassura-t-il. A présent, nous allons attendre ici une minute et voir la suite. »

Laurie descendit l'escalier d'un pas décidé. Elle avait l'intention de regagner directement l'université. Au nom de quoi devait-elle supporter de se faire triturer la cervelle ? Au nom de quoi devait-elle supporter que Sarah l'éplorée soit constamment sur son dos ? C'était un autre problème. Il était temps d'examiner les titres de propriété et de savoir exactement les sommes qui lui revenaient. Importantes, sûrement. Et à partir du jour où la maison serait vendue, pas question que d'autres fassent des placements pour elle. Elle en avait marre de cette mauviette qui disait : « Oui, Sarah ; non, Sarah ; comme tu veux, Sarah. »

Elle atteignait les dernières marches. Son pied heurta quelque chose de mou, de gluant. Elle baissa les yeux.

L'œil mort d'un poulet la fixait. Quelques plumes éparses se hérissaient sur sa tête. Le cou sectionné était incrusté de sang séché.

Dehors, Bic et Opal entendirent les premiers hurlements. Bic sourit. « Ça te rappelle quelque chose,

hein ? » Il tourna la clef de contact, puis murmura :
« Mais désormais, c'est à moi de la prendre en main. »

33

Les jurés regagnaient leur banc quand la secrétaire de
Sarah entra précipitamment dans la salle du tribunal. La
rumeur se répandait que le verdict avait été rendu, et
l'assistance se bousculait pour regagner sa place. Le
cœur de Sarah battait à tout rompre lorsque le juge
demanda : « Monsieur Foreman, le jury a-t-il rendu son
verdict ?

— Oui, Votre Honneur. »

Les dés sont jetés, pensa Sarah en prenant place au
banc de l'accusation, face aux jurés. Elle sentit qu'on la
tirait par le bras, tourna la tête et aperçut sa secrétaire,
Janet. « Pas maintenant, dit-elle fermement, surprise
que Janet vînt l'interrompre au moment crucial.

— Sarah, excusez-moi. Un certain Dr Carpenter a
emmené votre sœur aux urgences du Centre médical de
Hackensack. Elle semble avoir subi un choc. »

Sarah serra si fort le stylo qu'elle tenait à la main que
ses articulations blanchirent. Le juge la regardait,
visiblement contrarié. Elle murmura : « Dites-lui que je
serai là-bas dans quelques minutes.

— Sur l'acte concernant l'accusation de meurtre,
quel est votre verdict, coupable ou non coupable ?

— Coupable, Votre Honneur. »

Le cri « Injuste ! » jaillit de la bouche de la famille et
des amis de James Parker. Le juge frappa de son
maillet, demanda à l'assistance de se taire, s'assura que
le verdict avait été voté à l'unanimité et commença à
interroger chaque juré un par un.

La mise en liberté sous caution fut refusée à James
Parker. La date du jugement fut fixée et on emmena le
coupable menottes aux poignets. La séance fut levée.
Sarah n'eut pas le temps de savourer sa victoire. Janet

était dans le couloir, prête à lui tendre son manteau et son sac. « Allez directement à votre voiture. »

Le Dr Carpenter l'attendait à la salle des urgences. En quelques mots il expliqua ce qui s'était passé. « Laurie venait de quitter mon cabinet. Alors qu'elle atteignait la porte au rez-de-chaussée, elle s'est mise à hurler. Le temps que nous arrivions jusqu'à elle, elle s'était évanouie. Elle était en état de choc mais elle commence à revenir à elle.

— Qu'est-ce qui a pu la mettre dans un tel état ? » La gentillesse inquiète du médecin amena de grosses larmes aux yeux de Sarah. Il y avait quelque chose chez Carpenter qui lui rappelait son père. Elle aurait tellement aimé qu'il fût à ses côtés !

« Il semble qu'elle ait marché sur une tête de poulet mort et que, saisie d'effroi, elle se soit évanouie.

— Une tête de poulet ! Dans l'entrée de votre cabinet !

— Oui. Je soigne un patient profondément perturbé qui s'adonne à des rites de magie et c'est le genre de chose qu'il pourrait faire. Laurie a-t-elle une peur irraisonnée des poulets, des souris ou d'un animal en particulier ?

— Non. Si ce n'est qu'elle refuse de manger du poulet. Elle en a horreur. »

Une infirmière sortit de la partie de la pièce que masquait un rideau. « Vous pouvez venir. »

Laurie reposait calmement, les yeux clos. Sarah lui effleura la main. « Laurie. »

Elle ouvrit lentement les yeux, comme si cela lui coûtait un effort, et Sarah comprit qu'elle était probablement sous calmant. Sa voix était faible mais étonnamment claire quand elle annonça : « Sarah, je préfère me tuer que de revoir ce médecin. »

34

Allan mangeait un sandwich dans la cuisine. « Chéri, je regrette sincèrement de n'être pas venue hier soir, mais il fallait que je prépare ma présentation pour Wharton. » Karen passa ses bras autour de son cou.

Il lui embrassa la joue et s'écarta d'elle. « Ça n'a pas d'importance. Tu veux déjeuner ? »

— Tu aurais dû attendre. Je m'en serais occupée.

— Je ne savais pas à quelle heure tu arriverais.

— Tu te fiches toujours de ce que tu manges. » Karen Grant prit le chianti dans le rafraîchissoir et servit Allan. Elle choqua son verre contre le sien. « A la tienne, chéri.

— A la tienne, dit-il sans sourire.

— Hé, professeur, il y a quelque chose qui t'ennuie ?

— Ce qui m'ennuie, c'est qu'il y a environ une heure je me suis rendu compte que Laurie Kenyon est la mystérieuse Leona, l'auteur des lettres. »

Karen sursauta. « Tu en es sûr ?

— Oui. Je corrigeais les dissertations. La sienne comportait une note jointe précisant que son ordinateur était en panne et qu'elle avait dû terminer son essai sur sa vieille machine à écrire. Il ne fait aucun doute que c'est sur la même machine qu'ont été tapées les lettres — y compris celle qui m'est parvenue hier. » Il fouilla dans sa poche et tendit la lettre à Karen.

On y lisait : « Allan, mon chéri, je n'oublierai jamais cette nuit. J'aime vous regarder dormir. J'aime la façon dont vous vous retournez dans votre lit pour chercher une position confortable, la façon dont vous remontez les couvertures. Pourquoi laissez-vous la chambre devenir si froide ? J'ai fermé un peu la fenêtre. L'avez-vous remarqué, mon chéri ? Je parie que non. D'une certaine manière, c'est vrai que vous pourriez être le prototype du professeur dans la lune. Mais seulement d'une certaine manière. Gardez-moi toujours présente à votre esprit. Ne m'oubliez jamais. Si votre femme ne vous désire plus suffisamment pour rester avec vous, moi si. Je vous aime. Leona. »

Karen relut lentement la lettre. « Bon sang, Allan, crois-tu que cette fille soit vraiment entrée ici ?

— Je ne pense pas. Elle imagine certainement tous ces rendez-vous amoureux dans mon bureau. Il en est de même pour ses venues ici.

— Je n'en suis pas si sûre. Viens. »

Il la suivit dans la chambre. Karen se posta devant la large baie vitrée. Elle prit la manivelle et la tourna. La fenêtre s'ouvrit sans bruit vers l'extérieur. Elle enjamba facilement le seuil peu élevé, atterrit dans le jardin et se tourna vers lui. Un souffle d'air froid lui rabattit les cheveux dans la figure et fit voler le rideau à l'intérieur de la pièce. « Facile d'entrer, facile de sortir, dit-elle en revenant dans la chambre par le même chemin. Allan, peut-être tout ceci est-il l'effet de son imagination, mais il est aussi possible qu'elle soit venue ici. Tu dors comme une souche. A partir d'aujourd'hui, tu ne dois plus laisser cette fenêtre grande ouverte.

— Cela suffit, maintenant. Je n'ai pas l'intention de changer mes habitudes. Je vais parler à Sarah Kenyon. Je suis très sincèrement désolé pour Laurie, mais Sarah doit lui procurer l'aide dont elle a besoin. »

Il tomba sur le répondeur de Sarah et laissa un bref message : « Il faut que je vous parle. »

A deux heures et demie, Sarah le rappela. Karen écouta la voix froide d'Allan se teinter subitement de sollicitude. « Sarah, que se passe-t-il ? Laurie ? Lui est-il arrivé quelque chose ? » Il attendit. « Oh, Seigneur, c'est ignoble. Sarah, ne pleurez pas. Je sais que c'est très dur pour vous. Elle va s'en tirer. Laissez-lui du temps. Non, je voulais seulement savoir comment vous la trouviez en ce moment. Bien sûr. Je vous rappellerai bientôt. Au revoir. »

Il raccrocha et se tourna vers Karen. « Laurie est à l'hôpital. Elle a eu une sorte de traumatisme en sortant de chez son psy. Je crois qu'elle va mieux maintenant, mais ils préfèrent la garder cette nuit. Sa sœur n'en peut plus.

— Laurie reprendra-t-elle ses cours ?

— Elle a décidé de revenir dès lundi. » Il haussa les épaules en un geste d'impuissance. « Karen, je ne pouvais parler de ces lettres à Sarah Kenyon dans de telles circonstances.

— Tu as l'intention d'en faire part à l'administration ?

— Bien sûr. Je suis certain que Larkin demandera à l'un de nos psychologues de s'entretenir avec Laurie. Je sais qu'elle consulte un psychiatre à Ridgewood, mais peut-être a-t-elle besoin d'une aide psychologique supplémentaire. Pauvre gosse. »

35

Calée contre ses oreillers, Laurie lisait le *Record* de Bergen quand Sarah arriva à l'hôpital, tard dans la matinée du dimanche. Elle accueillit joyeusement Sarah. « Salut ! Tu as apporté ma tenue de golf ? Formidable ! Je m'habille et nous allons déjeuner au club. »

C'était le souhait qu'elle avait exprimé en téléphonant une heure auparavant. « Es-tu sûre que ça ne sera pas un peu trop pour toi ? avait demandé anxieusement Sarah. Tu étais vraiment mal en point hier.

— C'est peut-être pour *toi* que c'est un peu trop. Oh, Sarah, pourquoi ne me laisses-tu pas tomber une fois pour toutes ? Je ne suis qu'une source d'ennuis pour toi. » Son sourire était plein de repentir et de tristesse quand Sarah se pencha pour l'embrasser.

En arrivant, Sarah ne savait pas à quoi s'attendre. Mais cette Laurie-là était la véritable Laurie, désolée de causer tant d'ennuis à tout le monde, prête à s'amuser. « Tu as l'air mieux que tu ne l'as été depuis des mois, dit-elle sincèrement.

— Ils m'ont donné une pilule et j'ai dormi comme une souche.

— C'est un léger somnifère. Le Dr Carpenter l'a prescrit en même temps qu'un antidépresseur. »

Laurie se raidit. « Sarah, je ne voulais pas qu'il me donne de médicaments et il continue. Tu sais que j'ai horreur de ces trucs. Mais voilà ce que j'ai décidé : je prendrai des pilules. Mais plus de thérapie, jamais. »

Sarah se demanda comment elle parviendrait à convaincre Laurie d'aller voir le Dr Donnelly. Ce n'était certainement pas le moment d'en parler.

« Il faudra quand même que tu préviennes le Dr Carpenter des réactions aux médicaments.

— Je le ferai par téléphone. Ça, je m'en fiche.

— Et, Laurie, tu sais que le Dr Carpenter a parlé de toi à un psychiatre de New York, le Dr Donnelly. Si tu ne veux pas le voir, m'autorises-tu à aller lui parler ?

— Oh, Sarah, je préférerais que tu n'y ailles pas, mais d'accord, si ça te fait plaisir. » Laurie sauta hors de son lit. « Filons d'ici. »

Au club, des amis les invitèrent à se joindre à leur table. Laurie mangea de bon appétit et se montra d'humeur joyeuse. En la regardant, Sarah avait du mal à se rappeler qu'hier seulement elle-même se trouvait au bord du désespoir. Elle fit la moue au souvenir de sa crise de larmes au téléphone, lorsqu'elle avait parlé à ce charmant professeur Grant.

En quittant le club, Sarah ne prit pas la route qui les menait chez elles. Elle partit en sens inverse.

Laurie haussa un sourcil. « Où allons-nous ?

— A une dizaine de minutes de la maison. A Glen Rock. Ils viennent de mettre en vente des appartements dans une résidence, qui sont, paraît-il, formidables. Je pensais que nous pourrions y jeter un coup d'œil.

— Sarah, peut-être devrions-nous nous contenter d'une location pendant un certain temps. Suppose que tu décides d'entrer dans un cabinet juridique à New York ? Tu as reçu des propositions. L'endroit où nous vivrons dépendra de toi, pas de moi. Si j'essaie de devenir joueuse de golf professionnelle, j'irai dans les pays du soleil.

— Je n'ai pas l'intention d'entrer dans un cabinet privé. Laurie, lorsque je suis en face des familles de ces victimes et que je vois leur chagrin et leur colère, je sais que je ne pourrai jamais me retrouver de l'autre côté de la barrière, passer ma vie à chercher la moindre faille juridique pour faire acquitter l'accusé. Je dors beaucoup mieux en poursuivant en justice les meurtriers qu'en les défendant. »

Il y avait un appartement sur trois niveaux qui leur plut à toutes les deux. « La disposition des pièces est parfaite, fit remarquer Sarah. Malgré tout mon attachement à notre maison, ces salles de bains modernes sont autrement confortables. » Elle dit à l'agent qui leur faisait visiter les lieux : « Nous avons peut-être un client sérieux pour la maison. Lorsque nous saurons avec certitude que la vente est conclue, nous reviendrons. »

Elles regagnèrent la voiture bras dessus, bras dessous. C'était une journée froide et claire et la brise légère piquait la peau. Malgré tout, on sentait qu'il ne restait plus que six semaines avant la venue du printemps. « Le parc alentour est magnifique, commenta Sarah. Et réfléchis. Nous n'aurions pas à nous occuper de le faire entretenir. Plutôt réjouissant, non ?

— Papa aimait bricoler dehors et maman n'était jamais aussi heureuse qu'à genoux dans son jardin. Ni l'une ni l'autre n'avons hérité d'eux ! » Le ton de Laurie était affectueux et amusé.

Commençait-elle à pouvoir parler de ses parents sans être aussitôt submergée par le chagrin et la culpabilité ? Je vous en supplie, mon Dieu, pria Sarah en elle-même. Elles arrivèrent au parking. Des acheteurs en puissance arrivaient et repartaient. Le bouche à oreille concernant la nouvelle tranche d'appartements de Fox Hedge avait bien fonctionné. Laurie dit précipitamment : « Sarah, je voudrais te dire juste une chose. Lorsque nous serons à la maison, je ne veux pas te parler d'hier. Dès que nous sommes ensemble dans cette fichue baraque, tu ne cesses de m'observer anxieusement, de me poser des questions qui ne sont pas aussi innocentes qu'elles en ont l'air. A partir de maintenant, ne me demande pas comment je dors, ce que je mange, ce que je fais, qui je vois, ce genre de choses. Laisse-moi te raconter ce que j'ai envie de te raconter. Et fais-en autant de ton côté. D'accord ?

— D'accord », dit Sarah d'un ton neutre. Tu *l'as* traitée comme un petit enfant qui doit tout dire à sa maman, se dit-elle. C'est peut-être bon signe qu'elle se rebiffe. Mais qu'est-il arrivé hier ?

On aurait dit que Laurie lisait dans ses pensées. « Sarah, je ne sais pas ce qui a provoqué mon évanouissement hier. Je sais que je n'en peux plus d'entendre le Dr Carpenter me harceler de questions qui ne sont que des pièges. C'est comme si j'essayais de fermer toutes les portes et les fenêtres pour empêcher un intrus d'entrer.

— Ce n'est pas un intrus. C'est un médecin. Mais il ne te convient pas. D'accord pour tout ce que tu demandes.

— Bon. »

Sarah passa devant les gardiens postés à la grille, notant qu'ils arrêtaient et vérifiaient toutes les voitures à l'entrée. Laurie avait visiblement remarqué la même chose. Elle dit : « Sarah, versons un acompte pour cet appartement. J'aimerais vivre ici. Avec cette grille et ces gardiens, je me sentirais protégée. J'aimerais tellement me sentir en sécurité. Et c'est ce qui me fait tellement peur. Je ne suis jamais tranquille. »

Elles étaient sur la route et la voiture prenait de la vitesse. Sarah devait poser la question qui la tourmentait : « Est-ce pour cette raison que tu as pris le couteau ? Pour te sentir en sécurité ? Laurie, je peux le comprendre. Du moment que tu n'es pas déprimée au point de vouloir … te faire du mal. Laurie, je suis vraiment désolée de te poser cette question mais c'est ce qui me terrifie. »

Laurie soupira. « Sarah, je n'ai pas l'intention de me suicider. C'est bien ce que tu veux dire, n'est-ce pas ? Je voudrais que tu puisses me croire. Sur mon âme, je n'ai *pas* pris ce couteau ! »

Ce soir-là, de retour au campus, Laurie voulut mettre de l'ordre dans son sac de travail et en vida le contenu sur son lit. Livres, cahiers et classeurs s'éparpillèrent en vrac. Le dernier objet à tomber fut celui qui avait été caché tout au fond du sac. C'était le couteau à découper qui manquait dans la série accrochée au mur de la cuisine.

Laurie fit un bond en arrière. « Non ! Non ! Non ! » Elle tomba à genoux et se cacha le visage entre ses mains. « Ce n'est pas moi qui l'ai pris, Sare-heu, sanglota-t-elle, papa a dit que je ne dois pas jouer avec les couteaux. »

Une voix goguenarde retentit soudain dans sa tête. *Oh, la ferme, bébé. Tu sais très bien pourquoi tu l'as. Tu n'as qu'à comprendre l'allusion et le plonger dans ta gorge. Bon sang, je fumerais bien une cigarette.*

36

Gregg Bennett se dit qu'il s'en fichait comme d'une guigne. S'il était honnête avec lui-même, mieux valait dire qu'il *devrait* s'en fiche. Les jolies filles ne manquaient pas sur le campus. Il en avait rencontré encore davantage en Californie. Il aurait son diplôme en juin et irait passer son MBA à Stanford.

A vingt-cinq ans, Gregg était et se sentait considérablement plus vieux que ses camarades étudiants. Il revoyait encore avec étonnement le crétin de dix-neuf ans qui avait quitté l'université après la première année pour monter son affaire. Non que l'expérience eût été négative. Voir ses prétentions réduites à zéro avait eu du bon à long terme. En tout cas, il avait compris qu'il lui restait beaucoup à apprendre. Il avait également compris que c'était dans les finances internationales qu'il voulait faire carrière.

Il était de retour d'Angleterre depuis un mois et la morosité de janvier s'était emparée de lui. Au moins était-il allé skier à Camelback pendant le week-end dernier. Il s'était régalé à descendre dans la poudreuse.

Gregg vivait dans un studio au-dessus du garage d'une maison particulière à trois kilomètres du campus. L'arrangement lui convenait. Il n'avait aucune envie de partager un appartement avec trois ou quatre types et de finir par faire la fête tous les soirs. L'endroit était propre et clair ; le canapé-lit pour deux était confortable ; il pouvait préparer ses repas dans la kitchenette.

Dès son arrivée à Clinton, il avait repéré Laurie sur le campus. Qui ne l'aurait pas remarquée ? Mais ils n'avaient jamais assisté aux mêmes cours. Puis, il y a un an et demi, ils s'étaient retrouvés côte à côte dans la salle de cinéma à une séance de *Cinema Paradiso*. Le film était formidable. Quand les lumières s'étaient rallumées, elle s'était tournée vers lui en s'exclamant : « C'est merveilleux, non ? »

C'est ainsi que tout avait commencé. Si une fille aussi jolie faisait les premiers pas vers lui, Gregg ne refusait jamais de faire le second. Mais quelque chose chez Laurie l'avait retenu. Instinctivement, il avait su qu'il n'arriverait à rien s'il allait trop vite. Résultat, leur relation s'était surtout développée sur le mode amical. Elle était adorable. Pas du genre gentille et soumise ; elle était drôle, caustique et pouvait se montrer obstinée. A leur troisième rendez-vous il lui avait dit qu'elle avait certainement été une enfant gâtée. Ils étaient allés jouer au golf et le départ était surchargé. Ils avaient dû attendre une heure avant de prendre leur tour. Elle avait paru contrariée.

« Je parie que tu n'as jamais eu à attendre dans ta vie. Je parie que maman et papa t'appelaient leur petite princesse », lui avait-il dit. Elle avait ri et admis qu'il avait raison. Au cours du dîner, ce soir-là, elle lui avait parlé de son enlèvement. « La dernière chose dont je me souviens est que je me tenais devant la maison en costume de bain rose et que quelqu'un m'a soulevée dans ses bras. Ensuite je me suis réveillée dans mon lit. Le seul problème, c'est que deux ans s'étaient écoulés entre-temps.

— Je regrette de t'avoir traitée d'enfant gâtée, lui avait-il dit. Tu mérites de l'être. »

Elle avait ri. « J'ai été gâtée avant et après. Tu ne t'es pas trompé. »

Gregg savait que pour Laurie, il était un bon ami. Ce n'était pas aussi simple pour lui. Vous ne passez pas une partie de votre temps avec une fille comme Laurie, une fille avec cette merveilleuse toison blonde, ces yeux d'un bleu profond et ces traits parfaits, sans avoir envie de vivre vos jours et vos nuits avec elle. Mais ensuite, quand elle s'était mise à l'inviter en week-end chez ses parents, il avait su qu'elle commençait à tomber amoureuse elle aussi.

Et soudain tout avait pris fin un dimanche matin, en mai dernier. Il s'en souvenait comme si c'était hier. Il avait dormi tard et Laurie s'était mis en tête de passer chez lui après la messe avec des petits pains, du fromage blanc et du saumon fumé. Elle avait frappé à sa porte, puis, comme il ne l'entendait pas, elle avait crié : « Je sais que tu es là. »

Il avait enfilé en vitesse une robe de chambre, ouvert la porte et il l'avait regardée. Vêtue d'une robe de coton blanc et de sandales, elle paraissait claire et fraîche comme un matin de printemps. Elle était entrée dans la pièce, avait mis le café en route, disposé les petits pains et le reste et lui avait dit de ne pas se soucier du lit défait. Elle devait rentrer chez elle et ne pouvait rester que quelques minutes. Après son départ, il pourrait se remettre au lit toute la journée si ça lui chantait.

Au moment de partir, elle avait passé ses bras autour de son cou et l'avait embrassé légèrement, faisant remarquer qu'il avait besoin de se raser. « Mais je t'aime bien comme tu es, avait-elle ajouté en riant. Avec ton joli nez, ton menton énergique, ta mèche sur le front. » Elle l'avait embrassé une seconde fois, puis s'était détournée, prête à s'en aller. C'est alors que c'était arrivé. Pris d'une impulsion subite, Gregg l'avait suivie jusqu'à la porte, l'avait saisie par les bras, soulevée et serrée contre lui. Elle était devenue hystérique. Sanglotant. Le repoussant à coups de pied. Il l'avait relâchée, furieux, lui demandant quelle mouche la piquait. Est-ce qu'elle le prenait pour Jack l'Eventreur ? Elle s'était enfuie de l'appartement en courant et ne lui avait plus jamais adressé la parole sauf pour lui dire de l'oublier.

C'est ce qu'il aurait aimé faire. Le seul problème était que tout au long de l'été dernier, alors qu'il faisait un stage à New York, et durant le premier trimestre, pendant qu'il travaillait au Banking Institute à Londres, il n'avait jamais pu la chasser de son esprit. Maintenant qu'il était de retour, elle refusait toujours aussi catégoriquement de le voir.

Lundi soir, Gregg se dirigea du côté de la cafétéria du campus. Il savait que Laurie passait parfois par là. Il se joignit intentionnellement à un groupe où se trouvaient quelques étudiants résidant dans le même bâtiment qu'elle. « C'est possible, disait une fille à l'autre bout de la table. Laurie sort souvent en semaine vers neuf heures du soir. La femme de Grant reste à New York durant la semaine. J'ai essayé d'asticoter Laurie à ce sujet, mais elle a fait comme si de rien n'était. Visiblement elle a rendez-vous avec quelqu'un, mais elle refuse absolument d'en parler. »

Gregg dressa l'oreille. Sans en avoir l'air, il approcha sa chaise pour mieux entendre.

« En tout cas, Margy travaille l'après-midi dans les bureaux de l'administration. Elle entend pas mal de ragots et elle s'est doutée de quelque chose quand Allan le Tombeur s'est amené, l'air ennuyé.

— Je ne dirais pas qu'Allan est un tombeur. Je crois

seulement que c'est un très chic type. » L'objection venait d'une brune à l'air posé.

L'autre écarta sa protestation d'un geste de la main. « Tu ne lui trouves peut-être pas l'air d'un tombeur, mais beaucoup pensent le contraire. En tout cas, c'est sûrement l'avis de Laurie. J'ai entendu dire qu'elle lui avait envoyé des lettres d'amour qu'elle signe " Leona ". Il a montré ces lettres à l'administration, affirmant qu'elles ne sont que fabulations. Peut-être craint-il, si elle lui écrit à propos de leur petite idylle, qu'elle n'aille aussi la raconter à tout le monde. A mon avis, il prend les devants avant que ça n'arrive aux oreilles de sa femme.

— Qu'est-ce qu'elle a écrit ?

— Dis plutôt : qu'est-ce qu'elle *n'a pas* écrit ? D'après les lettres, ils se pelotaient dans son bureau, chez lui, tout ce que qu'on peut imaginer !

— Sans blague !

— En fait, sa femme est souvent absente. Ce sont des choses qui arrivent. Le jour de l'enterrement de ses parents, te souviens-tu comme il s'est précipité vers elle quand elle est tombée dans les pommes ? »

Gregg Bennett ne prit pas la peine de ramasser la chaise qu'il renversa en quittant brusquement la cafétéria.

37

En allant chercher son courrier dans la boîte, le mardi, Laurie trouva un billet la priant de prendre rendez-vous avec le recteur dès qu'elle le pourrait. Qu'est-ce qu'ils me veulent ? se demanda-t-elle. Lorsqu'elle téléphona, la secrétaire du recteur lui demanda si elle pouvait venir le jour même à trois heures.

A la fin de la saison de ski, l'année dernière, elle avait acheté en solde un anorak bleu et blanc. Il était resté rangé dans sa penderie cet hiver. Pourquoi pas ? pensa-t-elle en l'attrapant. Il est parfait pour ce temps, il est joli et autant qu'il me serve à quelque chose. Elle l'enfila sur son jean bleu et un pull à col roulé blanc.

A la dernière minute, elle tordit ses cheveux en chignon. Mieux valait ressembler à une étudiante de dernière année s'apprêtant à laisser le monde feutré des études pour la grande aventure du travail. Lorsqu'elle aurait quitté l'atmosphère de l'université et qu'elle se retrouverait dans la vie active, perdrait-elle cette impression irraisonnée d'être une enfant apeurée ?

C'était encore une journée claire et fraîche, le genre de temps qui donnait à Laurie envie de respirer à fond et de redresser les épaules. Quel soulagement de savoir que samedi matin, elle n'aurait pas à s'asseoir dans cet horrible cabinet avec le Dr Carpenter qui s'efforçait d'avoir l'air gentil mais passait son temps à fouiner, à fouiller.

Elle salua un groupe d'étudiants et eut l'impression qu'ils la regardaient d'un air bizarre. Ne sois pas idiote, se dit-elle.

Le couteau. Comment avait-il atterri au fond de son sac ? Ce n'était certainement pas elle qui l'y avait mis. Mais Sarah la croirait-elle ? Ecoute, Sarah, je l'ai retrouvé coincé entre mes livres. Voilà. Le problème est résolu.

Et Sarah demanderait avec bon sens : « Comment s'est-il trouvé dans ton sac ? » Puis elle conseillerait probablement d'aller parler à nouveau avec le Dr Carpenter.

Le couteau était maintenant au fond de sa penderie, dissimulé dans la manche d'une vieille veste. Le poignet resserré par un élastique l'empêchait de tomber. Devait-elle tout simplement le jeter, laisser le mystère non élucidé ? Mais papa tenait beaucoup à ce jeu de couteaux, il disait qu'ils tranchaient tout d'un coup net. Laurie détestait la pensée que quelque chose était tranché net.

Tandis qu'elle franchissait le campus en direction du bâtiment de l'administration, elle réfléchit à la meilleure façon de rapporter le couteau à la maison. Le cacher dans un placard de la cuisine ? Mais Sarah avait dit que Sophie l'avait cherché partout dans la cuisine.

Une idée lui vint à l'esprit qui semblait simple et à toute épreuve : Sophie passait son temps à astiquer. Il lui arrivait de décrocher les couteaux et de les faire en même temps que l'argenterie. C'est ça ! pensa Laurie. Je vais glisser le couteau dans la ménagère de l'argenterie dans la salle à manger, tout au fond, pour qu'on ne l'aperçoive pas facilement. Même si Sophie avait cherché le couteau dans ce tiroir, elle pourrait toujours penser qu'elle ne l'avait pas vu. Le principal était que Sarah croie à cette possibilité.

Cette solution la soulagea jusqu'au moment où une voix railleuse dans sa tête retentit : *Bien trouvé, Laurie, mais comment t'expliques-tu le couteau à toi-même ? Crois-tu qu'il ait sauté tout seul dans ton sac ?* Elle serra les poings.

« La ferme, chuchota-t-elle avec rage. Fous le camp et laisse-moi tranquille. »

Dean Larkin n'était pas seul. Le Dr Iovino, le directeur du Centre psychothérapique, se trouvait avec lui. Laurie se raidit en le voyant. Une voix en elle s'écria : *Attention. Encore un psy. Qu'est-ce qu'ils sont en train de tramer maintenant ?*

Dean Larkin l'invita à s'asseoir, lui demanda comment elle se sentait, comment allaient ses études, lui rappela que tout le monde était conscient de la terrible tragédie survenue dans sa famille et qu'il voulait pour sa part l'assurer de la profonde bienveillance de toute la faculté à son égard.

Puis il ajouta qu'il allait la laisser avec Le Dr Iovino. Ce dernier désirait avoir une petite conversation avec elle.

Le recteur referma la porte derrière lui. Le Dr Iovino sourit et dit : « N'ayez pas peur, Laurie. Je voulais juste vous parler du professeur Grant. Que pensez-vous de lui ? »

C'était facile. « Je pense qu'il est formidable, dit

Laurie. C'est un excellent professeur et il s'est montré très amical avec moi.

— Amical ?

— Bien sûr.

— Laurie, il n'est pas rare que des étudiants éprouvent certains sentiments envers un de leurs professeurs. Dans un cas comme le vôtre, où vous aviez particulièrement besoin de sympathie et de gentillesse, il serait normal que la solitude et le chagrin vous aient amenée à mal interpréter une telle relation. Que vous vous soyez laissé emporter par votre imagination. Que ce qui était *possible* dans vos rêves soit devenu *réel* dans votre esprit. C'est très compréhensible.

— Qu'est-ce que vous *racontez* ? » Laurie s'aperçut qu'elle avait pris la voix de sa mère, le jour où elle s'était fâchée contre un garçon de café qui avait laissé entendre qu'il aimerait bien sortir avec Laurie.

Le psychologue lui tendit un paquet de lettres. « Laurie, est-ce vous qui avez écrit ces lettres ? »

Elle les parcourut, l'air interdit. « Ces lettres sont signées par une dénommée Leona. Qu'est-ce qui vous fait croire que j'en suis l'auteur ?

— Laurie, vous avez une machine à écrire, n'est-ce pas ?

— Je rédige mes dissertations sur un ordinateur.

— Mais vous *avez* une machine à écrire ?

— Oui, j'en ai une. L'ancienne portative de ma mère.

— La gardez-vous ici ?

— Oui. En réserve. Il arrive que mon ordinateur tombe en panne quand j'ai un devoir à rendre.

— Vous avez rendu cet essai la semaine dernière, n'est-ce pas ? »

Elle y jeta un coup d'œil. « Oui.

— Vous remarquez que le *o* et le *w* présentent à chaque fois le même défaut de frappe sur ces feuilles. Maintenant, comparez avec le *o* et le *w* qui apparaissent dans les lettres du professeur Grant. Elles ont été tapées sur la même machine. »

Laurie dévisagea le Dr Iovino. Son visage vint se

superposer à celui du Dr Carpenter. *Inquisiteurs! Salauds!*

Le Dr Iovino, avec son côté solide et son air « tout va bien, ma petite fille, ne vous inquiétez pas », dit : « Laurie, en comparant la signature " Leona " avec les notes manuscrites sur votre dissertation, on relève une grande similitude dans l'écriture. »

La voix protesta en elle : *Non seulement il est psy, mais le voilà qui joue au graphologue, à présent!*

Laurie se leva. « Docteur Iovino, si vous voulez savoir, j'ai prêté cette machine à écrire à un tas de gens. Cette conversation n'est rien d'autre qu'un tissu d'insultes. Je suis outrée que le professeur Grant en soit arrivé à la conclusion que j'avais écrit ces horreurs. Et je suis outrée que vous m'ayez convoquée pour en discuter. Ma sœur est avocate. Je l'ai vue plaider au tribunal. Elle réduirait en miettes ce genre de " preuve " qui selon vous ferait de moi l'auteur de ces débordements dégoûtants. »

Elle ramassa les lettres et les jeta en travers du bureau. « J'attends des excuses écrites et si cette histoire s'est ébruitée, comme c'est visiblement le cas de tout ce qui se dit dans ce bureau, j'exige des excuses publiques et une rétractation en bonne et due forme de cette stupide accusation. Quant au professeur Grant, je le considérais comme un ami, un ami compréhensif à cette époque difficile de ma vie. Il est clair que je m'étais trompée. Il est clair que les étudiants qui l'appellent " Allan le Tombeur " et racontent qu'il court les filles ont raison. J'ai l'intention d'aller lui dire immédiatement le fond de ma pensée. » Elle tourna le dos et quitta la pièce.

Le cours d'Allan commençait à quatre heures moins le quart. Il était trois heures et demie. Avec un peu de chance elle le coincerait dans le hall. Il était trop tard pour aller le trouver dans son bureau.

Elle attendait quand il s'avança dans le couloir. Les joyeuses salutations qu'il adressait aux autres étudiants tout en se dirigeant vers sa classe s'interrompirent lorsqu'il l'aperçut. « Bonjour, Laurie. » Il paraissait nerveux.

« Professeur Grant, d'où avez-vous tiré l'idée grotesque que je vous avais écrit ces lettres ?

— Laurie, je sais que vous avez traversé des moments pénibles et...

— Et vous avez pensé les faciliter en racontant au recteur Larkin que je rêvais de coucher avec vous ? Vous êtes cinglé ou quoi ?

— Laurie, ne vous mettez pas dans cet état. Ecoutez, tout le monde nous regarde. Pourquoi ne viendriez-vous pas me voir dans mon bureau après le cours ?

— Pour que nous nous déshabillions et que je puisse contempler votre superbe anatomie et satisfaire mes envies ? » Laurie ne se souciait pas de voir les gens s'arrêter et écouter leur conversation. « Vous êtes ignoble. Vous allez le regretter. » Elle fulminait. « Dieu m'en est témoin, vous allez le regretter. »

Elle fendit la foule des étudiants ébahis et regagna en courant la résidence. Elle ferma la porte de sa chambre, s'affala sur son lit et écouta les voix qui vociféraient.

L'une disait : *Bien, au moins tu t'es défendue pour une fois.*

L'autre criait : *Comment Allan a-t-il pu me trahir ? Il ne devait montrer ces lettres à personne. Je te promets qu'il va le payer. Heureusement que tu as le couteau. M. le Joli Cœur n'entendra plus parler de nous.*

38

Bic et Opal s'envolèrent pour la Géorgie immédiatement après l'émission du dimanche. Ce soir, un banquet d'adieu était donné en leur honneur.

Le lundi matin, ils se mirent en route pour New York. Dans le coffre de la voiture étaient entassés leurs bagages, la machine à écrire de Bic et un bidon d'essence soigneusement enveloppé de chiffons. Ils n'avaient fait expédier aucun autre de leurs effets personnels. « Lorsque nous choisirons une maison, nous aurons une pièce équipée de tous les appareils électroniques dernier cri », décréta Bic. Jusque-là, ils logeraient dans une suite au Wyndham.

Tout en conduisant, Bic expliqua ses intentions à Opal. « Tu te souviens de cette histoire où une femme s'est rappelé à l'âge adulte ce que lui faisait son papa… et le papa en question est en tôle aujourd'hui. Eh bien, elle a retrouvé des souvenirs précis de ce qui s'était passé dans sa maison et dans la camionnette. Suppose aujourd'hui que le Seigneur nous mette à l'épreuve en laissant Lee se remémorer certains moments de notre vie avec elle. Suppose qu'elle parle de la ferme, de la disposition des pièces, du petit escalier qui montait à l'étage. Suppose qu'ils la retrouvent d'une façon ou d'une autre, et cherchent qui la louait pendant ces années. Cette baraque est une preuve visible que Lee vivait avec nous. A part ça, eh bien, Lee est une jeune fille très perturbée. Personne ne l'a vue avec nous, excepté cette caissière qui n'a pas su donner notre signalement. Nous devons donc nous débarrasser de la maison. C'est le Seigneur qui l'a dit. »

Il faisait nuit quand ils traversèrent Bethlehem et arrivèrent à Elmville. Malgré l'obscurité, ils constatèrent que peu de choses avaient changé depuis leur départ il y avait quinze ans. Le triste petit restaurant sur l'autoroute, l'unique station-service, la rangée de maisons en bois dont les lampes sous les porches révélaient la peinture écaillée et les marches affaissées.

Bic évita la rue principale et fit un détour de huit kilomètres jusqu'à la ferme. En arrivant à proximité, il éteignit les phares. « Je ne veux pas qu'on puisse voir la voiture, dit-il. Bien que ce soit peu probable. Il n'y a jamais un chat sur cette route.

— Et si un flic passait dans le coin ? s'inquiéta Opal. Suppose qu'il nous demande pourquoi nous roulons tous feux éteints. »

Bic soupira. « Opal, tu n'as pas la foi. Le Seigneur veille sur nous. Et qui plus est, cette route mène uniquement à la ferme et dans les marais. » Mais lorsqu'ils atteignirent la ferme, il alla garer la voiture derrière un bosquet d'arbres.

L'endroit était désert. « Curieuse ? demanda Bic. Tu veux aller jeter un coup d'œil ?

— Je n'ai qu'une envie, déguerpir d'ici au plus vite.

— Viens avec moi, Opal. » C'était un ordre.

Opal sentit qu'elle glissait sur le sol gelé et s'accrocha au bras de Bic.

Il n'y avait aucun signe de présence humaine dans la maison. Elle était plongée dans l'obscurité totale. Les volets étaient cassés. Bic tourna la poignée de la porte. Celle-ci était fermée à clef mais il donna un grand coup d'épaule et elle céda avec un grincement.

Bic posa le bidon d'essence et prit une torche dans sa poche. Il dirigea le rayon de lumière dans la pièce. « Ça n'a pas changé, fit-il remarquer. En tout cas, ils n'ont pas renouvelé le mobilier. Voilà le rocking-chair où je m'asseyais avec Lee sur mes genoux. Chère, chère petite.

— Bic, je veux m'en aller d'ici. Il fait froid et cet endroit m'a toujours donné la chair de poule. J'ai eu tellement peur pendant ces deux années que quelqu'un s'amène ici et la trouve.

— Personne n'est jamais venu. Et à partir de ce soir, si ce lieu existe dans sa mémoire, c'est bien le seul endroit où il existera jamais. Opal, je vais répandre l'essence dans la pièce. Ensuite nous sortirons et tu mettras le feu. »

Ils étaient dans la voiture et s'éloignaient rapidement lorsque les premières flammes s'élevèrent au-dessus du faîte des arbres. Dix minutes plus tard, ils roulaient à nouveau sur l'autoroute. Ils n'avaient croisé aucune voiture pendant la demi-heure passée à Elmville.

39

Lundi, Sarah fut interviewée par le *New York Times* et par le *Record* de Bergen à propos du procès Parker. « Bien sûr, il est légitime de la part de la défense d'insinuer que c'était la victime qui avait attiré Parker, mais ça me fait bouillir de rage.

— Regrettez-vous de ne pas avoir demandé la peine de mort ?

— Si j'avais pensé avoir une chance de l'obtenir, je l'aurais requise. Parker a suivi Mays. Il l'a coincée. Il l'a tuée. Dites-moi si ce n'est pas un meurtre prémédité, accompli de sang-froid. »

Dans le bureau, le procureur du comté de Bergen fut le premier à venir la féliciter. « Conner Marcus est l'un des deux ou trois meilleurs avocats d'assises de la région, Sarah. Vous avez fait un travail formidable. Vous pouvez faire fortune si vous désirez passer de l'autre côté de la barrière.

— Les défendre ? Pas question ! »

Le jeudi matin, le téléphone sonna au moment où Sarah s'asseyait à son bureau. Betsy Lyons, l'agent immobilier, débordait de nouvelles. Elle avait un autre acheteur très intéressé par la maison. Seul problème, la jeune femme était enceinte et voulait avoir emménagé avant la naissance du bébé. Dans combien de temps la maison pourrait-elle être libérée si ce couple décidait d'acheter ?

« Aussitôt qu'ils le voudront », dit Sarah. En prononçant ces mots, elle eut l'impression de soulager ses épaules d'un grand poids. Les meubles et les effets personnels qu'elle et Laurie souhaiteraient conserver pourraient être mis au garde-meuble en attendant.

Tom Byers, un jeune avocat de trente ans qui se faisait un nom dans le domaine de la protection des brevets, passa la tête par la porte de son bureau.

« Félicitations, Sarah. Est-ce que je peux t'emmener boire un verre ce soir ?

— Volontiers. » Elle aimait beaucoup Tom. L'idée de passer un moment avec lui était agréable. Mais il ne serait jamais important pour elle, songea-t-elle, revoyant soudain en esprit le visage de Justin Donnelly.

Il était sept heures et demie quand elle tourna la poignée de la porte d'entrée. Tom l'avait invitée à dîner, mais elle avait remis sa proposition à une autre fois. L'impression de décompression qui suivait toujours un procès difficile s'était emparée d'elle dans l'après-midi et, comme elle le dit à Tom : « Je suis brisée et j'ai mal partout. »

Elle se changea immédiatement, enfila un pyjama et une robe de chambre assortie, des pantoufles, et alla jeter un coup d'œil dans le réfrigérateur. Bénie soit Sophie, pensa-t-elle. Il y avait un rôti déjà cuit. Les légumes, les pommes de terre et la sauce étaient disposés dans des jattes recouvertes de film plastique, prêts à être réchauffés.

Elle s'apprêtait à apporter le plateau du dîner dans le bureau quand Allan Grant téléphona. Le bonsoir enjoué de Sarah mourut sur ses lèvres dès les premiers mots d'Allan : « Sarah, j'ai commencé à vous en parler l'autre jour. Je sais maintenant que j'ai eu tort de ne pas vous prévenir, vous et Laurie, avant d'avertir l'administration.

— Nous prévenir de quoi ? »

Tout en l'écoutant, Sarah crut qu'elle allait défaillir. Tenant le combiné du téléphone d'une main, elle tira à elle une chaise de cuisine et s'assit. La machine à écrire. Les lettres que Laurie écrivait pendant la croisière et sa dissimulation à leur propos. Lorsque Allan en arriva à sa confrontation avec Laurie, elle ferma les yeux, souhaitant plutôt pouvoir fermer ses oreilles. Allan conclut : « Sarah, elle a besoin d'une aide psychologique, d'une aide sérieuse. Je sais qu'elle voit un psychiatre, mais... »

Sarah n'avoua pas à Allan Grant que Laurie avait mis fin à ses séances avec le Dr Carpenter. « Je... je ne peux pas vous dire à quel point je suis désolée, professeur Grant, dit-elle. Vous avez été si gentil pour Laurie et cette histoire est très pénible pour vous. Je vous téléphonerai. Je trouverai l'aide dont elle a besoin. » Sa voix se brisa. « Au revoir. Merci. »

D'une façon ou d'une autre, il lui faudrait parler à Laurie, mais quelle était la meilleure tactique ? Elle composa le numéro de Justin Donnelly. Il n'y avait personne.

Elle joignit le Dr Carpenter. Ses questions furent brèves.

« Laurie nie catégoriquement avoir écrit ces lettres ? Je vois. Non, elle ne ment pas. Elle fait un blocage. Sarah, téléphonez-lui, assurez-lui que vous la comprenez, suggérez-lui de venir vous retrouver à la maison. Je ne pense pas qu'il soit sage de la laisser à proximité du professeur Grant. Nous devons l'amener à voir le Dr Donnelly. Je l'ai compris lors de la séance de samedi. »

Le dîner était oublié. Sarah composa le numéro de la chambre de Laurie. Personne ne répondit. Elle recommença toutes les demi-heures jusqu'à minuit. Finalement, elle téléphona à Susan Grimes, l'étudiante qui habitait en face de Laurie.

La voix endormie de Susan s'anima dès que Sarah se présenta. Oui, elle était au courant de ce qui s'était passé. Bien sûr, elle allait voir si Laurie se trouvait dans sa chambre.

Pendant qu'elle attendait, Sarah s'aperçut qu'elle priait malgré elle. Ne la laissez pas se faire du mal. Je vous en prie, mon Dieu. Pas ça. Elle entendit le bruit du récepteur que Susan soulevait.

« J'ai regardé dans sa chambre. Laurie dort à poings fermés. Elle respire calmement. Voulez-vous que je la réveille ? »

Un sentiment d'immense soulagement envahit Sarah. « Elle a dû prendre un somnifère. Non, laissez-la dormir et excusez-moi de vous avoir dérangée. »

Epuisée, Sarah monta se coucher et s'endormit instantanément, rassurée à la pensée qu'elle n'avait pas à s'inquiéter pour Laurie, du moins pour cette nuit.

40

Voilà qui fiche en l'air une journée parfaite, se dit Allan Grant en raccrochant. Sarah avait la voix brisée. Comment en aurait-il été autrement ? Sa mère et son père étaient morts cinq mois auparavant, sa sœur cadette était au bord de la dépression nerveuse.

Allan alla dans la cuisine. Les bouteilles d'alcool étaient rangées dans un coin du plus grand placard. A l'exception d'une bière ou deux, il n'avait pas l'habitude de boire seul, mais ce soir il se servit une généreuse rasade de vodka avec des glaçons. Il n'avait pas pris la peine de déjeuner et la vodka lui brûla la gorge et l'estomac. Il ferait mieux de trouver quelque chose à manger.

Il n'y avait que des restes dans le réfrigérateur. Avec une grimace, Alla écarta l'idée d'en faire la base de son dîner, ouvrit le congélateur et prit une pizza.

En attendant qu'elle fût réchauffée, Allan sirota sa vodka et continua à se reprocher d'avoir tout bousillé dans cette histoire de Laurie Kenyon. Larkin et le Dr Iovino avaient été impressionnés par les démentis catégoriques de Laurie. Comme l'avait fait remarquer le recteur : « Allan, Mlle Kenyon a raison en disant que c'est une machine à écrire que n'importe qui dans sa résidence pourrait avoir utilisée, et qu'une similitude dans l'écriture ne prouve pas automatiquement qu'elle soit l'auteur de ces lettres. »

Si bien que désormais ils ont l'impression que j'ai soulevé un problème embarrassant pour l'université, songea Allan. Bravo. Comment vais-je me comporter avec elle dans mon cours jusqu'à la fin du trimestre ? Se pourrait-il que je me sois trompé ?

Tandis qu'il sortait la pizza du four, il dit à haute

voix : « C'est impossible. C'est Laurie qui a écrit ces lettres. »

Karen téléphona à huit heures. « Chéri, je pensais à toi. Comment ça se passe ?

— Pas très bien, je le crains. » Il bavardèrent pendant une vingtaine de minutes. En raccrochant, Allan se sentait mieux.

A huit heures et demie, Karen rappela. « Je vais très bien, vraiment, la rassura-t-il. Mais, bon Dieu... quel soulagement d'avoir enfin tout déballé. Je vais prendre un somnifère et aller me coucher. A demain. » Il ajouta : « Je t'aime. »

Il régla le radio-réveil sur CBS et s'endormit rapidement.

Allan Grant n'entendit pas le bruit de pas feutrés, ne sentit pas la silhouette qui se penchait sur lui, pas plus qu'il ne s'éveilla quand le couteau le transperça jusqu'au cœur. Un moment plus tard, le claquement des rideaux dans le courant d'air étouffa les râles qui s'échappaient de sa poitrine tandis qu'il mourait.

41

Elle rêvait du couteau à nouveau, mais c'était différent cette fois. Le couteau ne se dirigeait pas vers elle. C'était elle qui le tenait et frappait, frappait. Laurie se redressa brusquement dans son lit, porta la main à sa bouche pour retenir un hurlement. Sa main était poisseuse. Pourquoi ? Elle baissa les yeux. Pourquoi était-elle encore vêtue de son jean et de sa veste ? Pourquoi étaient-ils salis ?

Sa main gauche touchait quelque chose de dur. Elle referma ses doigts autour de l'objet et une douleur fulgurante lui transperça la paume. Un filet de sang chaud et humide coula le long de son poignet.

Elle rejeta les draps. Le couteau à découper était à moitié caché sous l'oreiller. Des traces de sang séché maculaient les draps. Qu'était-il arrivé ? Quand s'était-elle coupée ? Avait-elle saigné à ce point ? Ça ne pouvait pas venir de cette coupure. Pourquoi avait-elle pris le couteau dans la penderie ? Est-ce qu'elle rêvait encore ? Cela faisait-il partie du rêve ?

Ne perds pas une minute, cria une voix. *Lave-toi les mains. Nettoie le couteau. Va le cacher dans le placard. Fais ce que je te dis. Dépêche-toi. Enlève ta montre. Le cuir est sali. Le bracelet dans ta poche. Nettoie-le, lui aussi.*

Nettoyer le couteau. Elle courut comme une folle dans la salle de bains, ouvrit les robinets de la baignoire, tint le couteau sous le jet d'eau.

Va le ranger dans le placard. Elle revint en courant dans la chambre. *Fourre ta montre dans le tiroir. Ôte tes vêtements. Défais le lit. Mets le tout dans la baignoire.*

Laurie repartit en vacillant dans la salle de bains, ouvrit à fond les robinets de la douche et plongea les draps dans la baignoire. Puis elle se déshabilla, jeta ses vêtements dans l'eau. Elle la regarda rougir.

Elle entra dans la baignoire. Les draps gonflèrent autour d'elle. Elle frotta frénétiquement son visage, ses mains. La coupure sur sa paume continua de saigner, même après qu'elle l'eut enveloppée d'un gant de toilette. Pendant de longues minutes elle resta immobile, les yeux fermés, l'eau dégoulinant sur ses cheveux, son visage et son corps, frissonnant malgré la buée qui emplissait la salle de bains.

Elle finit par sortir de la baignoire, tordit ses cheveux dans une serviette, passa son long peignoir et boucha la vidange. Elle lava ses vêtements et les draps jusqu'à ce que l'eau devînt claire.

Elle ramassa le tout dans un sac à linge sale, s'habilla et descendit à la laverie au sous-sol. Elle attendit, regardant tourner le tambour du séchoir. Lorsque la machine s'arrêta, elle plia les draps et ses vêtements et les rapporta dans sa chambre.

A présent, refais le lit et sors d'ici. Va à ton premier cours et reste calme. Tu es vraiment dans le pétrin cette

114

*fois-ci. Le téléphone sonne. Ne réponds pas. C'est
probablement Sarah.*

En traversant le campus, Laurie croisa plusieurs
étudiants. L'un d'eux s'avança précipitamment vers elle,
lui assurant qu'elle était victime de harcèlement sexuel,
d'une sorte de harcèlement sexuel inversé, et qu'elle
devait poursuivre le professeur Grant en justice. Quel
culot de sa part d'accuser ainsi Laurie !

Elle hocha la tête d'un air absent, se demandant qui
était l'enfant qui pleurait si désespérément, avec des
sanglots étouffés comme si sa tête était cachée sous un
oreiller. Elle eut la vision d'une petite fille aux longs
cheveux blonds couchée sur un lit dans une pièce froide.
Oui, c'était elle qui pleurait.

Laurie ne vit pas les autres étudiants la quitter pour se
rendre à leurs cours respectifs. Elle n'était pas consciente des regards qu'ils lui lançaient dans son dos. Elle
n'entendit pas l'un d'eux déclarer : « Elle est vraiment
toquée. »

Elle franchit machinalement l'entrée de l'établissement, prit l'ascenseur jusqu'au deuxième étage, longea
le couloir. En arrivant devant la classe où Allan Grant
devait incessamment donner son cours, elle passa la tête
dans l'embrasure de la porte. Une douzaine d'étudiants
étaient rassemblés en cercle en attendant. « Vous perdez votre temps, leur annonça-t-elle. Allan le Tombeur
est mort, et bien mort. »

Troisième partie

42

Ne pouvant joindre Laurie dans sa chambre le vendredi matin, Sarah appela à nouveau Susan Grimes. « S'il vous plaît, voulez-vous laisser un message à la porte de Laurie pour lui demander de me téléphoner au bureau ? C'est très important. »

A onze heures, Laurie l'appela depuis le poste de police.

Une sorte d'engourdissement profond succéda au choc qu'avait ressenti Sarah. Elle prit quelques précieuses minutes pour téléphoner au Dr Carpenter, lui rapporta les faits et le pria de joindre le Dr Donnelly. Puis elle attrapa son manteau et son sac et courut vers sa voiture. L'heure et demie de trajet jusqu'à Clinton fut un supplice.

La voix haletante, stupéfaite de Laurie disant : « Sarah, le professeur Grant a été retrouvé assassiné. Ils croient que c'est moi qui l'ai tué. Ils m'ont arrêtée et m'ont amenée au poste de police. Ils ont dit que j'avais le droit de prévenir quelqu'un. »

Son unique question à Laurie fut : « Comment est-il mort ? » Elle connaissait la réponse avant que Laurie ne la lui donne. Allan Grant avait été poignardé. Oh, Dieu, Dieu miséricordieux, pourquoi ?

Sarah arriva au poste de police où on la prévint que

Laurie était dans la salle d'interrogatoire. Sarah demanda à la voir.

Le lieutenant de service savait que Sarah était substitut du procureur. Il la regarda avec bienveillance. « Mademoiselle Kenyon, vous savez que la seule personne autorisée à la voir pendant l'interrogatoire est son avocat.

— Je suis son avocate, dit Sarah.

— Vous ne pouvez...

— A partir de cette minute même, je ne suis plus procureur adjoint. Vous pouvez écouter pendant que je donne ma démission. »

La salle d'interrogatoire était petite. Une caméra vidéo filmait Laurie assise sur une chaise de bois branlante, le regard braqué sur l'objectif. Deux inspecteurs se trouvaient près d'elle. Lorsqu'elle vit Sarah, Laurie se précipita dans ses bras. « Sarah, c'est complètement fou. Je suis tellement triste pour le professeur Grant. Il était si gentil avec moi. J'étais en colère hier à cause de ces lettres qu'il m'accusait d'avoir écrites. Sarah, dis-leur d'en trouver l'auteur. C'est sûrement cette dingue qui l'a tué. » Elle se mit à sangloter.

Sarah pressa la tête de Laurie contre son épaule, la berçant instinctivement, se rappelant confusément que leur mère avait les mêmes gestes pour les consoler lorsqu'elles étaient petites.

« Asseyez-vous, Laurie, dit fermement le plus jeune inspecteur. On l'a informée de ses droits », ajouta-t-il à l'adresse de Sarah.

Sarah aida Laurie à regagner sa chaise. « Je vais rester avec toi. A partir de maintenant, je ne veux pas que tu répondes à une seule question. »

Laurie se cacha le visage dans ses mains. Ses cheveux tombèrent en avant, masquant son visage.

« Mademoiselle Kenyon, puis-je vous parler ? Je suis Frank Reeves. » Sarah se rendit compte que le visage de l'inspecteur le plus âgé lui était familier. Il avait témoigné à l'un des procès qu'elle avait instruits. Il l'entraîna à l'écart. « Je crains que les preuves soient flagrantes. Votre sœur a menacé le professeur Grant hier. Ce matin, avant qu'on ne découvre son corps, elle a annoncé à une salle pleine d'étudiants qu'il était mort. On a trouvé caché dans sa chambre un couteau qui est presque certainement l'arme du crime. Elle a essayé de laver ses vêtements et les draps, mais ils portent encore de légères traces de sang. Le rapport du labo va nous le confirmer.

— Sare-heu. »

Sarah pivota sur elle-même. C'était Laurie sans être vraiment Laurie sur la chaise. Son expression était différente, enfantine. La voix était celle d'une enfant de trois ans. *Sare-heu*. C'était ainsi que Laurie prononçait son nom lorsqu'elle était petite. « Sare-heu, ze veux mon nounours. »

Sarah tint la main de Laurie pendant qu'elle prenait connaissance du chef d'accusation. Le juge fixa la caution à cent cinquante mille dollars. Elle promit à Laurie : « Je vais te faire sortir d'ici dans une heure ou deux. » Glacée, elle regarda Laurie menottes aux poignets s'en aller sans comprendre ce qui lui arrivait.

Gregg Bennett arriva au poste de police alors qu'elle remplissait le formulaire de la caution. « Sarah. »

Elle leva les yeux. Il avait l'air aussi bouleversé et désespéré qu'elle. Elle ne l'avait pas revu depuis des mois ; Laurie semblait tellement heureuse avec lui autrefois.

« Sarah, Laurie ne ferait pas de mal à une mouche de son plein gré. Quelque chose a dû se rompre en elle.

— Je sais. Elle plaidera l'aliénation mentale. Folie passagère au moment du meurtre. » A l'instant où elle prononçait ces mots, Sarah se rappela tous les avocats de la défense qui avaient tenté cette stratégie et dont elle avait déjoué les arguments. Ça marchait rarement. Le mieux qu'on pouvait en tirer était de créer un doute suffisant pour sauver l'accusé de la peine de mort.

Elle s'aperçut que Gregg avait posé sa main sur son

épaule. « Je crois qu'un café te ferait du bien, lui dit-il. Tu l'aimes toujours noir ?

— Oui. »

Il revint avec deux gobelets fumants alors qu'elle remplissait la dernière page du formulaire ; puis il attendit avec elle pendant qu'on l'enregistrait. C'était un si gentil garçon, songea Sarah. Pourquoi Laurie n'était-elle pas tombée amoureuse de lui ? Pourquoi avoir préféré un homme marié ? Avait-elle choisi Allan Grant comme père de substitution ? Retrouvant peu à peu son sang-froid, Sarah se mit à songer à Grant, à la façon dont il s'était élancé vers Laurie quand elle s'était évanouie. Se pouvait-il qu'il ait cherché à la séduire d'une façon ou d'une autre ? Qu'il ait tenté d'abuser d'elle à une époque où elle était émotionnellement fragile ? Sarah se rendit compte que des arguments de défense se formaient dans son esprit.

A six heures et quart, Laurie était libérée sous caution. Elle sortit de prison accompagnée par une gardienne en uniforme. Lorsqu'elle les vit, ses jambes vacillèrent et Gregg courut vers elle pour la soutenir. Laurie gémit quand il la saisit dans ses bras, puis elle se mit à hurler : « Sarah, Sarah, ne le laisse pas me faire mal. »

43

Le mercredi à onze heures, le téléphone sonna à l'agence de voyages Global située dans le Madison Arms Hotel, à Manhattan, 76e Rue Est.

Karen Grant s'apprêtait à sortir. Elle hésita puis lança par-dessus son épaule. « Si c'est pour moi, dites que je serai de retour dans dix minutes. J'ai une course à faire en priorité. »

Connie Santini, la secrétaire de l'agence, décrocha l'appareil. « Agence de voyages Global, bonjour. » Elle écouta. « Karen vient à l'instant de sortir. Elle sera là dans quelques minutes. » Son ton était sec.

Anne Webster, la propriétaire de l'agence, se tenait devant le classeur. Elle se retourna. Connie était une bonne secrétaire, mais au goût d'Anne elle ne se montrait pas suffisamment aimable au téléphone. « Prenez toujours le nom de votre interlocuteur, la sermonnait-elle. S'il s'agit d'un appel professionnel, proposez l'aide de quelqu'un d'autre. »

« Oui, je suis certaine qu'elle sera de retour d'un instant à l'autre, disait Connie. Y a-t-il quelque chose de spécial ? »

Anne s'approcha brusquement du bureau de Connie et lui prit le téléphone des mains. « Anne Webster à l'appareil. Puis-je vous aider ? »

Souvent, au long de ses soixante-neuf ans, Anne avait reçu de mauvaises nouvelles par téléphone concernant un parent ou un ami. Lorsque son interlocuteur annonça qu'il était le recteur Larkin de l'université de Clinton, elle sut avec une certitude glacée qu'il était arrivé malheur à Allan. « Je suis la patronne de Karen et son amie, lui dit-elle. Karen vient de sortir faire une course dans le hall. Je peux aller la chercher si vous le désirez. »

Elle écouta Larkin lui dire d'un ton hésitant : « Peut-être vaudrait-il mieux que je vous mette au courant. J'avais l'intention de venir en personne l'annoncer à Karen, mais j'ai tellement peur qu'elle ne l'apprenne par la radio ou qu'un journaliste ne lui téléphone avant mon arrivée... »

Horrifiée, Anne Webster entendit alors la terrible nouvelle du meurtre d'Allan Grant. « Je m'en chargerai », dit-elle. C'est les yeux pleins de larmes qu'elle raccrocha et raconta à sa secrétaire ce qui était arrivé. « L'une des étudiantes d'Allan lui écrivait des lettres d'amour. Il les a montrées à l'administration. Hier l'étudiante a fait un véritable scandale et l'a menacé. Ce matin, alors qu'Allan était en retard à son cours, la même étudiante a annoncé à tout le monde qu'il était mort. Ils l'ont trouvé dans son lit, poignardé en plein cœur. Oh, pauvre Karen.

— La voilà qui arrive », dit Connie. A travers la vitre

qui séparait l'agence de voyages du hall central, elles virent Karen s'avancer. Son pas était vif et léger. Un sourire joyeux dansait sur ses lèvres. Ses boucles noires virevoltaient dans son cou. Son ensemble japonais rouge, orné de boutons de perle, mettait en valeur sa taille mannequin. Manifestement, la course avait été satisfaisante.

Webster se mordit nerveusement les lèvres. Comment fallait-il lui annoncer la nouvelle ? Dire qu'un accident était survenu et attendre qu'elles soient à Clinton ? Oh, mon Dieu, pria-t-elle, donnez-moi la force dont j'ai besoin.

La porte s'ouvrit. « Ils se sont excusés, annonça Karen d'un ton triomphant. Ils ont admis que c'était de leur faute. » Puis son sourire s'effaça. « Anne, que se passe-t-il ?

— Allan est mort. » Stupéfaite, Webster entendit les mots jaillir de sa bouche.

« Allan ? Mort ? » Le ton de Karen était incrédule, comme si elle ne comprenait pas. Puis elle répéta : « Allan. Mort. »

Anne Webster et Connie Santini virent son visage se couvrir d'une pâleur mortelle et elles se précipitèrent vers elle. Chacune la soutenant par un bras, elles l'aidèrent à s'asseoir dans un fauteuil. « Comment ? demanda Karen, d'un ton monocorde. En voiture ? Les freins étaient mal réglés. Je l'avais prévenu. Il ne se préoccupe jamais de ce genre de choses.

— Oh, Karen. » Anne Webster entoura de ses bras les épaules tremblantes de la jeune femme.

Ce fut Connie Santini qui donna les détails, appela le garage et leur demanda d'amener immédiatement la voiture de Karen, prit leurs manteaux, gants et sacs. Elle offrit de les accompagner et de prendre le volant. Karen repoussa la proposition. Il fallait que quelqu'un reste à l'agence.

Karen insista pour conduire. « Vous ne connaissez pas la direction, Anne. » En route, elle resta les yeux secs. Elle parla d'Allan comme s'il était toujours en vie. « C'est le garçon le plus gentil du monde. Il est si généreux. C'est l'homme le plus chic que j'aie jamais connu ; je me souviens... »

Anne Webster bénit le ciel que la circulation fût fluide. On aurait dit que Karen avait branché un pilote automatique. Elles passèrent devant l'aéroport de Newark et s'engagèrent sur la nationale 78.

« J'ai connu Allan en voyage, continua Karen. Je conduisais un groupe au Japon. Il s'est joint à nous à la dernière minute. C'était il y a six ans. Pendant les vacances. Sa mère était morte cette année-là. Il s'était rendu compte qu'il ne savait pas où aller pour Noël et n'avait pas envie de rester dans les parages de l'université. Lorsque nous avons atterri à Newark, au retour, nous étions fiancés. Je l'appelais mon Mr. Chips [1]. »

Il était un peu plus de midi quand elles arrivèrent à Clinton. C'est en voyant le cordon de sécurité qui interdisait l'accès à sa maison que Karen se mit à pleurer. « Jusqu'à cette minute, j'ai pensé que c'était un mauvais rêve », murmura-t-elle.

Un policier les arrêta dans l'allée, puis s'écarta vivement pour laisser la voiture passer. Les flashes crépitèrent dès que les deux femmes sortirent de la voiture. Anne passa un bras réconfortant autour de Karen, l'aidant à franchir en courant les quelques mètres jusqu'à la porte d'entrée.

La maison grouillait de policiers. Il y en avait dans le living-room, la cuisine, le couloir qui menait aux chambres. Karen se dirigea vers le couloir. « Je veux voir mon mari », dit-elle.

Un homme aux cheveux grisonnants l'arrêta, la conduisit dans le living-room. « Je suis l'inspecteur Reeves, dit-il. Je regrette, madame Grant. Nous l'avons emmené. Vous le verrez plus tard.

Karen se mit à trembler. « Cette fille qui l'a tué. Où est-elle ?

---

1. Mr. Chips : *Goodbye Mr. Chips* (1939), film sentimental sur la vie d'un timide professeur tiré d'un roman de James Hilton. *(N.d.T.)*

— Elle a été mise en état d'arrestation.

— Pourquoi s'en est-elle prise à mon mari ? Il était si gentil avec elle.

— Elle affirme qu'elle est innocente, madame Grant, mais nous avons trouvé dans sa chambre un couteau qui est peut-être l'arme du crime. »

Karen finit par craquer. Anne Webster s'y attendait. La jeune femme laissa échapper un cri étranglé, mi-rire, mi-sanglot, et piqua une crise de nerfs.

44

Bic écouta le journal de midi pendant qu'ils déjeunaient dans son bureau au studio de télévision, 61e Rue Ouest. L'information du jour était : PASSION FATALE À L'UNIVERSITÉ DE CLINTON.

Opal sursauta et Bic devint blanc comme un linge en voyant la photo de l'enfant, Laurie, apparaître sur l'écran. « A l'âge de quatre ans, Laurie Kenyon a été victime d'un enlèvement. Aujourd'hui, à l'âge de vingt et un ans, elle est accusée d'avoir poignardé un professeur à qui elle aurait écrit des douzaines de lettres d'amour. Allan Grant a été trouvé dans son lit... »

Une photo de la maison apparut sur l'écran. L'accès autour du terrain était interdit. Un plan de la fenêtre ouverte. « On suppose que c'est par cette fenêtre que Laurie Kenyon est entrée et qu'elle a quitté la chambre d'Allan Grant. » Les voitures de police s'alignaient le long des rues.

Les yeux pétillant d'excitation, une étudiante se faisait interviewer. « Laurie était furieuse contre le professeur Grant à cause d'une histoire qu'elle avait avec lui. Je crois qu'il voulait rompre et qu'elle est devenue folle. »

A la fin de la séquence, Bic ordonna : « Ferme ça, Opal. »

Elle obéit.

« Elle s'est donnée à un autre homme, dit Bic. Elle se glissait dans son lit la nuit. »

Opal ne savait ni quoi faire ni quoi dire. Bic était pris de tremblements. Son visage ruisselait de sueur. Il ôta sa veste, remonta ses manches et tendit ses bras. La toison frisée qui les recouvrait était devenue grise. « Te souviens-tu de sa terreur quand je tendais les bras vers elle ? demanda-t-il. Mais Lee savait que je l'aimais. Elle m'a obsédé pendant toutes ces années. Tu en as été témoin, Opal. Et pendant que ces derniers mois je souffrais mille morts, alors que je la voyais, que je me rapprochais d'elle, redoutant qu'elle parle de moi à ce médecin et mette en péril tout ce que j'avais accompli, elle écrivait des saletés à un autre. »

Ses yeux étaient exorbités, étincelants, traversés d'éclairs. Opal lui donna la réponse qu'il attendait d'elle : « Lee doit être châtiée, Bic.

— Elle le sera. Si l' œil fait le mal, arrache-le. Si la main fait le mal, tranche-la. Lee est clairement sous l'influence de Satan. C'est mon devoir de lui accorder la clémence miséricordieuse du Seigneur en la forçant à tourner la lame contre elle. »

45

Sarah emprunta le Garden State Parkway, Laurie endormie à côté d'elle. La gardienne de la prison avait promis de téléphoner au Dr Carpenter pour le prévenir qu'elles rentraient chez elles. Gregg avait poussé Laurie dans les bras de Sarah, protestant : « Laurie, Laurie, je ne te ferai jamais aucun mal. Je t'aime. » Puis, secouant la tête, il avait dit à Sarah : « Je ne comprends pas. »

« Je t'appellerai », lui avait lancé Sarah avant de partir. Elle savait que son numéro de téléphone se trouvait dans le carnet d'adresses de Laurie. L'an dernier, Laurie téléphonait régulièrement à Gregg.

Lorsqu'elles atteignirent Ridgewood et tournèrent

dans leur rue, elle fut consternée à la vue des voitures garées devant la maison. Une foule de reporters bardés d'appareils photo et de micros se bousculaient, bloquant l'entrée de l'allée. Sarah appuya sur le klaxon. Ils la laissèrent passer mais coururent à côté de la voiture jusqu'au moment où elle stoppa devant les marches du porche. Laurie remua, ouvrit les yeux, regarda autour d'elle. « Sarah, que font tous ces gens ici ? »

Au grand soulagement de Sarah, la porte s'ouvrit. Le Dr Carpenter et Sophie s'élancèrent ensemble au bas des marches. Carpenter se fraya un passage à travers les journalistes, ouvrit la portière et passa son bras autour de Laurie. Les appareils crépitèrent et les questions fusèrent à l'adresse de Laurie, tandis qu'avec Sophie, Carpenter l'aidait à gravir les marches et à entrer dans la maison.

Sarah savait qu'elle devait faire une déclaration. Elle sortit de la voiture et attendit devant les micros tendus vers elle. Se forçant à paraître calme et assurée, elle écouta les questions : « Est-ce un meurtre provoqué par une passion fatale ?... Allez-vous plaider coupable ?... Est-il exact que vous quittiez votre poste pour défendre Laurie ?... La croyez-vous coupable ? »

Sarah choisit de répondre à la dernière question. « Ma sœur est légalement et moralement innocente de tout crime et nous le prouverons en justice. » Elle se tourna et fendit la foule des reporters.

Sophie tenait la porte ouverte. Laurie était étendue sur le divan dans le petit salon, le Dr Carpenter à ses côtés. « Je lui ai donné un puissant sédatif, chuchota-t-il à Sarah. Montons-la dans son lit immédiatement. J'ai laissé un message pour le Dr Donnelly. Il doit rentrer d'Australie aujourd'hui même. »

Sarah eut l'impression d'habiller une poupée, tandis qu'avec l'aide de Sophie elle ôtait le sweater de Laurie et lui enfilait sa chemise de nuit. Laurie garda les yeux clos. Elle semblait inconsciente de leur présence. « Je vais chercher une autre couverture, dit doucement Sophie. Elle a les mains et les pieds glacés. »

Elle poussa un premier gémissement au moment où

Sarah allumait la lampe de chevet. C'était une plainte à vous briser le cœur que Laurie essayait d'étouffer dans l'oreiller.

« Elle pleure dans son sommeil, dit Sophie. Pauvre petite fille. »

C'était exactement ça. Si elle n'avait pas regardé Laurie, Sarah aurait pensé que la plainte provenait d'un petit enfant effrayé. « Demandez au Dr Carpenter de monter. »

Elle aurait voulu prendre Laurie dans ses bras, la consoler, mais elle s'obligea à attendre l'arrivée du docteur dans la pièce. Il se tint à côté d'elle dans la pénombre et contempla Laurie. Puis les sanglots se calmèrent peu à peu, Laurie lâcha son oreiller et elle se mit à murmurer tout bas. Ils se penchèrent pour l'entendre. « Je veux mon papa. Je veux ma maman. Je veux Sare-heu. Je veux rentrer à la maison. »

46

Thomasina Perkins habitait une petite maison de quatre pièces à Harrisburg, en Pennsylvanie. Aujourd'hui, à soixante-douze ans, c'était une femme enjouée dont l'unique défaut était de rabâcher l'événement le plus exaltant de son existence — sa participation à l'affaire Laurie Kenyon. Elle était la caissière qui avait téléphoné à la police le jour où Laurie avait piqué une crise dans le restaurant.

Son plus grand regret était de ne pas avoir suffisamment regardé le couple et d'avoir oublié le nom que la femme avait donné à son compagnon lorsqu'ils avaient précipitamment quitté les lieux, entraînant Laurie avec eux. Il arrivait à Thomasina de rêver d'eux, de l'homme en particulier, mais il n'avait jamais de visage, juste de longs cheveux, une barbe et des bras puissants couverts d'une toison frisée.

Thomasina apprit la nouvelle de l'arrestation de

Laurie Kenyon au journal télévisé de dix-huit heures. Les Kenyon s'étaient montrés très reconnaissants envers elle. Elle était apparue avec eux dans l'émission « Good Morning, America », après le retour de Laurie dans sa famille. Ce jour-là, John Kenyon lui avait discrètement remis un chèque de cinq mille dollars.

Thomasina avait espéré que les Kenyon resteraient en contact avec elle. Pendant un certain temps, elle leur avait écrit régulièrement, de longues lettres détaillées où elle disait que tous les gens qui venaient au restaurant voulaient l'entendre raconter son histoire et qu'ils avaient les larmes aux yeux en l'écoutant décrire le regard apeuré que Laurie avait jeté autour d'elle, comment elle s'était mise à pleurer, si fort que vous en aviez le cœur brisé.

Puis un jour elle avait reçu une lettre de John Kenyon. Il la remerciait encore pour sa gentillesse, mais ajoutait qu'il serait peut-être préférable qu'elle ne leur écrive plus désormais. Ses lettres bouleversaient sa femme. Ils s'efforçaient tous d'oublier le souvenir de cette affreuse période.

Thomasina avait été terriblement déçue. Elle aurait tellement voulu leur rendre visite et pouvoir raconter d'autres histoires sur Laurie. Mais bien qu'elle continuât chaque année à leur adresser une carte de Noël, ils ne répondirent plus jamais.

Puis elle avait envoyé un mot de condoléances à Sarah et à Laurie lorsqu'elle avait appris par le journal l'accident survenu à leurs parents en septembre, et elle avait reçu une lettre charmante de la part de Sarah, affirmant que sa mère et son père avaient toujours dit que Thomasina était le moyen choisi par Dieu pour exaucer leurs prières et la remerciant pour les quinze heureuses années qu'ils avaient vécues en famille depuis le retour de Laurie. Thomasina encadra la lettre, en s'assurant que tous les visiteurs puissent la voir.

Thomasina aimait regarder la télévision, particulièrement le dimanche matin. Elle était profondément croyante, et l' « Eglise des Ondes » était son émission préférée. Elle était très attachée au Révérend Rutland Garrison et avait eu le cœur brisé à sa mort.

Le Révérend Bobby Hawkins était complètement différent. Thomasina n'aurait su dire ce qu'elle ressentait à son sujet. Il lui faisait une impression bizarre. Néanmoins, lui et son épouse, Carla, dégageaient quelque chose de magnétique. Elle n'arrivait pas à détourner son regard d'eux. Et c'était certainement un prédicateur efficace.

Aujourd'hui, Thomasina aurait souhaité être à dimanche prochain afin que, au moment où le Révérend Bobby ordonnerait à ses fidèles d'étendre leurs mains sur leur poste de télévision et de demander un miracle, elle puisse prier pour que l'arrestation de Laurie se révèle une erreur. Mais on était mercredi, pas dimanche, et il lui fallait patienter jusqu'à la fin de la semaine.

A neuf heures, le téléphone sonna. C'était le producteur de l'émission locale « Good Morning, Harrisburg ». Il s'excusa de téléphoner si tard et demanda à Thomasina si elle accepterait de participer à l'émission de demain matin pour parler de Laurie.

Thomasina frémit d'excitation. « Je parcourais le dossier de l'affaire Kenyon, mademoiselle Perkins, dit le producteur. Quel dommage que vous ne puissiez vous rappeler le nom de l'individu qui est entré avec Laurie au restaurant.

— Je sais, reconnut Thomasina. J'ai l'impression qu'il résonne encore quelque part dans mon cerveau, mais cet homme est probablement mort où en Amérique du Sud à cette heure. A quoi ça servirait ?

— Ce serait extrêmement utile, continua le producteur. Votre témoignage est la seule preuve directe que Laurie ait pu être brutalisée par ses ravisseurs. Ils auront besoin de plus que ça pour lui attirer la sympathie du jury au tribunal. Nous en parlerons demain au cours de l'émission. »

Après avoir reposé le téléphone, Thomasina se leva d'un bond et se précipita dans sa chambre. Elle décrocha de la penderie son ensemble habillé de soie bleue et l'examina avec attention. Pas de tache, Dieu merci. Elle sortit sa gaine, ses richelieus du dimanche, la paire de collants qu'elle avait achetée chez J. C. Penney et qu'elle gardait pour les grandes occasions. Depuis qu'elle avait cessé de travailler, elle ne mettait plus de bigoudis la nuit, mais ce soir elle roula soigneusement chacune de ses maigres mèches.

Au moment où elle s'apprêtait à se mettre au lit, elle se remémora le conseil du Révérend Bobby, qui leur enjoignait de prier pour obtenir un miracle.

Sa nièce lui avait donné du papier à lettres couleur lavande pour Noël. Elle le sortit et chercha le nouveau stylo qu'elle avait acheté au supermarché. S'installant à la table de la salle à manger, elle écrivit une longue lettre au Révérend Bobby Hawkins, lui racontant sa participation à l'histoire de Laurie Kenyon. Elle expliqua qu'elle avait autrefois refusé d'avoir recours à l'hypnose pour se rappeler le nom que la femme avait donné à l'homme. Elle avait toujours cru que se faire hypnotiser consistait à remettre son âme au pouvoir d'un autre, et que ce geste déplairait à Dieu. Qu'en pensait le Révérend Bobby ? Elle suivrait ses conseils. Pouvait-il répondre rapidement ?

Elle écrivit une seconde lettre à Sarah, expliquant son intention.

Prise d'une arrière-pensée, elle inclut une offrande de deux dollars dans l'enveloppe destinée au Révérend Bobby Hawkins.

47

Le Dr Justin Donnelly était parti en Australie pour les vacances de Noël, avec l'intention d'y rester un mois. C'était l'été là-bas et pendant ces quatre semaines il rendit visite à sa famille, revit ses amis, retrouva ses anciens confrères et profita de ces moments de détente.

Il passa aussi beaucoup de temps avec Pamela Crabtree. Deux ans auparavant, avant son départ pour les Etats-Unis, ils avaient failli se fiancer, mais ils avaient reconnu l'un comme l'autre qu'ils n'étaient pas encore prêts. Pamela menait sa propre carrière de neurologue et sa réputation n'était plus à faire à Sydney.

Pendant la période des vacances ils dînèrent ensemble, firent du bateau ensemble, allèrent au théâtre ensemble. Mais si Justin avait toujours eu plaisir à se trouver avec Pamela, s'il admirait et appréciait sa compagnie, il éprouvait malgré tout un vague sentiment d'insatisfaction. Peut-être leur hésitation à s'engager dans la vie commune n'était-elle pas liée aux seuls obstacles professionnels.

Cette sensation de malaise finit par s'éclairer pour Justin quand il constata qu'il pensait chaque jour davantage à Sarah Kenyon. Il ne l'avait vue qu'une seule fois en octobre, et pourtant leurs conversations hebdomadaires lui manquaient. Il aurait dû l'inviter à dîner à nouveau.

Peu avant le départ de Justin pour New York, Pamela et lui eurent une discussion et convinrent qu'ils n'éprouvaient plus les mêmes sentiments l'un pour l'autre. Avec un immense soulagement, Justin embarqua à bord de l'avion pour New York et arriva le mercredi à midi, exténué par ce vol interminable. Chez lui, il s'écroula sur son lit et dormit jusqu'à dix heures du soir, puis il écouta ses messages.

Cinq minutes plus tard, il s'entretenait au téléphone avec Sarah. Le son de sa voix, épuisée et tendue, lui déchira le cœur. Consterné, il l'écouta relater les faits. « Il faut absolument que je voie Laurie, lui dit-il. Demain, je dois faire le point avec mon équipe à l'hôpital. Vendredi matin à dix heures ?

— Elle refusera de venir.

— Il le faut.

— Je sais. » Il y eut un silence, puis Sarah ajouta : « Je suis heureuse que vous soyez de retour, docteur Donnelly. »

Moi aussi, pensa Justin en raccrochant. Il savait que Sarah n'avait pas totalement mesuré l'épreuve qui l'attendait. Laurie avait commis un meurtre alors qu'elle était une autre et cela pouvait lui avoir ôté toute possibilité d'assister la vraie personne qu'était Laurie Kenyon.

48

Brendon Moody retourna à Teaneck, dans le New Jersey, le mercredi soir en fin de journée après une semaine de pêche en Floride avec ses vieux copains. Sa femme, Betty, l'attendait. Elle lui annonça l'arrestation de Laurie Kenyon.

Laurie Kenyon ! Brendon était l'inspecteur de police attaché au procureur du comté de Bergen, il y avait dix-sept ans, à l'époque où la petite Laurie avait disparu. Il était resté à la brigade criminelle jusqu'à sa retraite et il connaissait très bien Sarah. Secouant la tête, il écouta les informations de onze heures. Le meurtre du campus était la nouvelle essentielle. Prises de vues de la maison d'Allan Grant, la veuve de Grant arrivant chez elle, Laurie et Sarah sortant du poste de police, Sarah en train de faire une déclaration devant la résidence des Kenyon à Ridgewood.

Avec une consternation croissante, Brendon regarda et écouta. Le reportage terminé, il éteignit la télévision. « C'est un sale coup », dit-il.

Il y a trente ans, lorsque Brendon courtisait Betty, le père de Betty avait dit en riant : « Ce demi-portion se prend pour le coq du village. » Ce n'était pas entièrement faux. Betty avait toujours l'impression qu'un courant électrique traversait Brendon lorsqu'il était agacé ou en colère. Son menton se redressait ; ses maigres cheveux se hérissaient ; ses joues s'enflammaient ; ses yeux derrière les lunettes sans monture semblaient agrandis.

A soixante ans, Brendon n'avait rien perdu de cette énergie bagarreuse qui avait fait de lui le meilleur enquêteur du bureau du procureur. Ils avaient prévu d'aller à Charleston rendre visite à la sœur de Betty dans trois jours. Sans ignorer qu'elle le laissait libre de renoncer au voyage, elle dit : « Crois-tu que tu puisses les aider ? » Brendon avait maintenant une licence de détective privé et n'acceptait que les affaires qui l'intéressaient.

Il eut un sourire à la fois tendu et soulagé. « Tu parles que je vais les aider. Sarah a besoin de quelqu'un qui aille sur le campus récolter et trier toutes les informations possibles. Tout le monde a l'air de croire que c'est un cas réglé d'avance. Bets, tu m'as entendu le dire une centaine de fois et je le répète : quand on va au procès avec cette attitude, la seule chose à espérer est d'obtenir quelques années de sursis. Il faut y aller en étant convaincu que ton client est aussi innocent que l'enfant qui vient de naître. C'est la seule façon de bénéficier des circonstances atténuantes. Sarah Kenyon est une fille formidable et une sacrée bonne avocate. J'ai toujours prédit qu'elle aurait un marteau dans la main un jour. Mais aujourd'hui, elle a besoin qu'on l'aide. Qu'on l'aide vraiment. J'irai la trouver demain et je me ferai engager.

— Si elle veut de toi, émit prudemment Betty.

— Elle voudra de moi. Et, Bets, tu sais combien tu détestes le froid. Pourquoi n'irais-tu pas seule à Charleston rendre visite à Jane ? »

Betty dénoua sa robe de chambre et se coucha. « Je ferais aussi bien d'y aller, en effet. A partir d'aujourd'hui, te connaissant, cette affaire va te tenir lieu de nourriture, de sommeil et de rêves. »

49

« Carla, décris-moi en détail la chambre de Lee. »

Opal tenait la cafetière, prête à servir Bic. Elle s'immobilisa puis inclina avec précaution le bec sur sa tasse. « Pourquoi ?

— Je t'ai répété à plusieurs reprises de ne pas me questionner. » La voix était amène, mais Opal frissonna.

« Excuse-moi. C'est seulement que tu m'as surprise. » Elle le regarda, s'efforçant de sourire. « Tu es si beau dans cette veste de velours, Bobby. Voyons, maintenant. Comme je te l'ai dit, sa chambre et celle de sa sœur se trouvent dans la partie à droite de l'escalier. La femme de l'agence immobilière m'a expliqué que les Kenyon avaient transformé des petites pièces en salles de bains, afin que chacune des quatre chambres ait la sienne. La chambre de Lee comporte un grand lit au chevet garni de velours, une coiffeuse, un secrétaire, une armoire-bibliothèque, deux tables de nuit et une chaise basse. Elle est très féminine, avec le même imprimé fleuri bleu et blanc pour le couvre-lit et les rideaux. Deux penderies de bonnes dimensions, un ventilateur, une moquette bleu pâle. »

Elle remarqua qu'il n'était pas encore satisfait et plissa les yeux sous l'effet de la concentration. « Ah oui, il y a des photos de famille sur son bureau et un téléphone sur la table de nuit.

— Y a-t-il une photo de Lee enfant dans le costume de bain rose qu'elle portait lorsqu'elle est venue avec nous ?

— Je crois.

— Tu crois ?

— Je suis sûre qu'il y en a une.

— Tu oublies quelque chose, Carla. La dernière fois que nous en avons parlé, tu m'as dit qu'il y avait une pile d'albums de famille sur l'étagère du bas de la bibliothèque et qu'il semblait que Lee les feuilletait de temps en temps ou peut-être les réarrangeait. Il paraissait y avoir un tas de photos en vrac de Lee et de sa sœur quand elles étaient plus jeunes.

— Oui, c'est vrai. » Opal avala nerveusement une gorgée de café. Il y a quelques minutes elle s'était dit que tout allait pour le mieux. Elle avait savouré le luxe du joli salon de leur suite à l'hôtel, l'élégance de sa robe de chez Dior en velours de soie. Elle leva la tête et son regard rencontra celui de Bic. Ses yeux étincelaient d'un éclat magnétique. Avec un serrement de cœur, elle sut qu'il allait lui demander quelque chose de dangereux.

50

Le jeudi à midi moins le quart, Laurie se réveilla de son sommeil lourd. Elle ouvrit les yeux et regarda la pièce familière. Des pensées discordantes se bousculaient dans sa tête. Un enfant pleurait. Deux femmes se disputaient. L'une d'elles hurlait : *J'étais furieuse contre lui mais je l'aimais et je n'ai pas voulu ce qui est arrivé.*

L'autre répliquait : *Je t'avais dit de rester chez toi ce soir-là. Espèce d'idiote. Tu l'as mise dans de beaux draps.*

Ce n'est pas moi qui ai raconté à tout le monde qu'il était mort. C'est toi qui as fait l'imbécile.

Laurie pressa ses mains contre ses oreilles. Oh, mon Dieu, avait-elle rêvé toute cette histoire ? Allan Grant était-il réellement mort ? Pouvait-on croire qu'elle l'avait frappé ? Le poste de police. Cette cellule. Ces appareils photo braqués sur elle. Ce n'était pas à elle que c'était arrivé, n'est-ce pas ? Où était Sarah ? Elle sortit de son lit et courut à la porte. « Sarah ! Sarah !

— Elle va bientôt revenir. » La voix familière de Sophie, rassurante, apaisante. Sophie montait les escaliers. « Comment vous sentez-vous ? »

Un immense soulagement s'empara de Laurie. Les voix dans sa tête cessèrent de se quereller. « Oh, Sophie. Je suis si contente que vous soyez là. Où est Sarah ?

— Elle a dû se rendre à son bureau. Elle sera de retour dans deux heures. J'ai préparé un bon déjeuner pour vous, consommé et salade de thon, juste comme vous l'aimez.

— Je ne prendrai que le consommé, Sophie. Je descends dans dix minutes. »

Elle alla dans la salle de bains et ouvrit les robinets de la douche. Hier, elle avait lavé ses draps et ses vêtements pendant qu'elle prenait sa douche. Quelle idée curieuse. Elle régla le pommeau de la douche en pluie fine et s'attarda sous le jet chaud, sentant se relâcher les muscles noués de son cou et de ses épaules. Elle émergea peu à peu du brouillard provoqué par le sédatif et l'énormité des faits commença à la pénétrer. Allan Grant, cet homme charmant et chaleureux, avait été assassiné avec le couteau disparu.

Sarah m'a demandé si j'avais pris le couteau, se rappela Laurie en sortant de la douche après avoir refermé les robinets. Elle s'enveloppa dans un drap de bain. Puis j'ai trouvé le couteau dans mon sac. Quelqu'un a dû le prendre dans ma chambre, la même personne qui a écrit ces lettres répugnantes.

Elle se demanda pourquoi la mort d'Allan Grant ne l'émouvait pas davantage. Il s'était montré si gentil avec elle. Quand elle ouvrit la porte de la penderie, cherchant comment s'habiller, elle crut comprendre. Les étagères de sweaters. Maman les avait achetés avec elle.

Maman, dont la plus grande joie était de donner sans cesse. L'air faussement consterné de papa lorsqu'elles rentraient à la maison chargées de paquets. « A moi seul, je fais vivre tout le commerce du prêt-à-porter. »

Laurie essuya ses larmes tout en enfilant un jean et un pull-over. Après avoir perdu deux êtres pareils, il ne reste plus de pleurs pour quelqu'un d'autre.

Elle se tint devant la glace, brossa ses cheveux. Ils avaient besoin d'une bonne coupe. Mais elle ne pouvait pas prendre de rendez-vous chez le coiffeur aujourd'hui. Les gens la dévisageraient, chuchoteraient à sa vue. Mais je n'ai rien fait, protesta-t-elle à son reflet dans la glace. Un autre souvenir de sa mère lui revint en mémoire, clair, précis. Elle l'entendait encore s'exclamer : « Oh, Laurie, tu me ressembles tellement quand j'avais ton âge. »

Mais sa mère n'avait jamais eu ce regard d'angoisse, de frayeur. Elle avait toujours le sourire aux lèvres. Sa mère rendait les gens heureux. Elle ne causait d'ennuis ni de peine à personne.

Dis donc, pourquoi devrais-tu prendre toute la respon-sabilité sur ton dos? ricana une voix. *Karen Grant n'éprouvait plus rien pour Allan. Elle trouvait sans cesse une excuse pour rester à New York. Il était seul. La plupart du temps, il dînait d'une pizza. Il avait besoin de moi. Mais il ne le savait pas encore. Je déteste Karen. J'aimerais qu'elle soit morte.*

Laurie se dirigea vers le secrétaire.

Quelques minutes plus tard, Sophie frappa et appela d'une voix inquiète : « Laurie, le déjeuner est servi. Etes-vous prête ?

— Vous ne pouvez pas me fiche la paix, non ? Votre consommé ne va pas s'évaporer. » Irritée, elle plia la lettre qu'elle venait d'écrire et l'introduisit dans une enveloppe.

Le facteur passa vers midi et demie. Elle le regarda par la fenêtre s'avancer dans l'allée, puis descendit quatre à quatre l'escalier et ouvrit la porte au moment où il arrivait.

« Donnez-moi le courrier, et voici pour vous. »

Au moment où Laurie refermait la porte, Sophie sortit précipitamment de la cuisine. « Laurie, Sarah ne veut pas que vous sortiez.

— Je ne sors pas, idiote. J'ai juste pris le courrier. » Laurie posa sa main sur le bras de Sophie. « Sophie, pouvez-vous rester avec moi jusqu'au retour de Sarah, s'il vous plaît ? Je ne veux pas rester seule ici. »

51

Mercredi en début de soirée, pâle mais ayant retrouvé son calme, Karen Grant regagna New York en compa-gnie d'Anne Webster. « Je préfère retourner en ville, dit-elle. Je ne pourrais pas supporter de rester seule dans cette maison. »

Anne Webster proposa de passer la nuit avec elle, mais Karen refusa. « Vous avez l'air encore plus épuisée que moi. Je vais prendre un somnifère et me coucher. »

Elle dormit longtemps et profondément. Il était presque onze heures lorsqu'elle se réveilla le lendemain. Les trois étages supérieurs de l'hôtel abritaient des appartements résidentiels. Depuis trois ans qu'elle y habitait, Karen avait peu à peu ajouté quelques touches personnelles à son appartement : des tapis d'Orient dans les tons rouge, ivoire et bleu qui égayaient la moquette blanc cassé de l'hôtel ; des lampes anciennes ; plusieurs coussins de soie ; une collection de vases de Lalique ; deux ou trois toiles de jeunes artistes prometteurs.

L'effet était charmant, luxueux et personnel. Toutefois, Karen appréciait la vie d'hôtel, particulièrement les commodités du service. Elle aimait aussi la penderie emplie de vêtements haute couture, de chaussures Charles Jourdan et Ferragamo, de foulards Hermès et de sacs Gucci. C'était tellement agréable de sentir le regard des employés de la réception se tourner vers elle lorsqu'elle sortait de l'ascenseur, curieux de voir ce qu'elle portait.

Elle se leva et alla dans la salle de bains. Le confortable peignoir qui l'enveloppait jusqu'aux pieds était suspendu à la patère. Elle serra la ceinture autour de sa taille et s'examina dans la glace. Ses yeux étaient encore un peu gonflés. Voir Allan sur cette table à la morgue avait été horrible. Elle s'était soudain remémoré tous les moments merveilleux qu'ils avaient vécus ensemble, son impatience quand elle entendait le bruit de ses pas dans le couloir. Ses larmes avaient été sincères. Elles couleraient à nouveau quand il lui faudrait regarder son visage pour la dernière fois. Ce qui lui rappela qu'elle devait s'occuper des dispositions nécessaires. Pas tout de suite ; pour l'instant, elle voulait prendre son petit déjeuner.

Elle appuya sur la touche 4 du téléphone pour obtenir

le service d'étage. C'était toujours Lilly qui prenait les commandes. « Je suis navrée, madame Grant, dit-elle. Nous sommes tous sincèrement bouleversés.

— Merci. » Karen passa sa commande habituelle : jus de fruits frais, compote, café, croissant. « Oh, et apportez-moi les journaux de ce matin.

— Bien sûr. »

Elle buvait sa première tasse de café quand on frappa un coup discret à sa porte. Elle courut ouvrir. Edwin apparut, ses beaux traits aristocratiques empreints d'une tendre sollicitude. « Oh, ma chérie », soupira-t-il.

Ses bras se refermèrent autour d'elle, et Karen appuya son visage contre la veste de cachemire moelleux qu'elle lui avait offerte pour Noël. Puis elle referma ses mains autour de son cou, avec précaution pour ne pas décoiffer la belle ordonnance de ses cheveux blond foncé.

52

Justin Donnelly reçut Laurie le vendredi matin. Il avait vu des photos d'elle dans la presse mais ne s'attendait pourtant pas à la trouver si belle. Les magnifiques yeux bleus, la cascade de cheveux dorés tombant sur ses épaules évoquaient l'image d'une princesse de conte de fées. Elle était vêtue simplement d'un pantalon bleu sombre, d'un chemisier de soie blanche à col montant et d'une veste bleu et blanc. Elle avait une élégance innée malgré la peur que l'on sentait sourdre en elle.

Sarah s'était assise près de sa sœur, mais légèrement en retrait. Laurie avait refusé de venir seule. « J'ai promis à Sarah de vous parler, mais à la condition qu'elle soit là. »

Peut-être la présence rassurante de Sarah y était-elle pour quelque chose, mais Justin fut surpris d'entendre la question directe de Laurie : « Docteur Donnelly, croyez-vous que j'ai tué le professeur Allan Grant ?

— Pensez-vous que j'aie des raisons de le croire ?

— Je pense que tout le monde a de bonnes raisons de

me soupçonner. Je suis purement et simplement incapable de tuer un être humain. Bien sûr, j'ai trouvé humiliant qu'Allan Grant ait pu penser que j'étais l'auteur des inepties qu'on lui a adressées anonymement. Mais nous ne tuons pas quelqu'un parce qu'il a mal interprété une situation déplaisante.

— *Nous*, Laurie ? »

Etait-ce l'embarras ou la culpabilité qui traversa son regard pendant un bref moment ? Comme elle ne répondait pas, Justin continua : « Laurie, Sarah vous a parlé des sérieuses charges qui pèsent contre vous. Comprenez-vous ce qu'elles impliquent ?

— Bien sûr. Elles sont absurdes, mais je n'ai pas écouté mon père et Sarah parler des cas qu'elle instruisait ou des peines prononcées contre les accusés sans avoir appris ce que cela signifiait.

— Il serait naturel d'avoir peur de ce qui vous attend, Laurie. »

Sa tête s'inclina. Ses cheveux tombèrent en avant, dissimulant son visage. Ses épaules s'arrondirent. Elle serra ses mains entre ses genoux et remonta ses pieds qui se balancèrent au-dessus du sol. La plainte étouffée que Sarah avait entendue à plusieurs reprises au cours de ces derniers jours jaillit à nouveau de ses lèvres. Instinctivement, Sarah tendit la main, désireuse de consoler Laurie, mais Justin Donnelly l'arrêta d'un signe de tête. « Vous avez très peur, n'est-ce pas, Laurie ? » demanda-t-il doucement.

Elle fit un geste de dénégation de la tête.

« Vous n'avez pas peur ? »

Elle baissa et releva la tête. Puis, entre deux sanglots, articula : « Pas Laurie.

— Vous n'êtes pas Laurie. Voulez-vous me dire votre nom ?

— Debbie.

— Debbie. C'est un joli nom. Quel âge avez-vous, Debbie ?

— Quatre ans. »

Dieu du ciel, pensa Sarah en écoutant le Dr Donnelly s'adresser à Laurie comme s'il parlait à un petit enfant. Il a raison. Quelque chose de terrible a dû lui arriver pendant les deux années où elle a disparu. Pauvre maman, cramponnée à l'idée que le couple qui avait enlevé Laurie désirait seulement avoir un enfant. Je savais qu'elle était différente lorsqu'elle est revenue à la maison. Si elle avait reçu une aide psychologique alors, en serions-nous là aujourd'hui ? Supposons que Laurie abrite en elle une autre personnalité qui a écrit ces lettres et tué Allan Grant ? Est-ce que je dois laisser le Dr Donnelly le découvrir ? Et si elle avoue ? Que demandait Donnelly à Laurie à présent ?

« Debbie, vous êtes très fatiguée, n'est-ce pas ?

— Oui.

— Voulez-vous aller vous reposer dans votre chambre ? Je suis sûr que vous avez une très jolie chambre.

— Non ! Non ! Non !

— N'en parlons plus. Vous pouvez rester ici. Pourquoi ne pas faire un somme dans ce fauteuil, et si Laurie est dans les parages, voulez-vous lui demander de revenir me parler ? »

Sa respiration redevint régulière. Un moment plus tard elle leva la tête. Ses épaules se redressèrent. Ses pieds touchèrent le sol et elle rejeta ses cheveux en arrière. « Bien sûr que j'ai peur, dit Laurie à Justin Donnelly, mais puisque je ne suis en rien coupable de la mort d'Allan, je sais que je peux compter sur Sarah pour découvrir la vérité. » Elle tourna la tête, sourit à sa sœur, puis regarda le docteur droit dans les yeux. « Si j'étais Sarah, j'aurais préféré rester enfant unique. Mais j'existe, et elle a toujours été là pour moi. Elle a toujours compris.

— Compris quoi, Laurie ? »

Elle haussa les épaules. « Je ne sais pas.

— Je crois que vous savez.

— Je ne sais vraiment pas. »

Justin sut qu'il était temps de dire à Laurie ce que Sarah savait déjà. Il lui était arrivé quelque chose de terrible pendant les deux années de sa disparition, quelque chose de trop dur à affronter seul pour un petit enfant. D'autres étaient venus l'aider, peut-être une ou deux personnes qui habitaient en elle, peut-être davantage, et elle était devenue une personnalité multiple. Lorsqu'elle était revenue à la maison, l'environnement affectueux avait rendu inutile l'intervention des autres personnalités, excepté peut-être à de très rares occasions. La mort de ses parents avait été si douloureuse qu'elles étaient redevenues nécessaires.

Laurie écouta silencieusement. « Quelle sorte de traitement préconisez-vous ?

— L'hypnose. J'aimerais vous enregistrer pendant les séances.

— Et si je confesse qu'une partie de moi — une personne, si vous voulez — a *vraiment* tué Allan Grant ? Que se passera-t-il alors ? »

Ce fut Sarah qui répondit. « Laurie, je crains fort que dans l'état actuel des choses, un jury ne te condamne presque inévitablement. Notre seul espoir est de démontrer l'existence de circonstances atténuantes ou que tu étais dans l'incapacité de connaître la nature du crime.

— Je comprends. Il est donc possible que j'aie tué Allan, que j'aie écrit ces lettres ? Pas seulement possible. Probable. Sarah, a-t-on déjà vu d'autres inculpés de meurtre plaider la personnalité multiple ?

— Oui.

— Combien ont été acquittés ? »

Sarah ne répondit pas.

« Combien, Sarah ? insista Laurie. Un ? Deux ? Aucun ? C'est ça, n'est-ce pas ? Aucun n'a été acquitté. Oh, mon Dieu ! Eh bien, allons-y. Autant savoir la vérité, même s'il est clair que la vérité ne me sera d'aucun secours. »

Elle semblait au bord des larmes, mais soudain sa voix prit un ton perçant, furieux. « Une seule chose, docteur. Sarah reste avec moi. Je ne veux pas rester seule avec vous dans une pièce derrière une porte fermée et je ne veux pas m'allonger sur ce divan. Compris ?

— Laurie, je ferai tout ce que je peux pour vous

faciliter les choses. Vous êtes quelqu'un de très gentil que le sort a durement frappé. »

Elle éclata d'un rire sarcastique. « Qu'y a-t-il de gentil chez cette stupide pleurnicharde ? Elle n'a jamais rien su faire d'autre que de casser les pieds à tout le monde depuis le jour où elle est née.

— Laurie, protesta Sarah.

— Je crois que Laurie est à nouveau repartie, dit calmement Justin. N'ai-je pas raison ?

— Exact. J'en ai marre d'elle.

— Quel est votre nom ?

— Kate.

— Quel âge avez-vous, Kate ?

— Trente-trois ans. Ecoutez, je n'avais pas l'intention de me manifester. Je voulais seulement vous prévenir. Ne croyez pas que vous allez hypnotiser Laurie et la faire parler de ces deux années. Vous perdez votre temps. Salut. »

Il y eut un silence. Puis Laurie poussa un soupir de lassitude. « Ne pourrions-nous pas nous arrêter de parler maintenant ? J'ai tellement mal à la tête. »

53

Le vendredi matin, Betsy Lyons reçut une offre ferme de cinq cent soixante-quinze mille dollars pour la propriété des Kenyon de la part de ce couple qui voulait emménager rapidement parce que la femme était enceinte. Elle téléphona à Sarah mais ne put la joindre avant l'après-midi. Consternée, elle entendit Sarah lui annoncer qu'elle retirerait provisoirement la maison de la vente. Sarah se montra aimable mais ferme. « Je suis vraiment désolée, madame Lyons. D'abord, je n'aurais pas accepté une offre aussi basse, mais de toute façon il n'est pas question que je m'occupe d'un déménagement en ce moment. Je sais que vous vous êtes donné beaucoup de mal pour cette vente, mais vous devez comprendre. »

Betsy Lyons comprenait. D'un autre côté, le marché de l'immobilier était désespérément morose et elle comptait sur la commission.

« Je suis désolée, répéta Sarah, mais je ne peux envisager de quitter cette maison avant l'automne au plus tôt. Je dois vous laisser à présent, je suis occupée. Je vous rappellerai plus tard. »

Elle était dans la bibliothèque avec Brendon Moody. « J'avais pensé m'installer avec Laurie dans une résidence, expliqua-t-elle au détective, mais étant donné les circonstances...

— Absolument, approuva Brendon. Vous avez raison de retirer la maison de la vente. Une fois l'affaire devant le tribunal, vous aurez une cohorte de journalistes qui se feront passer pour des acheteurs potentiels dans le seul but de jeter un coup d'œil à l'intérieur.

— Je n'y avais pas pensé », confessa Sarah. D'un geste las, elle repoussa une mèche de cheveux qui lui retombait sur le front. « Brendon, je ne peux vous dire à quel point je suis heureuse que vous vous chargiez de cette enquête. » Elle venait de tout lui raconter, y compris ce qui s'était passé durant la séance de Laurie dans le cabinet de Justin Donnelly.

Moody avait pris des notes. Son haut front plissé par la concentration, ses lunettes sans monture agrandissant ses yeux bruns au regard perçant, son nœud papillon impeccable et son complet classique marron foncé lui donnaient l'air d'un comptable méticuleux. Sarah savait que la comparaison était à la fois juste et sûre. Lorsqu'il menait une enquête, Brendon Moody ne laissait rien échapper.

Elle attendit qu'il eût consciencieusement relu ses notes. C'était un procédé familier. Et c'était ainsi qu'ils avaient toujours travaillé ensemble dans le bureau du procureur. Elle entendit les pas de Sophie dans l'escalier. Bon. Sophie montait s'assurer à nouveau que Laurie allait bien.

Sarah se remémora le trajet du retour jusqu'à la

maison après qu'elles eurent quitté le Dr Donnelly. L'air profondément abattu, Laurie lui avait dit : « Sarah, j'aurais voulu me trouver dans ma voiture quand le car l'a heurtée. Maman et papa seraient encore en vie. Tu serais en train de faire le travail que tu aimes. Je suis une véritable paria, je porte la poisse.

— *Non, ne crois pas ça*, lui avait dit Sarah. Tu étais une enfant de quatre ans lorsque tu as eu le malheur d'être enlevée et de subir Dieu seul sait quels mauvais traitements. Tu es une jeune fille de vingt et un ans qui se trouve dans un sale pétrin indépendamment de sa volonté, alors cesse de te sentir coupable ! »

Puis Sarah s'était mise à pleurer à son tour. Des larmes avaient obscurci sa vue. Elle les avait essuyées d'une main fébrile, s'efforçant de rester concentrée à cause du trafic intense de la nationale 17.

A présent, elle se disait rétrospectivement que son emportement avait peut-être été une bonne chose. Surprise, contrite, Laurie s'était écriée : « Sarah, je suis une affreuse égoïste. Dis-moi ce que tu attends de moi. »

Elle avait répondu : « Fais exactement ce que te demande le Dr Donnelly. Tiens ton journal. Cela l'aidera. Cesse de t'opposer à lui. Accepte l'hypnose sans réticence. »

« Très bien, je crois que j'ai tout, dit brusquement Moody, mettant fin à la songerie de Sarah. « Je dois l'admettre, les *aspects matériels* sont plutôt clairs et nets.

L'entendre parler des « aspects matériels » remonta le moral de Sarah. Il comprenait visiblement quel serait l'axe de la défense.

« Vous allez plaider le stress, une diminution de l'aptitude mentale ? demanda-t-il.

— Oui. » Elle attendit.

« Quelle sorte d'individu était ce Grant ? Il était marié. Pourquoi sa femme ne se trouvait-elle pas avec lui cette nuit-là ?

— Elle travaille dans une agence de voyages à New York et reste apparemment en ville pendant la semaine.

— N'y a-t-il pas d'agences de voyages dans le New Jersey ?

— Je pense que si.

— Aucune chance que le professeur ait été le genre à se consoler de l'absence de sa femme en faisant la cour à ses étudiantes ?

— Nous sommes sur la même longueur d'onde. » La pièce soudain, avec ses bibliothèques en acajou, les photos de famille, les tableaux, le tapis d'Orient bleu, les canapés et fauteuils de cuir clair, baigna dans la même atmosphère électrique que les bureaux encombrés du service du procureur. Le secrétaire anglais de son père devint la relique bancale sur laquelle elle avait travaillé pendant près de cinq années. « Nous avons un cas récent où un homme a été condamné pour viol d'une petite fille de douze ans, dit-elle à Moody.

— J'espère bien, dit-il.

— La question sur le plan juridique était que la victime a chronologiquement vingt-sept ans. Elle souffre de troubles de la personnalité et a convaincu le jury qu'elle avait été violée alors qu'elle était dans son état d'enfant de douze ans, incapable par conséquent d'un réel consentement. L'homme a été condamné pour détournement de mineure et sa victime déclarée mentalement déficiente. L'affaire est venue en appel, mais le fait est que le jury a été convaincu par une femme souffrant de personnalité multiple. »

Moody se pencha en avant avec la promptitude d'un chien de chasse qui flaire sa première piste. « Vous avez l'intention de retourner la situation ?

— Oui. Allan Grant montrait beaucoup de sollicitude envers Laurie. Lorsqu'elle s'est évanouie à l'église aux obsèques de nos parents, il s'est précipité auprès d'elle. Il a proposé de la ramener à la maison et de rester avec elle. Rétrospectivement, je me demande s'il ne s'agissait pas d'une attention un peu inhabituelle. » Elle soupira. « C'est au moins un point de départ. Nous n'avons pas grand-chose d'autre.

— C'est un bon point de départ, dit Moody d'un ton décidé. J'ai besoin d'éclaircir un certain nombre de choses, ensuite j'irai un peu fouiner du côté de Clinton. »

Le téléphone sonna à nouveau. « Sophie va décrocher, dit Sarah. Dieu la bénisse. Elle est venue s'installer avec nous. Elle dit qu'elle ne peut pas nous laisser seules. Maintenant, examinons vos honoraires...

— Oh, nous en parlerons plus tard.

— Pas question, dit-elle fermement. Je vous connais, Brendon Moody. »

Sophie frappa à la porte avant d'ouvrir. « Je m'excuse de vous déranger, Sarah, mais c'est encore l'agent immobilier. Elle dit que c'est très important. »

Sarah prit le téléphone, salua Betsy Lyons et écouta. Elle finit par dire lentement : « Je suppose que je vous dois bien ça, madame Lyons. Mais que la chose soit entendue. Cette femme ne peut continuer à venir regarder la maison. Nous serons absentes lundi matin et vous pourrez l'amener entre dix heures et une heure, mais c'est tout. »

Lorsque Sarah raccrocha, elle expliqua à Brendon Moody : « C'est une cliente qui est intéressée par la maison. Apparemment elle est pratiquement décidée à payer le prix fort. Elle voudrait la visiter encore une fois et déclare qu'elle est prête à attendre pour l'occuper que nous la libérions. Elle doit venir lundi. »

54

Le service funèbre pour Allan Grant fut célébré le samedi matin en l'église épiscopale de Saint-Luke, près du campus de Clinton. Membres de la faculté et étudiants étaient venus en foule rendre un dernier hommage au professeur. Dans son homélie, le recteur fit l'éloge de l'intelligence, de la gentillesse et de la générosité d'Allan. « C'était un pédagogue-né... Son sourire éclairait les jours les plus sombres... Il donnait confiance à ceux qui l'approchaient... Il devinait celui ou celle qui traversait une période difficile, trouvait toujours un moyen de lui venir en aide. »

Brendon Moody assistait au service en tant qu'observateur, et non comme ami du défunt. Il s'appliqua surtout à étudier la veuve de Grant, vêtue d'un tailleur noir d'une sobriété trompeuse qu'ornait un rang de perles. Malgré lui, Brendon avait acquis au cours des années une certaine connaissance en matière vestimentaire. Avec le salaire d'enseignant de son mari, même en y ajoutant ses honoraires d'agent de voyages, Karen Grant n'aurait pu s'acheter des vêtements haute couture. Elle ou Grant avaient-ils hérité d'une fortune familiale ? Il faisait un temps détestable et elle ne portait pas de manteau à l'église. Cela signifiait qu'elle avait dû le laisser dans la voiture. Il ferait bigrement froid au cimetière par un jour comme aujourd'hui.

Elle pleurait en suivant le cercueil hors de l'église. Jolie femme, pensa Brendon. Il fut surpris de voir que le président de l'université et sa femme accompagnaient Karen Grant dans la première limousine. Pas de membres de la famille ? Pas d'amis proches ? Brendon décida d'aller présenter ses condoléances. Il assisterait à l'inhumation.

C'est là qu'il eut la réponse à son interrogation au sujet du manteau de Karen. Elle sortit de la limousine vêtue d'un long vison Blackglama.

55

Le conseil de l' « Eglise des Ondes » se réunissait le premier samedi de chaque mois. Ses douze membres n'approuvaient pas tous les changements apportés par le Révérend Bobby Hawkins à l'émission religieuse. Le Coffret à Miracles en particulier était une hérésie aux yeux du plus ancien d'entre eux.

Les spectateurs étaient invités à écrire en expliquant le miracle qu'ils appelaient de leurs vœux. Les lettres étaient placées dans le coffret et, juste avant l'hymne finale, le Révérend Hawkins étendait ses mains au-dessus et priait avec ferveur pour que les requêtes soient exaucées. Parfois il invitait un des spectateurs assistant à l'émission et désireux d'obtenir un miracle à s'avancer sur le plateau pour recevoir une bénédiction spéciale.

« Rutland Garrison doit se retourner dans sa tombe », dit à Bic le membre le plus ancien du conseil lors de leur réunion mensuelle.

Bic le foudroya du regard. « Les dons n'ont-ils pas considérablement augmenté ?

— Si, mais...

— Mais *quoi* ? Il y a aujourd'hui plus d'argent pour l'hôpital et la maison de retraite, plus d'argent pour les orphelinats d'Amérique du Sud qui ont toujours été mon souci personnel, et plus de croyants qui expriment leurs besoins au Seigneur. »

Il regarda l'un après l'autre les douze hommes rassemblés autour de la table. « En acceptant ce ministère, j'ai annoncé que je l'entraînerais plus loin. J'ai examiné les comptes. Toutes ces dernières années, les dons sont allés en décroissant. Vrai ou faux ? »

Il n'y eut pas de réponse.

« Vrai ou faux ? » tonna-t-il.

Les têtes s'inclinèrent.

« Bien. J'ai également dit que celui qui n'est pas avec moi est contre moi et doit quitter notre auguste assemblée. La séance est levée. »

Il sortit à grands pas de la salle de réunion et se dirigea vers son bureau où Opal triait le courrier du Coffret à Miracles. Elle parcourait rapidement les requêtes et mettait les plus intéressantes de côté, à l'intention de Bic qui les lirait éventuellement à l'antenne. Les lettres étaient ensuite empilées et placées dans le Coffret à Miracles. Les dons formaient une autre pile que Bic comptabilisait.

Opal redoutait de devoir lui montrer une lettre qui venait d'arriver au courrier.

« Ils voient la lumière, Carla, l'informa-t-il. Ils commencent à comprendre que ma voie est celle du Seigneur.

— Bic », dit-elle timidement.

Il fronça les sourcils. « Dans ce bureau, tu ne dois jamais...

— Je sais. Excuse-moi. C'est juste... Lis ça. » Elle lui fourra dans la main l'interminable lettre de Thomasina Perkins.

56

Après les obsèques, Karen et les membres de la faculté se rendirent chez le président de l'université où un buffet les attendait. Walter Larkin confia à Karen qu'il ne se pardonnait pas d'avoir sous-estimé l'état de Laurie. « Le Dr Iovino, le directeur de notre Centre psychothérapique, a le même sentiment.

— Tout ceci est une véritable tragédie, et il ne sert à rien d'en tenir les uns ou les autres pour responsables, répondit doucement Karen. J'aurais dû convaincre Allan de montrer ces lettres à l'administration sans attendre de savoir que Laurie en était l'auteur. Allan lui-même n'aurait pas dû laisser la fenêtre de la chambre ouverte. Je devrais haïr cette fille, mais je me souviens seulement de la pitié qu'éprouvait Allan à son égard. »

Walter Larkin avait toujours trouvé Karen froide comme un glaçon, mais il se demandait aujourd'hui s'il ne s'était pas montré injuste. Ses larmes et le tremblement de ses lèvres n'étaient certainement pas feints.

Au petit déjeuner, le lendemain matin, il en fit la réflexion à sa femme, Louise. « Oh, ne sois pas si romantique, Walter, le rabroua-t-elle. La vie universitaire et les thés chez les professeurs barbaient Karen au plus haut point. Elle aurait depuis longtemps quitté Allan s'il ne s'était montré aussi généreux envers elle. Regarde ses vêtements ! Tu sais ce que je pense ? Allan était en train de perdre ses illusions sur la femme qu'il avait épousée. Je parie qu'il n'aurait pas tardé à découvrir la vérité. La pauvre petite Kenyon vient d'offrir sur un plateau à Karen Grant un aller sans retour pour New York. »

57

Opal se présenta dans les locaux de l'agence immobilière à dix heures le lundi matin. Betsy Lyons l'attendait. « Madame Hawkins, dit-elle, je crains de ne plus pouvoir vous faire revisiter la maison des Kenyon, aussi je vous prierais de prendre note de tout ce que vous désirez voir ou savoir. »

C'était l'occasion qu'attendait Opal. Bic lui avait dit d'essayer d'obtenir de l'agent immobilier des informations sur Laurie. « Cette famille a vécu une telle tragédie, soupira-t-elle. Comment va cette pauvre jeune fille ? »

Betsy Lyons fut soulagée de voir que Carla Hawkins ne semblait pas associer la maison aux gros titres fracassants des médias sur l'arrestation de Laurie Kenyon. Elle l'en remercia en se montrant moins discrète qu'à l'accoutumée. « Comme vous pouvez l'imaginer, la ville entière ne parle que de ça. Tout le monde se sent véritablement navré pour elles. Mon mari est avocat, et selon lui elles devraient plaider la déficience mentale, mais ce sera difficile à prouver. Laurie Kenyon n'a jamais montré aucun signe de folie depuis que je la connais. Nous ferions bien d'y aller maintenant. »

Opal resta silencieuse pendant le trajet. Et si le fait de laisser cette photo de Lee se retournait contre eux et réveillait ses souvenirs ? Mais dans ce cas, la photo lui remettrait en mémoire la menace de Bic.

Bic s'était montré effrayant ce jour-là. Il avait encouragé Lee à s'attacher à ce damné poulet. Le regard de

Lee, généralement triste et abattu, s'animait lorsqu'elle avait la permission d'aller dans la cour. Elle se dirigeait droit vers le poulet, mettait ses bras autour de lui et l'embrassait. Ce jour-là, donc, Bic avait pris le couteau de boucher dans le tiroir de la cuisine et, avec un clin d'œil à l'adresse d'Opal, il lui avait dit : « Regarde le spectacle. »

Il avait couru dehors, agitant le couteau sous les yeux de Lee. Elle s'était reculée, terrifiée, serrant le poulet encore plus fort dans ses bras. Puis il avait attrapé par le cou le volatile qui s'était mis à pousser des piaillements. Dans un élan inaccoutumé de courage, Lee avait tenté de le reprendre à Bic. Il l'avait frappée si violemment qu'elle était tombée à la renverse, et au moment où elle se redressait en vacillant, il avait levé le bras, brandi le couteau et tranché la tête du poulet d'un seul coup.

Opal avait senti son sang se glacer dans ses veines en voyant Bic lancer le corps du poulet aux pieds de Lee où il avait atterri en l'éclaboussant de sang. Puis il avait levé en l'air la tête de l'animal mort et, pointant le couteau vers la gorge de Lee, le regard étincelant, effrayant, il avait juré que c'était le sort qui l'attendait si jamais elle parlait d'eux. Bic avait raison. Un simple rappel de cet épisode suffirait à empêcher Lee de parler ou à la rendre définitivement folle.

Betsy Lyons n'était pas mécontente du silence de sa passagère. Elle savait d'expérience que les gens sur le point de faire l'acquisition d'une propriété avaient tendance à se plonger dans leurs pensées. Elle regrettait que Carla Hawkins n'ait pas emmené son mari visiter la maison ne serait-ce qu'une seule fois. Au moment d'engager la voiture dans l'allée des Kenyon, elle lui en fit la réflexion.

« Mon mari s'en remet entièrement à moi, répondit calmement Opal. Il fait confiance à mon jugement. Je sais exactement ce qui lui plaira.

— C'est tout à votre honneur », rétorqua Betsy avec empressement.

Elle était sur le point d'introduire la clef dans la serrure lorsque la porte s'ouvrit. Opal vit avec désappointement apparaître la robuste silhouette en jupe et cardigan noirs de la femme de ménage, Sophie Perosky. Si elle traînait dans la maison avec elles, Opal serait peut-être dans l'impossibilité de glisser la photo dans la chambre de Lee.

Mais Sophie resta dans la cuisine, et cacher la photo fut plus facile qu'Opal ne l'avait craint. Dans chaque pièce, elle allait se poster près de la fenêtre pour contempler la vue. « Mon mari m'a demandé de m'assurer que nous n'étions pas à une trop grande proximité des autres maisons », expliqua-t-elle. Dans la chambre de Lee, elle repéra un cahier à spirale posé sur le bureau. La couverture était en partie soulevée et la pointe d'un crayon dépassait en dessous. « Quelles sont les dimensions exactes de cette pièce ? » demanda-t-elle en se penchant par-dessus le bureau pour regarder par la fenêtre.

Comme elle s'y attendait, Betsy chercha dans sa serviette le plan de la maison. Opal baissa rapidement les yeux, ouvrit d'un doigt le cahier. Seules les trois ou quatre premières pages étaient noircies. Les mots « Le Dr Donnelly veut que... » lui sautèrent aux yeux. On avait demandé à Lee de tenir son journal. Opal aurait tout donné pour lire ce qu'elle avait écrit.

Une seconde lui suffit pour sortir la photo de sa poche et la glisser dans le cahier, à la hauteur de la vingtième page environ. C'était la photo de Lee prise par Bic le premier jour, juste après leur arrivée à la ferme. Lee se tenait devant le grand arbre, frissonnant dans son costume de bain rose, en larmes, les bras enroulés autour d'elle.

Bic avait découpé la tête de Lee sur la photo et agrafé le fragment détaché dans le bas. La photo à présent montrait le visage de Lee, les yeux gonflés de larmes, les cheveux en broussaille, levant le regard vers son propre corps décapité.

« On n'est sûrement pas gêné par les autres maisons alentour », fit remarquer Opal tandis que Betsy Lyons lui annonçait que la pièce avait quatre mètres sur six, de belles dimensions pour une chambre.

58

Justin Donnelly avait aménagé son emploi du temps de façon à recevoir Laurie tous les matins, du lundi au vendredi, à dix heures. Il avait aussi pris des rendez-vous pour elle avec des spécialistes de la thérapie par le dessin et par le journal intime. Le vendredi, il lui avait remis une demi-douzaine d'ouvrages sur les manifestations de la personnalité multiple.

« Laurie, avait-il dit. Je veux que vous les lisiez et que vous compreniez que la plupart des patients atteints des mêmes troubles que vous sont des femmes qui ont subi des agressions sexuelles dans leur jeune âge. Comme vous, elles en ont effacé le souvenir de leur mémoire. Je crois que les personnalités qui vous ont aidée à affronter les deux années pendant lesquelles vous avez disparu sont restées simplement en sommeil jusqu'à la mort de vos parents. Aujourd'hui elles sont revenues en force. Lorsque vous lirez ces livres, vous verrez que ces personnalités s'efforcent souvent de vous aider, et non de vous faire du mal. C'est pourquoi j'espère que vous ferez votre possible pour me laisser leur parler. »

Le lundi matin, il avait branché la caméra vidéo dans son cabinet. Il savait que si Sarah décidait d'utiliser l'un des enregistrements au procès, il devait être attentif à ne pas donner l'impression que c'était lui qui suscitait les propos de Laurie.

Lorsque Sarah et Laurie arrivèrent, il leur montra la caméra, expliqua qu'il allait enregistrer les séances et dit à Laurie : « Ensuite, nous les examinerons ensemble. » Il l'hypnotisa alors pour la première fois. Cramponnée à la main de Sarah, Laurie riva docilement son attention sur lui, l'écouta l'inciter à se détendre, ferma les yeux, se cala ostensiblement dans son fauteuil, relâcha la main de sa sœur.

« Comment vous sentez-vous, Laurie ?

— Triste.

« — Pourquoi êtes-vous triste, Laurie ?

— Je suis toujours triste. » Sa voix était haut perchée, hésitante, avec une trace de zézaiement.

Sarah vit les cheveux de Laurie se répandre sur son visage, tandis que ses traits se transformaient, prenaient un contour flou et enfantin. Elle écouta Justin Donnelly dire : « Je crois que je parle à Debbie, n'est-ce pas ? »

Il fut récompensé par un timide hochement de tête.

« Pourquoi êtes-vous triste, Debbie ?

— Quelquefois je fais de vilaines choses.

— De quel genre, Debbie ?

— Fichez la paix à cette gosse. Elle ne sait pas de quoi elle parle. »

Sarah se mordit les lèvres. C'était la voix coléreuse qu'elle avait entendue vendredi dernier. Justin Donnelly ne sembla pas troublé pour autant. « Est-ce vous, Kate ?

— Vous savez bien que c'est moi.

— Kate, je ne veux pas de mal à Laurie ou à Debbie. Elles ont suffisamment souffert. Si vous voulez les aider, pourquoi ne me faites-vous pas confiance ? »

Un rire rageur, amer, précéda la réponse, qui glaça Sarah : « Comment voulez-vous qu'on fasse confiance aux hommes ? Regardez cet Allan Grant. Il était gentil avec Laurie, et voyez le pétrin dans lequel il l'a fourrée. Pour ma part, je dirais bon débarras.

— Vous voulez dire que vous êtes contente de le savoir mort ?

— J'aurais voulu qu'il ne soit jamais né.

— Voulez-vous m'en parler, Kate ?

— Non, je ne veux pas.

— Voulez-vous l'écrire dans votre journal ?

— C'est ce que je m'apprêtais à faire ce matin, mais c'est cette stupide gamine qui a le cahier. Elle ne sait ni lire ni écrire.

— Vous souvenez-vous de ce que vous alliez écrire ? »

Un rire railleur. « C'est ce que je n'écrirai *pas* qui vous intéresserait. »

En regagnant la maison, Sarah vit que sa sœur semblait à nouveau exténuée. Sophie avait préparé le déjeuner et, après avoir grignoté, Laurie décida d'aller se reposer.

Sarah s'installa à son bureau et écouta les messages sur son répondeur. Le jury d'accusation examinerait la plainte déposée contre Laurie le lundi 17. Il ne restait que deux semaines. Si la partie civile convoquait le jury aussi rapidement, c'est qu'elle disposait déjà d'arguments convaincants. Ce dont Sarah ne doutait pas.

Une masse de courrier était empilée sur son bureau. Elle jeta un regard rapide aux enveloppes, sans prendre la peine de les ouvrir, jusqu'au moment où elle vit la lettre dont le nom et l'adresse de l'expéditeur étaient soigneusement indiqués dans le coin. Thomasina Perkins ! C'était la caissière qui avait autrefois repéré Laurie dans le restaurant. Sarah se souvint que la gratitude de son père envers cette femme s'était émoussée à mesure qu'arrivaient ses lettres, débordant de descriptions de plus en plus imagées de l'effroi manifesté par Laurie dans le restaurant. Mais il ne faisait aucun doute que Thomasina était animée des meilleures intentions. Elle leur avait gentiment adressé ses condoléances en septembre. Cette lettre était sans doute une autre manifestation de sa sympathie. Sarah ouvrit l'enveloppe et parcourut l'unique feuille qu'elle contenait. Perkins y avait inscrit son numéro de téléphone. Sarah le composa sans attendre.

Thomasina décrocha dès la première sonnerie. L'excitation s'empara d'elle lorsque Sarah se présenta. « Oh, attendez que je vous raconte, dit-elle précipitamment. Le Révérend Bobby Hawkins m'a téléphoné en personne. Il ne croit pas en l'hypnose. Il m'a demandé d'être son invitée à l'émission de dimanche prochain. Il va prier pour moi afin que Dieu murmure à mon oreille le nom de cet horrible individu qui a enlevé Laurie. »

59

Le révérend Bobby Hawkins avait habilement tourné en sa faveur le problème que représentait Thomasina Perkins. Il envoya immédiatement l'un de ses plus fidèles collaborateurs à Harrisburg pour prendre des renseignements sur elle. C'était la meilleure chose à faire. Le Révérend Hawkins et le conseil devaient s'assurer que cette lettre n'était pas due à l'initiative d'un journaliste. Bic voulait également des détails sur la santé de Thomasina, en particulier sur son ouïe et sa vision.

Les résultats de l'enquête furent satisfaisants. Thomasina portait des lunettes à triple foyer et avait été opérée de la cataracte. La description des deux personnes qu'elle avait vues avec Laurie était aussi vague qu'au début.

« Elle ne nous reconnaît pas à l'écran et ne nous reconnaîtra pas plus en chair et en os, dit Bic à Opal tout en lisant le rapport. Elle sera un modèle d'inspiration pour nos fidèles. »

Le dimanche matin suivant, une Thomasina extatique, les mains jointes en un geste de prière, levait un regard adorateur vers le visage de Bic. Il posa les mains sur ses épaules. « Il y a des années, cette brave femme a accompli un miracle lorsque le Seigneur lui a permis de voir la détresse d'une enfant. Mais le Seigneur n'a pas donné à Thomasina le pouvoir de se rappeler le nom de l'odieux individu qui accompagnait Laurie Kenyon. Aujourd'hui, Lee est de nouveau dans la détresse. Thomasina, je vous enjoins d'écouter et de vous rappeler le nom qui est resté enfoui dans votre inconscient pendant toutes ces années. »

Thomasina gardait à grand-peine son sang-froid. Elle était devenue une célébrité sur une chaîne de télévision internationale ; elle devait obéir à l'injonction du Révérend Bobby. Elle écouta de toutes ses oreilles. L'orgue

jouait doucement. Elle entendit un chuchotement :
« Jim… Jim… Jim… »

Thomasina se raidit, tendit les bras et s'écria : « Le
nom que je cherchais est Jim ! »

60

Sarah avait parlé à Justin Donnelly de Thomasina
Perkins et de la raison de son apparition à l'« Eglise des
Ondes ». Le dimanche matin à dix heures, Donnelly
alluma la télévision et décida à la dernière minute
d'enregistrer l'émission.

Thomasina n'apparut qu'à la fin du programme. C'est
alors que, stupéfait, Donnelly assista aux démonstrations théâtrales du Révérend Bobby et entendit Perkins
révéler que le nom du ravisseur était « Jim ». Ce type
clame qu'il peut faire des miracles et il n'est même pas
foutu de prononcer correctement le nom de Laurie,
pensa Donnelly avec mépris en éteignant la télévision. Il
l'appelle *Lee*. Toutefois, il étiqueta soigneusement la
cassette vidéo et la rangea dans sa serviette.

Sarah téléphona peu après. « Je n'aime pas vous
appeler chez vous, s'excusa-t-elle, mais il faut que je
sache. Qu'en avez-vous pensé ? Y a-t-il une chance que
Mlle Perkins ait révélé le nom véritable de ce type ?

— Non », répondit Donnelly sans hésitation. Il
l'entendit soupirer.

« Je vais tout de même demander à la police de
Harrisburg de passer en revue tous les " Jim " inscrits
au fichier. Il y a peut-être un dossier concernant un
individu du nom de Jim coupable de détournement de
mineure et qui sévissait il y a dix-sept ans.

— Je crains que vous ne perdiez votre temps. Cette
femme, Perkins, a lancé un nom au hasard. Après tout,
elle était en communication avec le Seigneur tout-
puissant, non ? Comment va Laurie ?

— Assez bien. » Elle semblait hésitante.

« A-t-elle regardé l'émission ?

— Non, elle refuse catégoriquement d'écouter toute musique religieuse. D'ailleurs, j'essaie de la tenir à l'écart de ces histoires. Nous allons faire une partie de golf. Il fait un temps agréable si l'on songe que nous sommes en février.

— J'ai toujours désiré me mettre au golf. Faire un peu de sport vous détendra toutes les deux. Laurie rédige-t-elle toujours son journal ?

— Elle est dans sa chambre, en train d'écrire.

— Bon. Je vous verrai demain. » Donnelly raccrocha et décida que le meilleur moyen de calmer sa nervosité était d'aller faire une longue marche. Pour la première fois depuis qu'il vivait à New York, la perspective d'un dimanche sans projets ne lui procurait aucun plaisir.

61

Thomasina avait espéré qu'à la fin de l'émission, le Révérend Bobby Hawkins et sa charmante épouse, Carla, l'inviteraient à déjeuner dans un endroit agréable comme The Tavern on the Green et proposeraient peut-être de l'emmener faire un tour à New York. Thomasina n'était pas venue à New York depuis trente ans.

Mais il se passa quelque chose de bizarre. A la minute où les caméras s'arrêtèrent, Carla chuchota un mot au Révérend Bobby et ils parurent tous les deux ennuyés. Résultat, ils expédièrent Thomasina d'un geste avec un rapide « bonsoir et merci et continuez à prier ». Puis quelqu'un la raccompagna jusqu'à la voiture qui devait la ramener à l'aéroport.

En route, Thomasina s'efforça de se consoler en se remémorant son apparition à l'écran, savourant à l'avance les nouvelles histoires qu'elle pourrait raconter. Elle serait peut-être invitée à nouveau à l'émission « Good Morning, Harrisburg » pour parler du miracle.

Thomasina soupira. Elle était fatiguée. L'excitation

l'avait tenue éveillée pendant toute la nuit, et maintenant elle avait mal à la tête et envie d'une tasse de thé.

Elle arriva à l'aéroport avec presque deux heures d'avance sur le départ de son avion et alla s'installer dans l'une des cafétérias. Un jus d'orange, des céréales, du bacon et des œufs, une pâtisserie et une pleine théière l'aidèrent à retrouver sa bonne humeur habituelle. L'expérience avait été passionnante. Le Révérend Bobby ressemblait tellement à Dieu qu'elle avait frissonné lorsqu'il s'était mis à prier au-dessus de sa tête.

Elle repoussa son assiette vide, se servit une seconde tasse de thé et songea au miracle. Dieu s'était adressé directement à elle, disant : « Jim, Jim. »

Pour rien au monde, elle n'oserait mettre en doute la parole du Tout-Puissant, mais alors qu'elle trempait sa serviette dans le verre d'eau et frottait une tache de bacon sur sa jolie robe bleue, Thomasina eut honte de la pensée qui s'imposait à son esprit : Ce n'est pas ce nom-là que j'ai entendu.

62

Le lundi matin, dix jours après l'enterrement de son mari, Karen Grant pénétra dans l'agence de voyages, une grosse pile de courrier dans les bras.

Anne Webster et Connie Santini se trouvaient déjà là. Elles parlaient de Karen, s'étonnant qu'elle ne les ait pas priées de se joindre à la réception après la cérémonie des funérailles, bien qu'elles aient clairement entendu le président de l'université lui dire d'y convier ses amis proches.

Anne Webster mettait cet oubli sur le compte du chagrin. « Karen était bouleversée. »

Connie était d'un avis différent. Elle était persuadée que Karen ne voulait pas voir un membre de la faculté les interroger sur l'agence de voyages. Anne risquait d'avouer ingénument que les affaires étaient mauvaises depuis plusieurs années. Connie aurait parié son dernier dollar qu'à Clinton, Karen avait donné l'impression que Global Travel était du niveau des plus grandes agences.

La discussion s'acheva avec l'arrivée de Karen. Elle les salua rapidement et dit : « Le recteur a fait prendre le courrier à la maison. Il y en a une pile. En majorité des cartes de condoléances, j'imagine. Je n'ai aucune envie de les lire, mais je suppose que je ne peux y échapper. »

Avec un soupir exagéré, elle s'installa à son bureau et prit un coupe-papier. Quelques minutes plus tard, elle s'exclama : « Oh, mon Dieu ! »

Connie et Anne sursautèrent et se précipitèrent vers elle. « Que se passe-t-il ?

— Téléphonez à la police de Clinton », dit sèchement Karen. Son visage était devenu couleur de cendre. « C'est une lettre de Laurie Kenyon, qui signe à nouveau " Leona ". A présent, c'est *moi* que cette pauvre fille menace de tuer ! »

63

La séance du lundi matin ne donna rien. Laurie se montra silencieuse et abattue. Elle raconta à Justin qu'elle avait joué au golf. « J'ai très mal joué, docteur Donnelly. J'étais incapable de me concentrer. Trop de voix parlaient en moi. » Mais il ne put l'amener à en parler. Et il ne parvint pas non plus à communiquer avec aucune des autres personnalités.

Lorsque Laurie les quitta pour se rendre à sa séance de thérapie par le dessin, Sarah dit à Donnelly qu'elle avait commencé à préparer son audition par le jury d'accusation. « Je crois qu'elle commence à sortir de sa crise, expliqua-t-elle. Hier soir, je l'ai surprise en train de feuilleter des albums de photos qu'elle garde dans sa chambre. » Les yeux de Sarah s'emplirent de larmes qu'elle essuya d'un geste furtif. « Je lui ai dit que regarder des photos de maman et papa en ce moment n'était pas une très bonne idée. »

Elles partirent à midi. A deux heures, Sarah téléphona. Donnelly entendait Laurie hurler dans le fond.

La voix tremblante, Sarah expliqua : « Laurie est hystérique. Elle a voulu à nouveau regarder les albums de photos. Il y en a une qu'elle a déchirée en morceaux. »

Maintenant, Donnelly entendait distinctement ce que Laurie criait : « Je promets que je ne le dirai pas. Je promets que je ne le dirai pas.

— Indiquez-moi comment venir chez vous, dit-il rapidement. Et donnez-lui deux Valium. »

Sophie lui ouvrit la porte.

— Elles sont dans la chambre de Laurie, docteur. » Elle le conduisit à l'étage. Assise sur le lit, Sarah tenait sa sœur dans ses bras.

« Je lui ai fait prendre les comprimés de Valium, annonça-t-elle à Donnelly. Elle s'est très vite calmée, mais l'effet du médicament est presque passé. » Elle relâcha Laurie et l'aida à poser sa tête sur l'oreiller.

Justin se pencha sur Laurie et l'examina. Son pouls était irrégulier, sa respiration courte, ses pupilles dilatées, sa peau froide au toucher. « Elle est en état de choc, dit-il calmement. Savez-vous ce qui a provoqué cette crise ?

— Non. Elle semblait bien lorsque nous sommes arrivées à la maison. Elle m'a prévenue qu'elle montait rédiger son journal. Puis je l'ai entendue hurler. Je suppose qu'elle s'est mise d'abord à feuilleter l'un des albums parce qu'elle a déchiré une photo. Les morceaux sont éparpillés partout sur son bureau.

— Il faut absolument rassembler ces morceaux, dit Justin. Essayez de tous les retrouver. » Il tapota la joue de Laurie. « Laurie, c'est le Dr Donnelly. Je veux que vous me parliez. Dites-moi votre nom. »

Elle ne réagit pas. Les doigts de Donnelly tapotèrent son visage avec plus de force. « Dites-moi votre nom », insista-t-il. Laurie finit par ouvrir les yeux. Comme ils se fixaient sur lui, ils prirent un air étonné suivi par une expression de soulagement.

« Docteur Donnelly, murmura-t-elle. Quand êtes-vous arrivé ? »

Sarah sentit toute énergie la quitter. Cette dernière heure avait été atroce. Le calmant avait apaisé la crise de nerfs, mais la réaction de retrait qui avait suivi était encore plus terrifiante. Sarah avait craint de voir Laurie se laisser glisser si loin qu'elle ne puisse plus revenir.

Sophie se tenait sur le seuil de la porte. « Une tasse de thé lui ferait-elle du bien ? » demanda-t-elle à voix basse.

Justin l'entendit. Il regarda par-dessus son épaule. « S'il vous plaît, oui. »

Sarah se dirigea vers le bureau de Laurie. La photo était déchiquetée. Entre le moment où Laurie s'était mise à hurler et celui où Sarah et Sophie l'avaient rejointe, elle était parvenue à la réduire en menus morceaux. La reconstituer tiendrait du miracle.

« Je ne veux pas rester ici », dit Laurie.

Sarah pivota sur elle-même. Laurie s'était redressée, enroulant ses bras autour d'elle. « Je ne peux pas rester ici. Je vous en prie.

— Très bien, dit calmement Justin. Descendons au rez-de-chaussée. Nous y prendrons tous une tasse de thé. » Il aida Laurie à se mettre debout. Ils étaient au milieu de l'escalier, Sarah derrière eux, lorsque le carillon sonna dans l'entrée.

Sophie s'élança pour aller ouvrir. Deux policiers en uniforme se tenaient sur le porche. Ils étaient munis d'un mandat d'amener contre Laurie. En adressant une lettre de menace à la veuve d'Allan Grant, elle avait violé les termes de sa mise en liberté conditionnelle qui se trouvait annulée.

Le même soir, Sarah était assise dans le bureau de Justin Donnelly à l'hôpital. « Sans vous, Laurie serait en prison en ce moment même, lui dit-elle. Je ne vous remercierai jamais assez. »

Elle disait vrai. Lorsque les policiers avaient amené Laurie devant le juge, Donnelly avait convaincu ce dernier qu'elle était dans un état grave de stress psychologique et qu'elle avait besoin d'être soignée dans un établissement spécialisé. Le juge avait rectifié son mandat pour permettre l'hospitalisation immédiate. Sur le trajet du New Jersey jusqu'à New York, Laurie était restée plongée dans un sommeil cataleptique.

Justin choisit soigneusement ses mots. « Je suis heureux de l'avoir ici. Dorénavant, elle a besoin d'être surveillée et suivie constamment.

— Pour l'empêcher d'envoyer des lettres de menace ?

— Et l'empêcher de se détruire. »

Sarah se leva. « Je vous ai suffisamment dérangé pour aujourd'hui, docteur. Je serai là demain matin à la première heure. »

Il était près de neuf heures. « Il y a un bistrot au coin de la rue où la carte est acceptable et le service rapide, lui dit Donnelly. Pourquoi ne viendriez-vous pas manger un morceau avec moi ? Après quoi, je vous ferais raccompagner chez vous en voiture. »

Sarah avait déjà téléphoné à Sophie pour la prévenir que Laurie était hospitalisée et lui dire de ne pas changer ses plans pour la soirée. La perspective d'avaler quelque chose et de boire un café avec Justin Donnelly au lieu de se retrouver seule dans une maison vide était réconfortante. « Volontiers », répondit-elle simplement.

Laurie se tenait devant la fenêtre de sa chambre. Elle aimait cette pièce. Elle n'était pas grande, aussi pouvait-elle tout voir d'un seul coup d'œil. Elle s'y sentait en sécurité. La fenêtre sur l'extérieur ne s'ouvrait pas. Elle l'avait constaté. Il y avait une fenêtre intérieure qui donnait sur le couloir et le bureau des infirmières. Elle était voilée d'un rideau mais Laurie l'avait tiré à moitié. Elle ne voulait plus jamais se retrouver dans le noir.

Qu'était-il arrivé aujourd'hui? La dernière chose dont elle se souvenait, c'était qu'elle se trouvait assise à son bureau en train d'écrire. Elle avait tourné la page et puis...

Et puis tout s'est obscurci jusqu'à ce que je voie le Dr Donnelly penché sur moi, se rappela-t-elle. Ensuite, nous avons descendu l'escalier et les policiers sont arrivés.

Les policiers avaient parlé d'une lettre qu'elle aurait envoyée à la femme d'Allan Grant. Pourquoi lui aurais-je écrit? s'interrogea Laurie. Ils ont dit que je l'avais menacée. C'est idiot. Quand aurais-je écrit cette lettre? Quand l'aurais-je postée?

Si Karen Grant avait récemment reçu une lettre de menace, c'était la preuve que quelqu'un d'autre la lui avait envoyée. Elle avait hâte d'en faire la remarque à Sarah.

Laurie appuya son front à la fenêtre. La vitre était si fraîche. Elle se sentait fatiguée et avait envie de dormir. De rares passants marchaient d'un pas pressé sur le trottoir le long du pâté de maisons, la tête baissée. Il devait faire glacial dehors.

Elle vit un homme et une femme traverser la rue devant l'hôpital. Etaient-ce Sarah et le docteur? Elle n'en était pas tout à fait sûre.

Elle se tourna, traversa la chambre et se mit au lit, tirant les couvertures sous son menton. Ses yeux étaient si lourds. C'était bon de sombrer dans le sommeil. Ce serait merveilleux de ne jamais avoir à se réveiller.

64

Le mardi matin, Brendon Moody prit sa voiture pour se rendre à Clinton. Son plan était d'interroger les étudiants qui résidaient dans le bâtiment où logeait Laurie. Après l'enterrement d'Allan Grant, il avait fait un tour rapide dans les parages. Construite cinq ans auparavant, la résidence avait été édifiée pour les étudiants de dernière année. Les studios étaient de dimensions confortables et comprenaient une kitchenette et une salle de bains. C'était l'idéal pour des étudiants comme Laurie qui pouvaient s'offrir le luxe d'un logement individuel.

Les techniciens du laboratoire avaient fouillé de fond en comble le studio de Laurie. Brendon décida de s'y arrêter en premier.

Tout était sens dessus dessous. Le lit était défait. La porte de la penderie était ouverte et les vêtements semblaient avoir été examinés et replacés au hasard sur les cintres. Les tiroirs de la commode n'étaient pas complètement refermés. Le contenu du bureau était répandu sur le meuble.

Moody savait que les enquêteurs avaient emporté la machine à écrire sur laquelle avaient été tapées les lettres adressées à Allan Grant ainsi que le reste du papier à lettres. Il savait que les draps de lit et les vêtements de Laurie tachés de sang, la montre et le bracelet avaient été confisqués.

Que cherchait-il alors ?

Si on lui avait posé la question, Brendon Moody aurait répondu « Rien » et expliqué qu'il n'avait pas d'idée préconçue en tête. Il regarda autour de lui, s'imprégnant de l'aspect général des lieux.

Dans son état normal, la pièce était certainement agréable. Des rideaux ivoire retenus par des embrasses, un couvre-lit du même ton, des reproductions de Monet et de Manet, des tableaux, une demi-douzaine de coupes de golf sur une étagère au-dessus de la bibliothèque. Il n'y avait aucune photo de camarades de classe ou d'amis coincée dans le cadre du miroir au-dessus de la commode, comme on en trouvait souvent dans les chambres d'étudiants. Une seule photo de famille trônait sur le bureau. Brendon l'examina. Les Kenyon. Il avait connu les parents. Cette photo avait probablement été prise près de la piscine derrière la maison. C'était visiblement une famille heureuse et unie.

Mets-toi à la place de Laurie, se dit Moody. Ta

famille est détruite. Tu te sens responsable. Tu es vulnérable, tu te raccroches à un type qui est gentil avec toi, un homme à la fois séduisant et assez âgé pour faire figure de père, et ensuite il te plaque. Et tu disjonctes.

Une affaire transparente. Brendon s'attarda sur les lieux, examinant, réfléchissant. Il se pencha sur la baignoire dans la salle de bains. On y avait trouvé des traces de sang. Laurie avait été assez futée pour laver sur place les draps et ses vêtements, les descendre à la laverie pour les faire sécher, puis les plier et les ranger. Elle avait essayé de nettoyer son bracelet-montre aussi. Brendon savait ce que le procureur ferait de ces preuves. Comment plaider la panique et la confusion alors que la meurtrière avait consciencieusement tenté de détruire les preuves ?

Sur le point de quitter la pièce, Brendon la parcourut du regard une dernière fois. Il n'avait rien trouvé, pas l'ombre d'une preuve qui pourrait aider à sauver Laurie. Pourquoi avait-il l'impression désagréable que quelque part, d'une certaine façon, quelque chose lui échappait ?

65

Sarah n'avait pas dormi de la nuit. Le film de la journée repassait sans cesse dans son esprit : les hurlements de Laurie à vous figer le sang ; la photo déchirée ; l'arrivée des policiers ; Laurie qu'on emmenait menottes aux poignets ; Justin jurant qu'il la ferait relâcher et la prendrait sous sa garde tandis qu'ils suivaient la voiture de police en direction de Clinton. L'aube se levait quand elle finit par s'endormir, d'un sommeil pénible, agité, dans lequel elle rêva de salles de tribunaux et de verdicts de culpabilité.

Elle se réveilla à huit heures, prit une douche, enfila un chemisier de cachemire rouille, un pantalon assorti et des boots marron foncé puis descendit au rez-de-chaussée. Sophie était déjà dans la cuisine. Le café passait. Dans le coin du petit déjeuner, un pichet fleuri contenait du jus d'orange fraîchement pressé. Une compote d'oranges, pamplemousses, pommes et melons était joliment disposée dans une coupe Tiffany. Un porte-toasts anglais était placé près du grille-pain.

Tout semblait si normal, songea Sarah. Comme si maman, papa et Laurie allaient descendre d'une minute à l'autre. Elle désigna le porte-toasts à Sophie. « Sophie, vous rappelez-vous le nom que papa donnait à ce truc ? Il appelait ça un *refroidisseur* de toasts. Il n'avait pas tort. »

Sophie hocha la tête. Son visage rond et lisse marqué par le chagrin, elle remplit de jus d'orange le verre de Sarah. « J'ai été inquiète hier soir — de ne pas me trouver là pour vous accueillir lorsque vous êtes rentrée. Laurie voulait-elle réellement être hospitalisée ?

— Elle a paru comprendre que c'était l'hôpital ou la prison. » D'un geste las, Sarah se frotta le front. « Il est arrivé quelque chose hier. Je ne sais pas quoi, mais Laurie a dit qu'elle ne passerait pas une nuit de plus dans sa chambre. Sophie, si cette femme qui est revenue visiter la maison l'autre jour veut l'acheter, je vends. »

Elle n'entendit aucune protestation. Sophie se contenta de soupirer. « Je crois que vous avez raison. Le bonheur ne règne plus dans cette maison. Sans doute est-ce normal après ce qui est arrivé en septembre. »

Sarah fut à la fois surprise et soulagée que Sophie se montrât d'accord avec elle. La gorge nouée, elle termina son jus de fruits. « Je prendrai seulement du café, je ne peux rien avaler d'autre. » Une pensée la frappa. « Croyez-vous avoir retrouvé la plupart des morceaux de la photo que Laurie a déchirée hier ? »

Les lèvres de Sophie se plissèrent en un sourire triomphant. « Mieux que ça. Je l'ai reconstituée. » Elle la brandit. « Regardez, j'ai assemblé les morceaux sur une feuille de papier et ensuite, une fois sûre qu'ils correspondaient, je les ai collés. Le seul ennui est qu'ils étaient si petits que la colle en a recouvert une bonne partie. On ne peut pas en tirer grand-chose.

— Mais c'est simplement une photo de Laurie quand

elle était petite ! s'exclama Sarah. Ce n'est certainement pas ça qui a pu la bouleverser à ce point. » Elle l'examina, puis haussa les épaules dans un geste d'impuissance. « Je vais l'emporter avec moi. Le Dr Donnelly voudra sans doute la voir. »

L'air inquiet, Sophie regarda Sarah repousser sa chaise. Elle avait tant espéré que la photo recollée serait d'une quelconque utilité et donnerait la raison de la crise d'hystérie de Laurie. Elle se souvint de quelque chose et chercha dans la poche de son tablier. Elle n'y était pas. Bien sûr qu'elle n'y était pas. L'agrafe qu'elle avait ôtée de l'un des morceaux de la photo se trouvait dans la poche de la blouse qu'elle portait hier. C'était sûrement sans importance, décida-t-elle en versant le café dans la tasse de Sarah.

66

Le mardi matin, aux informations de huit heures sur CBS, Bic et Opal apprirent que Laurie Kenyon avait adressé une lettre de menace à Karen Grant, que sa liberté conditionnelle lui avait été retirée et qu'on l'avait hospitalisée dans le service d'un psychiatre spécialiste de la personnalité multiple.

Opal demanda d'un ton anxieux : « Bic, crois-tu qu'ils vont arriver à la faire parler là-bas ?

— Ils mettront tout en œuvre pour qu'elle retrouve le souvenir de sa petite enfance, dit-il. Nous devons en savoir plus. Carla, téléphone à cette femme de l'agence immobilière. »

Betsy Lyons joignit Sarah au moment où elle s'apprêtait à partir pour New York. « Sarah, dit-elle précipitamment, j'ai de bonnes nouvelles pour vous ! Mme Hawkins a téléphoné. Elle est emballée par la maison, veut conclure rapidement et accepte que vous l'occupiez encore pendant un an. Elle demande seulement de pouvoir passer de temps en temps avec son décorateur, lorsque cela ne vous dérangera pas. Sarah, je vous avais dit que vu l'état actuel du marché, vous n'obtiendriez peut-être pas les sept cent cinquante mille dollars que vous demandiez. Eh bien, elle n'a pas discuté le prix et elle paie cash.

— Je suppose qu'il devait en être ainsi, dit calmement Sarah. Je suis heureuse de vendre la maison à des gens aussi désireux de l'avoir. Dites-leur qu'ils pourront s'installer en août. L'appartement dans la résidence devrait être prêt à cette époque. Je ne vois pas d'inconvénient à ce qu'ils viennent avec leur décorateur. Laurie sera à l'hôpital et, si je suis à la maison, je travaillerai dans la bibliothèque. »

Betsy téléphona à Carla Hawkins. « Félicitations. Tout est arrangé. Sarah est d'accord pour que vous veniez avec votre décorateur. Elle dit que si elle est à la maison, elle travaillera dans la bibliothèque. » Le ton de Betsy se fit confidentiel. « Vous savez, c'est elle qui va défendre sa sœur au procès. Pauvre petite, elle va avoir du boulot sur la planche. »

Bic avait pris l'écouteur et écoutait la conversation. Après un dernier « Encore mes félicitations, je suis certaine que vous serez merveilleusement heureux dans cette belle maison », Betsy Lyons raccrocha.

Avec un sourire, Bic reposa l'écouteur. « Je suis sûr que nous serons merveilleusement heureux ensemble, dit-il, et il se dirigea vers le bureau. Mon agenda personnel, Carla. Où est-il ? »

Elle le devança. « Ici, Bic, dans ce tiroir. » Elle le lui tendit. « Bic, quel décorateur veux-tu que je prenne ? »

Il soupira. « Oh, Carla. » Feuilletant son carnet d'adresses, il trouva le nom qu'il cherchait et composa un numéro dans le Kentucky.

67

Avant de prendre la route, Sarah se souvint à la dernière minute que Laurie était partie à l'hôpital avec les seuls vêtements qu'elle portait. Elle monta dans la chambre de sa sœur et avec l'aide de Sophie fourra quelques effets dans un sac.

A l'hôpital, le contenu du sac fut examiné, et une infirmière ôta tranquillement une ceinture de cuir et les chaussures de tennis à lacets. « Simple précaution, dit-elle.

— Vous pensez tous qu'elle est suicidaire », dit Sarah à Justin quelques minutes plus tard, se détournant de son regard rempli de compassion. Elle pouvait tout supporter sauf la pitié. Ce n'est pas de ça que j'ai besoin, se rebiffa-t-elle, avalant la boule qui se formait dans sa gorge.

« Sarah, je vous ai dit hier que Laurie était fragile et déprimée. Mais je peux vous promettre une chose — et c'est là que réside notre espoir —, elle ne veut plus vous faire souffrir. Elle fera tout pour l'empêcher.

— Se rend-elle compte que le pire pour moi est de la voir se faire du mal ?

— Oui, je pense qu'elle le sait. Et je crois qu'elle commence à me faire confiance. Elle sait que c'est moi qui ai convaincu le juge de la laisser entrer ici au lieu de la mettre en prison. Avez-vous pu reconstituer ce qu'elle a déchiré hier ?

— Sophie a rassemblé tous les morceaux. » Sarah sortit la photo reconstituée de son sac et la lui tendit. « Je ne comprends pas pourquoi cette photo l'a mise dans un tel état, dit-elle. Elle ressemble à un tas d'autres dans l'album et dans la maison. »

Justin Donnelly l'examina. « Avec ces éraflures et la colle, il est difficile d'en tirer grand-chose. Je vais demander à l'infirmière de faire venir Laurie. »

Laurie portait les vêtements que Sarah venait d'apporter, un jean et un chandail bleu qui soulignaient le bleu profond de ses yeux. Ses cheveux étaient détachés sur ses épaules. Elle n'était pas maquillée, elle paraissait seize ans. A la vue de Sarah, elle courut vers elle et les deux sœurs s'embrassèrent. Tout en caressant les cheveux de Laurie, Sarah songea : Lorsque nous irons au procès, voilà l'impression qu'elle fera. Jeune. Vulnérable.

Cette pensée l'aida à retrouver son sang-froid. Dès qu'elle se concentrait sur la défense de Laurie, ses propres émotions passaient au second plan.

Laurie s'assit dans l'un des fauteuils. Visiblement, elle n'avait pas l'intention de s'approcher du divan. Elle le fit comprendre immédiatement.

« Je parie que vous aviez l'intention de l'amener gentiment à se coucher, hein ? » La voix était stridente.

« C'est Kate qui parle, n'est-ce pas ? » demanda Justin d'un ton amusé.

L'expression juvénile s'était évanouie. Les traits de Laurie étaient plus durs, soudain. Résolus, plutôt, se dit Sarah. Elle a l'air plus âgée.

« Oui, c'est Kate. Et il faut que je vous remercie d'avoir sauvé cette pleurnicheuse de la prison hier. Ça l'aurait complètement démolie. J'ai voulu l'empêcher d'écrire ces inepties à la femme d'Allan l'autre jour, mais elle ne m'a pas écoutée, et voyez le résultat.

— C'est Laurie qui a écrit la lettre ? demanda Justin.

— Non, c'est Leona. L'autre gourde aurait écrit une lettre de condoléances. On n'aurait pas été plus avancés. Je vous jure que j'en ai marre de cette fille, et des deux autres aussi ! L'une passe son temps à rêver d'Allan Grant, et l'autre, la petite, n'arrête pas de pleurer. Si elle ne la ferme pas, je vais l'étrangler. »

Sarah ne pouvait détacher son regard de Laurie. Cette personnalité qui se faisait appeler Kate habitait en Laurie, elle dirigeait ou essayait de diriger les actes de Laurie. Si elle se manifestait dans le box des accusés avec cette arrogance et cette agressivité, aucun jury n'acquitterait Laurie.

Justin dit : « Comme vous pouvez le voir, je n'ai pas

eu le temps de brancher la caméra vidéo. Vous êtes apparue très vite ce matin. Vous ne voyez pas d'inconvénient à ce que je la mette en marche ? »

Un haussement d'épaules agacé. « Allez-y. De toute façon, vous n'en ferez qu'à votre tête.

— Kate, Laurie était dans tous ses états hier, n'est-ce pas ?

— Vous le savez aussi bien que moi. Vous étiez présent.

— Je suis arrivé après la crise. Je me demandais seulement si vous pouviez me dire ce qui l'avait provoquée.

— C'est interdit d'en parler. »

Donnelly ne parut pas déconcerté. « Très bien, n'en parlons plus. Pouvez-vous me montrer ce que faisait Laurie lorsqu'elle a eu cet accès de panique ?

— Pas question, mon vieux. » Elle détourna la tête. « Oh, arrête de geindre.

— Est-ce Debbie qui pleure ? demanda Justin.

— Qui voulez-vous que ce soit ?

— Je ne sais pas. Combien êtes-vous ?

— Pas tellement. Les autres ont décampé après le retour de Laurie à la maison. C'est aussi bien comme ça. Ça devenait encombré. J'ai dit : *la ferme*.

— Kate, si je parlais à Debbie, peut-être pourrais-je découvrir ce qui la tourmente.

— Allez-y. Je n'arrive à rien avec cette gosse.

— Debbie, je vous en prie, n'ayez pas peur. Je vous promets que vous ne craignez rien. Revenez me parler, voulez-vous ? » Justin Donnelly avait pris une voix très douce, cajoleuse.

Le changement se produisit en un instant. Les cheveux tombant en avant, les traits soudain adoucis, la moue boudeuse, lèvres tremblantes, les mains serrées entre les genoux, les jambes pendantes. Les larmes se mirent à rouler sur ses joues.

— Bonjour, Debbie, dit Justin. Vous pleurez beaucoup aujourd'hui, n'est-ce pas ? »

Elle hocha vigoureusement la tête.

« Il vous est arrivé quelque chose hier ? »

Elle acquiesça.

« Debbie, vous *savez* que j'ai beaucoup d'affection pour vous. Vous savez que je veux vous protéger. Croyez-vous pouvoir me faire confiance ? »

Un hochement de tête hésitant.

« Alors pouvez-vous me dire ce qui vous a fait si peur ? »

Elle fit un signe négatif.

« Vous ne pouvez pas me le dire. Peut-être alors pouvez-vous me le montrer. Etait-ce vous qui écriviez dans le journal ?

— Non. C'était Laurie qui écrivait. » La voix était étouffée, enfantine et triste.

« Laurie écrivait, mais vous pouvez me dire ce qu'elle écrivait, n'est-ce pas ?

— Non. Je sais à peine lire.

— Très bien. Montrez-moi ce que faisait Laurie. »

Elle prit un stylo imaginaire, fit mine d'ouvrir un cahier et commença à écrire en l'air. Elle hésita, leva le stylo comme si elle réfléchissait, regarda autour d'elle et sa main se baissa pour tourner une autre page.

Ses yeux s'agrandirent. Sa bouche s'ouvrit en un cri silencieux. Elle se leva brusquement, jeta le livre loin d'elle et fit le geste de déchirer quelque chose, ses deux mains s'agitant frénétiquement, le visage tordu par l'angoisse.

Subitement, elle s'immobilisa, baissa les mains et cria : « Debbie, reviens ici ! Ecoutez, docteur, j'en ai peut-être marre de cette gamine, mais je tiens à elle. Vous allez brûler la photo, vous m'entendez ? Qu'elle ne la voie plus, d'accord ! »

C'était Kate qui avait pris les rênes.

A la fin de la séance, une infirmière vint chercher Laurie. « Est-ce que tu pourras revenir ? demanda Laurie d'un ton suppliant à Sarah au moment de partir.

— Bien sûr. Chaque fois que le permettra le Dr Donnelly. »

Laurie partie, Justin tendit la photo à Sarah. « Y

voyez-vous quelque chose susceptible de l'effrayer à ce point ? »

Sarah l'examina. « On n'y voit pas grand-chose avec ces marques de déchirure et ces traces de colle. On devine qu'elle a froid, à la façon dont elle enroule ses bras autour d'elle. Elle porte le même costume de bain rose que sur la photo qui se trouve dans la bibliothèque. La photo a été prise quelques jours avant son enlèvement. En fait, c'est le maillot qu'elle portait le jour où elle a disparu. Pensez-vous que cela ait pu réveiller sa peur ?

— C'est possible. » Le Dr Donnelly rangea la photo dans le dossier. « Elle sera très occupée aujourd'hui. Thérapie par le dessin ce matin, suivie cet après-midi d'une séance de thérapie par le journal intime. Elle refuse encore de subir les tests de normalisation. Je la recevrai entre mes rendez-vous avec mes autres patients. J'espère que le temps viendra où elle acceptera de me parler hors de votre présence. Je crois que c'est possible.

Sarah se leva. « A quelle heure voulez-vous que je revienne ?

— Dès qu'elle aura fini de dîner. Six heures vous convient-il ?

— Bien sûr. » En partant, Sarah calcula son emploi du temps. Il était presque midi. Avec de la chance elle serait de retour chez elle à une heure. Il lui faudrait reprendre la route vers quatre heures et demie, si elle voulait éviter la foule des gens qui rentraient chez eux en voiture. Ça lui laissait trois heures et demie pour travailler.

Justin l'accompagna jusqu'à la porte et la regarda partir. Elle marchait le dos droit, son sac sur l'épaule, la tête haute. Courageuse, pensa-t-il. Puis, au milieu du couloir, il la vit enfouir ses deux mains dans ses poches comme si elle cherchait à se réchauffer d'un froid qu'elle était seule à sentir.

Quatrième partie

68

Le jury d'accusation fut convoqué le 17 février et ne mit pas longtemps à inculper Laurie d'homicide volontaire avec préméditation à l'encontre d'Allan Grant. La date du procès fut fixée au 5 octobre.

Le lendemain, Sarah retrouva Brendon Moody au Solari's, le célèbre restaurant situé à quelques pas du palais de justice du comté de Bergen. A mesure qu'arrivaient magistrats et avocats, ils s'arrêtaient pour dire un mot à Sarah. Elle devrait être en train de déjeuner et de plaisanter avec eux, se dit Brendon, et non de les rencontrer dans ces circonstances.

Sarah avait passé la matinée à la bibliothèque du palais de justice, recherchant des cas où la défense s'était appuyée sur la folie et la déficience mentale. Brendon vit l'inquiétude dans son regard, la façon dont s'effaçait son sourire dès que s'éloignaient ceux qui étaient venus la saluer. Elle était pâle, ses joues étaient creusées. Il se réjouit de la voir commander un repas solide et lui en fit la réflexion.

« Tout a goût de sciure, mais ce n'est pas une raison pour tomber malade à ce stade de la partie, ironisa Sarah. Et vous, Brendon ? Comment trouvez-vous la cuisine du campus ?

— Comme prévu. » Brendon mordit avec une mine

gourmande dans son cheeseburger. « Je n'en ai pas tiré grand-chose, Sarah. » Il sortit ses notes. « Le témoignage le plus précis et sans doute le plus dangereux est celui de Susan Grimes, l'étudiante qui occupe la chambre en face de celle de Laurie. C'est elle que vous avez appelée par deux fois. Depuis octobre, elle a remarqué que Laurie sortait régulièrement entre huit et neuf heures du soir et ne rentrait pas avant onze heures ou même plus tard. Elle dit que Laurie paraissait différente à ces moments-là, jolie, sexy, très maquillée, coiffée avec excentricité, le jean rentré dans des bottes à talons hauts — pas du tout son style habituel. Elle était certaine que Laurie allait retrouver quelqu'un.

— N'y a-t-il rien indiquant qu'elle retrouvait Allan Grant ?

— On peut déterminer les dates précises d'après certaines des lettres qu'elle lui a écrites, et aucune ne correspond à la réalité », indiqua froidement Moody. Il sortit son carnet de notes. « Le 16 novembre, Laurie écrit qu'elle a vécu des moments de bonheur dans les bras d'Allan la nuit précédente. Or le 15 novembre, Allan et Karen Grant assistaient ensemble à une soirée entre enseignants. On retrouve le même genre de fantasmes en ce qui concerne le 2, le 12 et le 14 décembre, le 6 et le 11 janvier. J'ai pu vérifier les dates jusqu'au 28 janvier. A dire vrai, j'espérais prouver qu'Allan Grant la faisait marcher. Nous savons qu'elle rôdait autour de sa maison, mais nous n'avons pas le début d'une preuve qu'il en était conscient. En réalité, tout tend plutôt à prouver le contraire.

— D'après vous, donc, tout n'était que fantasmes de la part de Laurie, et nous ne pouvons même pas laisser entendre que Grant aurait profité de son état d'abattement ?

— Il existe quelqu'un d'autre à qui j'aimerais parler, une femme, professeur à Clinton, actuellement en congé de maladie. Elle s'appelle Vera West. J'ai glané certaines rumeurs sur elle et Grant. »

L'agréable brouhaha de voix, de rires et de couverts, tous les bruits familiers qui faisaient partie de son univers quotidien semblèrent subitement importuns aux oreilles de Sarah. Elle comprenait l'allusion de Brendon Moody. Si Laurie avait imaginé toutes ses rencontres avec Allan Grant, si en l'absence de son épouse Allan avait commencé à s'intéresser à une autre femme et que Laurie l'eût appris, cela donnait plus de poids à la déclaration du procureur selon qui Laurie avait tué par jalousie. « Quand comptez-vous interroger Vera West ? demanda-t-elle.

— Bientôt, j'espère. »

Sarah avala le reste de son café et demanda l'addition. « Il faut que je rentre. Je dois rencontrer les gens qui veulent acheter notre maison. Vous ne devinerez jamais. Cette Mme Hawkins qui se porte acquéreur n'est autre que l'épouse du Révérend Bobby Hawkins.

— Qui est-ce ? demanda Brendon.

— Le nouveau télé-évangéliste de l' "Eglise des Ondes", cette émission au cours de laquelle Mlle Perkins a dit que " Jim " était le nom de l'individu qui était entré avec Laurie dans le restaurant, il y a des années.

— Oh, ce type. C'est un faiseur. Par quel hasard achète-t-il votre maison ? C'est une étrange coïncidence qu'il soit en relation avec cette Perkins.

— Pas tellement. Sa femme était venue visiter la maison avant toute cette histoire. C'est Mlle Perkins qui lui a écrit, et non le contraire. Les recherches de la police de Harrisburg sur un dénommé " Jim " ont-elles donné quelque chose ? »

Brendon Moody espérait que Sarah ne lui aurait pas posé la question. Il choisit soigneusement ses mots. « Nous avons des informations, Sarah. Il y a bien un Jim Brown originaire de Harrisburg connu pour attentats à la pudeur sur la personne d'un enfant. Il a un dossier d'un kilomètre. Il se trouvait dans la région lorsque Laurie fut repérée dans le restaurant. On a montré sa photo à Mlle Perkins à l'époque, mais elle n'a pas pu l'identifier. Ils voulaient le faire venir pour l'interroger. Après le retour de Laurie, il a disparu dans la nature.

— Il n'est plus jamais réapparu ?

— Il est mort en prison il y a six ans, à Seattle.

— Pour quel crime était-il condamné?

— Enlèvement et violences sur la personne d'une enfant de cinq ans. Elle a témoigné à son procès sur les deux mois qu'elle a passés avec lui. J'ai lu le témoignage. Une brave gosse. Elle a sorti des trucs à vous briser le cœur. Il y a eu des articles dans toute la presse.

— Cela signifie que même s'il était le ravisseur de Laurie, ça ne nous servirait à rien. Si Laurie a un éclair de mémoire et se souvient de lui, si elle est capable de raconter ce qu'il lui a fait, le procureur apportera au tribunal les journaux de Seattle et affirmera qu'elle parodie ce cas.

— Nous ignorons si ce type a jamais rencontré Laurie, dit Moody. Mais c'est exact, tout ce que pourrait raconter Laurie sur lui prendrait des allures d'invention. »

Ni l'un ni l'autre n'exprimèrent tout haut la pensée qui s'ancrait dans leur esprit. De la façon dont allaient les choses, ils seraient peut-être obligés de plaider coupable. Dans ce cas, Laurie serait en prison à la fin de l'été.

69

Bic et Opal partirent dans la voiture de Betsy Lyons pour la maison des Kenyon. Pour cette première visite ensemble, ils s'étaient tous les deux vêtus sobrement. Bic portait un costume gris à rayures, une chemise blanche et une cravate gris-bleu. Son pardessus était gris foncé, et il avait des gants en chevreau gris.

Opal sortait de chez Elizabeth Arden où elle s'était fait couper et éclaircir les cheveux. Elle était vêtue d'une robe de lainage gris à col et poignets de velours sur laquelle elle avait enfilé un manteau noir cintré orné d'un petit col de martre. Chaussures et sac, achetés chez Gucci, étaient en lézard noir.

Bic était à l'avant à côté de Betsy Lyons. Tandis qu'elle bavardait, indiquant les principaux points d'intérêt de la ville, Lyons ne pouvait s'empêcher de regarder Bic de biais. Elle avait été surprise d'entendre l'un de ses collègues à l'agence lui demander : « Betsy, sais-tu qui est ce *type*? »

Elle savait qu'il passait à la télévision. Mais elle ignorait qu'il eût son propre programme. Elle décréta que le Révérend Hawkins était un homme extrêmement séduisant et charismatique. Il parlait de s'installer dans la banlieue de New York.

« Lorsque l'on m'a nommé au ministère de l' " Eglise des Ondes ", j'ai pensé qu'il serait agréable d'avoir une maison dans les environs. Je ne suis pas citadin dans l'âme. Carla s'est chargée de la tâche ingrate de la recherche. Et c'est toujours vers cette ville et cette maison que revient sa préférence. »

Dieu soit loué, pensa Betsy Lyons.

« La seule chose qui me retenait, ajoutait le prédicateur de sa voix sourde et courtoise, était que Carla pût connaître une déception. Je pensais que la maison risquait en permanence d'être retirée de la vente. »

Moi aussi, pensa Betsy Lyons, frissonnant à cette pensée. « Les sœurs Kenyon seront plus heureuses dans un endroit plus petit, confia-t-elle. Regardez, voilà la rue. Vous longez Lincoln Avenue, passez devant toutes ces belles maisons, puis vous tournez et vous vous retrouvez dans Twin Oaks Road. »

Comme ils s'engageaient dans Twin Oaks Road, elle énuméra les noms des voisins. « C'est ici que réside le propriétaire de la Williams Bank. Les Kimball habitent un manoir style Tudor. Voici la maison de Courtney Meier, l'actrice. »

Sur le siège arrière, Opal serra nerveusement ses gants. Chaque fois qu'ils venaient à Ridgewood, elle avait l'impression qu'ils avançaient sur une mince couche de glace, progressant résolument, avec entêtement, s'approchant de plus en plus près du point de rupture.

Sarah les attendait. Séduisante, se dit Opal, car c'était la première fois qu'elle la voyait de près. Le genre de femme qui devient encore plus jolie en prenant de l'âge. Bic ne l'avait pas remarquée lorsqu'elle n'était qu'une adolescente. Opal aurait tout donné pour que Lee n'ait pas eu cette cascade de cheveux dorés qui lui descendait jusqu'à la taille, pour qu'elle ne se soit pas trouvée au bord de la route ce jour-là.

Quel vieux tableau ! songea Sarah en tendant la main à Opal. Puis elle se demanda pourquoi cette ancienne expression, une expression favorite de sa grand-mère, lui venait à l'esprit en ce moment même. Mme Hawkins était âgée d'une quarantaine d'années, vêtue avec élégance et parfaitement coiffée. C'étaient ses lèvres étroites et son petit menton qui lui donnaient un air chétif, presque sournois. Ou peut-être était-ce à cause de la présence magnétique du Révérend Bobby Hawkins. Il semblait remplir la pièce, absorber toute l'énergie ambiante à l'intérieur. Il parla immédiatement de Laurie.

« Peut-être ignorez-vous que nous avons consacré notre heure de prière à demander au Seigneur que Mlle Thomasina Perkins retrouve le nom du ravisseur de votre sœur.

— J'ai vu votre émission, lui dit Sarah.

— Avez-vous vérifié si le nom de Jim pouvait avoir un rapport avec l'enlèvement ? Le Seigneur peut prendre des voies étranges, parfois directes, parfois indirectes.

— Nous ne négligeons rien dans la défense de ma sœur », répondit Sarah, prenant un ton qui mettait fin à la discussion.

Il comprit à mots couverts. « Cette pièce est superbe, fit-il, parcourant la bibliothèque du regard. Ma femme n'a cessé de me dire combien je serais heureux ici avec ces rayonnages et ces grandes fenêtres. J'aime la lumière. A présent, je ne veux pas vous importuner plus longtemps. Si nous pouvions simplement jeter un dernier coup d'œil dans la maison avec Mme Lyons, puis mon homme d'affaires prendra contact avec le vôtre pour les formalités... »

Betsy Lyons emmena le couple à l'étage, et Sarah retourna à son travail, révisant les notes qu'elle avait prises à la bibliothèque du palais de justice. Soudain, elle se rendit compte qu'il était temps de partir pour New York.

Les Hawkins et Betsy Lyons passèrent la tête par la porte pour prévenir qu'ils s'en allaient. Le Révérend Hawkins expliqua qu'il aimerait amener son architecte le plus tôt possible, mais qu'il ne voulait pas s'introduire dans la bibliothèque quand Sarah y travaillait. Quel moment la dérangerait le moins ?

« Demain ou après-demain entre neuf heures et midi, ou tard dans l'après-midi, lui dit Sarah.

— Demain matin, alors. »

Lorsque Sarah revint de l'hôpital et pénétra dans la bibliothèque le lendemain après-midi, rien ne lui permettait de deviner que désormais chaque mot prononcé dans cette pièce mettrait en action un système sophistiqué sensible à la voix et que toutes les conversations seraient retransmises à un enregistreur dissimulé dans la penderie de la chambre d'amis.

70

A la mi-mars, Karen Grant se rendit en voiture à Clinton pour, espérait-elle, la dernière fois. Pendant les semaines qui avaient suivi la mort d'Allan, elle avait passé ses samedis à parcourir la maison, éliminant une bonne partie de ce qu'elle avait accumulé pendant les six années de leur mariage, triant les meubles qu'elle désirait garder dans son appartement new-yorkais, confiant le reste à un brocanteur. Elle avait vendu la voiture d'Allan et mis la maison entre les mains d'une agence immobilière. Aujourd'hui, elle se préparait à assister au service célébré en mémoire d'Allan dans la chapelle du campus.

Demain elle s'envolerait pour quatre jours à Saint-Thomas. Partir lui ferait du bien, songea-t-elle en roulant à vive allure sur le New Jersey Turnpike. C'étaient les avantages de son métier. Elle avait été invitée au Frenchman's Reef, l'un de ses hôtels de prédilection.

Edwin l'accompagnerait. Son pouls s'accéléra et un sourire flotta sur ses lèvres. A l'automne, ils n'auraient plus à se cacher.

La cérémonie commémorative ressembla aux funérailles. Entendre le panégyrique d'Allan fut plus qu'elle ne pouvait en supporter. Karen s'entendit sangloter. Louise Larkin, assise à ses côtés, passa son bras autour d'elle. « Si seulement il m'avait écoutée, murmura Karen à Louise. Je l'avais prévenu que cette fille était dangereuse. »

Suivit une réception chez les Larkin. Karen avait toujours admiré cette maison. Vieille de plus de cent ans, elle avait été merveilleusement restaurée. Elle lui rappelait les maisons de Cooperstown où vivaient tant de ses amies de lycée. Elle avait grandi dans un camping-car et entendait encore l'un des élèves lui demander ironiquement si ses parents feraient imprimer un dessin de leur caravane sur leurs cartes de Noël.

Les Larkin avaient invité non seulement les professeurs et le personnel administratif mais une douzaine d'étudiants au moins. Certains présentèrent à Karen leurs sincères condoléances, d'autres vinrent lui raconter une anecdote sur Allan. Les yeux humides, Karen dit à chacun qu'Allan lui manquait chaque jour davantage.

A l'autre bout de la pièce, Vera West, le professeur le plus récent de la faculté, buvait lentement un verre de vin blanc. Elle avait quarante-quatre ans, un visage rond et agréable, entouré de cheveux châtains qui ondulaient naturellement. Des verres teintés dissimulaient ses yeux noisette. Vera n'avait pas besoin de lunettes pour la vue. Elle craignait seulement que l'expression de son regard fût trop révélatrice. Elle avala son vin par petites gorgées, s'efforçant de ne pas penser qu'à une soirée chez un professeur, il y a quelques mois, c'était Allan et non sa femme qui se tenait à l'autre bout de la pièce. Vera avait espéré que son congé de maladie lui donnerait le temps nécessaire pour maîtriser ses émotions — des émotions que personne ne devait connaître. Comme elle repoussait la mèche de cheveux qui lui tombait toujours sur le front, elle se rappela le vers d'un poète du XIXe siècle : « La peine tue est le fardeau le plus lourd à porter. »

Louise Larkin la rejoignit. « Je suis heureuse que vous soyez de retour, Vera. Vous nous avez manqué. Comment vous sentez-vous ? » Son regard était pénétrant.

« Beaucoup mieux, merci.

— La mononucléose est terriblement affaiblissante.

— Oui, en effet. » Après l'enterrement d'Allan, Vera était partie se réfugier dans sa maison de Cape Cod. La mononucléose était l'excuse qu'elle avait donnée au recteur quand elle lui avait téléphoné.

« Karen est vraiment en forme pour une femme qui a subi une perte aussi cruelle, vous ne trouvez pas, Vera ? »

Vera porta son verre à ses lèvres, but, puis dit calmement : « Karen est une très jolie femme.

— A dire vrai, vous avez tellement maigri, vos traits sont si tirés que si j'étais étrangère dans cette pièce, je vous assure que c'est vous que je croirais en deuil. » Louise Larkin serra la main de Vera et lui sourit avec bienveillance.

71

Les chuchotements dans le couloir réveillèrent Laurie. C'était un son réconfortant, un bruit qu'elle entendait depuis trois mois déjà. Février. Mars. Avril. Mai pointait son nez. Dehors, avant de venir ici, que ce soit dans la rue, sur le campus, ou même à la maison, elle s'était sentie de plus en plus perdue, comme si elle tombait en chute libre, incapable de stopper l'accélération. Ici à l'hôpital, elle avait l'impression d'être suspendue dans le temps. Sa chute était ralentie. Elle savourait ce répit, même en sachant qu'à la fin personne ne pourrait la sauver.

Elle se redressa lentement, serra ses bras autour de ses jambes. C'était l'un des meilleurs moments de la journée, lorsqu'elle se réveillait pour constater que le rêve du couteau ne l'avait pas tirée du sommeil durant la nuit, que la menace était tenue en échec.

C'était le genre de réflexions qu'on lui demandait d'inscrire dans son journal intime. Elle chercha sur la table de nuit son cahier et son stylo. Elle avait le temps de noter quelques observations avant de s'habiller et d'aller prendre son petit déjeuner. Elle se cala contre les oreillers, se redressa et ouvrit le cahier.

Il y avait des pages noircies à l'intérieur qui ne l'étaient pas hier soir. Une main enfantine avait écrit : « Je veux ma maman. Je veux rentrer à la maison. »

Plus tard dans la matinée, alors qu'elle était assise avec Sarah face au bureau de Justin Donnelly, Laurie examina attentivement le docteur pendant qu'il lisait son journal intime. Il est si grand, pensa-t-elle, avec ces larges épaules, ces traits forts, cette masse de cheveux noirs. Elle aimait ses yeux. Ils étaient d'un bleu sombre intense. Elle n'aimait pas les hommes qui portaient la moustache en général, mais la sienne lui allait bien, surtout avec ses dents blanches et régulières. Elle aimait ses mains aussi. Larges mais avec de longs doigts. Bronzées mais sans l'ombre d'un duvet sur le dessus. C'est drôle, elle pouvait trouver séduisante la moustache du Dr Donnelly, mais elle détestait les poils sur les mains ou les bras d'un homme. Elle s'entendit en faire la réflexion.

Donnelly la regarda. « Laurie ? »

Elle haussa les épaules. « Je me demande pourquoi j'ai dit ça.

— Voulez-vous le répéter ?

— J'ai dit que je détestais les poils sur les mains ou les bras d'un homme.

— Pourquoi à votre avis cette réflexion vient-elle de vous traverser l'esprit ?

— Elle ne répondra pas à cette question. »

Sarah avait appris à reconnaître immédiatement la voix de Kate.

Justin ne fut pas troublé. « Allez-y, Kate, dit-il d'une voix joviale. Vous ne pourrez vous en tirer indéfiniment en tyrannisant Laurie. Elle a envie de me parler. Ou, plutôt, Debbie en a envie. Je crois que c'est Debbie qui a écrit dans le cahier hier soir. Ça ressemble à son écriture.

— Ce n'est certainement pas la mienne en tout cas. » Au long des trois derniers mois, la voix était devenue moins stridente. Une certaine entente prudente s'était installée entre Justin et la personnalité qu'était Kate.

« Puis-je parler à Debbie maintenant ?

— Oh, si vous voulez. Mais ne la faites pas pleurer une fois de plus. J'en ai marre des reniflements de cette môme.

— Kate, vous bluffez, dit Justin. Vous protégez Debbie et Laurie et nous le savons tous les deux. Mais vous devez me laisser vous aider. C'est une charge trop lourde pour vous. »

Les cheveux tombant en avant étaient le signal habituel. Sarah eut le cœur horriblement serré en entendant l'enfant effrayée qui s'appelait Debbie. Laurie était-elle ainsi pendant les deux années de sa disparition, en larmes, apeurée, appelant les êtres qu'elle aimait ?

« Hello, Debbie, dit Justin. Comment va notre grande fille aujourd'hui ?

— Mieux, merci.

— Debbie, je suis très content que vous ayez recommencé à écrire dans votre cahier. Savez-vous pourquoi vous avez écrit ces mots hier soir ?

— Je savais qu'il n'y avait rien dans le cahier. Je l'ai secoué d'abord.

— Vous avez secoué le cahier ? Que vous attendiez-vous à y trouver ?

— Je ne sais pas.

— Qu'aviez-vous peur d'y trouver, Debbie ?

— D'autres photos, murmura-t-elle. Il faut que je m'en aille maintenant. Ils m'attendent.

— Qui ? Qui vous attend ? »

Mais elle était partie.

Un rire nonchalant. Laurie avait croisé les jambes. Elle se tenait un peu affalée dans le fauteuil. D'un mouvement délibérément provocant, elle passa la main dans ses cheveux.

« La voilà qui repart, cherchant à se cacher, espérant qu'ils ne la trouveront pas. »

Sarah se raidit. C'était Leona, la personnalité qui écrivait les lettres adressées à Allan Grant. La femme dédaigneuse qui l'avait tué. Elle n'était apparue que deux fois au cours de ces trois mois.

« Bonjour, Leona. » Justin se pencha par-dessus son bureau, prenant un air d'attention flatteur. « J'espérais que vous nous rendriez visite.

— Eh bien, il faut bien vivre. On ne peut rester à se morfondre toute sa vie. Vous avez une cigarette ?

— Bien sûr. » Il chercha dans le tiroir, sortit un paquet, lui alluma une cigarette. « Vous vous êtes morfondue, Leona ? »

Elle haussa les épaules. « Oh, vous savez ce que c'est. J'étais folle de ce Joli Cœur.

— Allan Grant ?

« — Oui, mais écoutez, c'est fini, d'accord ? Je suis désolée pour lui, mais ce sont des choses qui arrivent.

— Quelles choses ?

— Je veux dire qu'il m'ait dénoncée au psy et au recteur de la faculté.

— Vous lui en avez voulu pour ça, n'est-ce pas ?

— Vous voulez dire que j'étais furieuse. Et Laurie aussi, mais pour des raisons différentes. Elle lui a fait une véritable scène dans le couloir. »

Il faudra que je plaide coupable, se dit Sarah. Si cette personnalité apparaît dans le box des accusés, ne manifestant pas une once de remords au sujet de la mort d'Allan Grant…

— Vous savez qu'Allan Grant est mort…

— Oh, je m'y suis habituée désormais. Quel choc, quand même.

— Savez-vous comment il est mort ?

— Bien sûr que je le sais. Poignardé avec notre couteau de cuisine. » Le ton de défi mourut dans sa voix. « Je donnerais tout pour avoir laissé ce truc dans ma chambre quand j'ai débarqué chez Allan, ce soir-là. J'étais réellement folle de lui, vous savez. »

72

Pendant les trois mois qui s'écoulèrent entre le début février et la fin avril, Brendon Moody avait fait de fréquentes visites à l'université de Clinton. Il était devenu une silhouette familière, bavardant avec les étudiants dans la cafétéria ou la salle de réunion, parlant aux professeurs, faisant un brin de causette aux voisines de chambre de Laurie.

A la fin de cette période, il avait appris peu de choses qui puissent être utiles à la défense de Laurie, même si certains éléments lui paraissaient susceptibles d'alléger sa condamnation. Pendant ses trois premières années d'université, Laurie avait été une étudiante modèle, appréciée à la fois par les professeurs et les étudiants. « On l'aimait bien, mais, si vous voyez ce que je veux dire, elle n'était pas liante, raconta d'elle-même une étudiante du deuxième étage de sa résidence. C'est normal entre amies de parler ouvertement de ses flirts, de sa famille ou de ce qui vous passe par la tête. Laurie n'en faisait rien. Elle se mêlait à nous, se montrait très gentille, mais si quelqu'un la taquinait sur Gregg Bennett, qui était visiblement amoureux fou d'elle, elle l'écartait d'une boutade. Il y avait toujours quelque chose de secret chez elle. »

Brendon Moody avait fouillé dans le passé de Gregg Bennett. Famille fortunée. Brillant. Avait quitté l'université pour monter une entreprise, avait échoué et repris ses études. Deux diplômes avec les félicitations du jury. Sortirait de l'université en mai. S'apprêtait à partir à Stanford en septembre, pour préparer son MBA. Le genre de type que vous aimeriez voir courtiser votre fille, pensa Brendon, et il se rappela qu'ils avaient dit la même chose de Ted Bundy, un assassin récidiviste.

Tous les étudiants s'accordaient à dire que le changement chez Laurie après la mort de ses parents avait été spectaculaire. Morose. Abattue. Elle se plaignait de maux de tête. Manquait les cours. Rendait ses devoirs en retard. « Il lui arrivait de me croiser sans même dire bonjour, ou de me regarder comme si elle ne m'avait jamais vue », expliqua une étudiante de troisième année.

Brendon ne parla à personne des troubles de la personnalité dont souffrait Laurie. Sarah gardait cette information pour le procès et préférait ne pas se répandre sur le sujet.

Un bon nombre d'étudiants avaient remarqué que Laurie sortait régulièrement seule le soir et rentrait tard. Ils en avaient parlé entre eux, cherchant à deviner avec qui elle avait rendez-vous. Certains avaient commencé à faire des suppositions, remarquant que Laurie arrivait souvent en avance aux cours d'Allan Grant et s'attardait pour bavarder avec lui à la fin.

La femme du recteur, Louise Larkin, prit plaisir à

s'entretenir avec Moody. Ce fut elle qui fit allusion à l'intérêt que montrait depuis peu Allan Grant envers l'un des nouveaux professeurs d'anglais. Suivant la piste ouverte par Mme Larkin, Moody alla trouver Vera West, mais elle resta de marbre.

« Allan Grant était l'ami de tout le monde », dit-elle lorsque Brendon lui parla. Elle ignora les sous-entendus contenus dans ses questions.

Je n'ai plus qu'à tout repasser au crible, se dit Brendon amèrement. Le problème était que l'année scolaire tirait à sa fin, et qu'un grand nombre des étudiants de dernière année qui connaissaient Laurie Kenyon s'apprêtaient à quitter l'université. Comme Gregg Bennett, par exemple.

Sans idée précise en tête, Brendon téléphona à Bennett et lui demanda s'ils pouvaient se revoir devant une tasse de café. Gregg était sur le point de partir en week-end, et ils convinrent de se rencontrer lundi. Comme toujours, Bennett demanda comment allait Laurie.

« D'après sa sœur, elle continue à aller bien, lui dit Brendon.

— Rappelez à Sarah de me faire signe si je peux être utile. »

Une autre semaine infructueuse, pensa Brendon en rentrant chez lui. Pour couronner le tout, il apprit que sa femme avait une réunion Tupperware à la maison le soir même. « J'irai manger un morceau au Solari's, dit-il, lui plantant un baiser rageur sur le front. Comment peux-tu te laisser embrigader dans ce genre de stupidités, je n'arrive pas à le comprendre.

— Amuse-toi, chéri. Ça te fera du bien de retrouver tes copains. »

Ce soir-là, Brendon eut le coup de chance qu'il attendait depuis longtemps. Il était assis au bar et discutait avec de vieux collègues du bureau du procureur. La conversation se porta rapidement sur Sarah et Laurie Kenyon. Le sentiment général était que Sarah ferait mieux de plaider coupable. « S'ils abandonnent l'inculpation d'homicide avec circonstances aggravantes, Laurie peut écoper de quinze à trente ans, probablement réduits à un tiers... sortir à vingt-six ou vingt-sept ans.

— C'est le juge Armon qui a été désigné, et il ne fait pas de cadeau, annonça un jeune substitut. De toute façon, les auteurs de crimes passionnels n'ont la cote auprès d'aucun juge à l'heure de la condamnation.

— L'idée de voir une jolie gosse comme Laurie Kenyon enfermée avec quelques-unes de ces dures à cuire me fait horreur », fit observer un autre.

Bill Owens, un détective privé qui travaillait pour une compagnie d'assurances, se tenait près de Brendon Moody. Il attendit que la conversation roulât sur un autre sujet pour dire : « Brendon, je préfère qu'on n'entende pas que je vous refile un tuyau. »

Moody ne tourna pas la tête, se contentant de lui jeter un regard en biais. « De quoi s'agit-il ?

— Vous connaissez Danny O'Toole ?

— Danny, le spécialiste des époux en cavale ? Bien sûr. A qui a-t-il filé le train ces derniers temps ?

— C'est justement le problème. Il avait bu un coup de trop l'autre soir, et comme d'habitude, la conversation est venue sur l'affaire Kenyon. Ecoutez ça. Après la mort des parents, Danny a été engagé pour enquêter sur les sœurs. Un truc sur une déclaration d'assurance. Après l'arrestation de la cadette, sa mission a pris fin.

— Ça paraît louche, dit Moody. Je vais me brancher là-dessus. Et merci. »

73

« Les gens qui ont acheté notre maison horripilent Sarah », dit spontanément Laurie au Dr Donnelly.

Justin s'étonna. « Je ne m'en étais pas aperçu.

— Si. Sarah dit qu'ils viennent trop souvent. Ils vont prendre possession de la maison en août et ont demandé l'autorisation d'apporter quelques affaires.

— Les avez-vous déjà vus à la télévision, Laurie ? »

Elle secoua la tête. « Je n'aime pas ce genre d'émissions. »

Justin attendit. Il avait sur son bureau le rapport de Pat, la thérapeute qui travaillait sur le dessin. Peu à peu une image se formait dans les dessins de Laurie. Les six derniers étaient des collages, et dans chacun d'eux, elle avait inclus deux scènes particulières : l'une montrait un rocking-chair avec un épais et profond coussin, et à côté la silhouette d'une femme dessinée à l'aide de bâtonnets ; l'autre, un arbre au tronc épais, avec de grandes et grosses branches devant une maison sans fenêtre.

Justin désigna ces détails sur chacun des croquis. « Vous souvenez-vous de les avoir dessinés ? »

Laurie les contempla avec indifférence. « Bien sûr. Je ne suis pas fameuse comme artiste, n'est-ce pas ? »

— Vous y arriverez. Laurie, regardez ce rocking-chair. Pouvez-vous le décrire ? »

Il vit qu'elle allait s'esquiver. Ses yeux s'agrandirent. Son corps se raidit. Mais il ne voulait pas qu'une autre de ses personnalités vînt le contrer. « Laurie, essayez.

— J'ai mal à la tête, murmura-t-elle.

— Laurie, faites-moi confiance. Vous venez de vous remémorer quelque chose, n'est-ce pas ? N'ayez pas peur. Pour l'amour de Sarah, parlez-moi de ce fauteuil, laissez-vous aller. »

Elle tendit le doigt vers le rocking-chair, puis serra les lèvres et pressa ses bras contre son corps.

« Laurie, montrez-moi. Si vous ne pouvez pas en parler, montrez-moi ce qui est arrivé.

— Je vais le faire. » La voix enfantine, zézayante.

« Bravo, Debbie. » Justin attendit.

Elle coinça ses pieds sous son bureau et pencha le fauteuil en arrière. Ses bras étaient serrés le long de son corps, comme s'ils étaient maintenus par une force extérieure. Elle ramena le fauteuil en avant avec un bruit mat et le fit à nouveau basculer en arrière. Son visage était déformé par la peur. « Grâce suprême, comme il est doux le chant », psalmodia-t-elle d'une petite voix frêle.

Le fauteuil s'inclinait et retombait dans une parfaite imitation d'un rocking-chair. Le corps arqué, les bras immobiles, elle mimait un petit enfant que l'on tient sur les genoux. Justin jeta un coup d'œil dans le haut du dessin. C'était ça. Le coussin ressemblait à des genoux. Une petite fille sur les genoux de quelqu'un et qui chantait pendant qu'on la berçait. En avant et en arrière. En avant et en arrière.

« ...Et la grâce me ramènera. » Le fauteuil s'immobilisa. Les yeux de Laurie se refermèrent. Sa respiration s'accéléra, avec un halètement douloureux. Elle se leva et se haussa sur la pointe des pieds, comme si on la soulevait de terre. « Il est l'heure d'aller se coucher », dit-elle d'une voix grave.

74

« Les revoilà », fit remarquer Sophie d'une voix revêche en voyant la Cadillac bleu foncé s'engager dans l'allée.

Sarah et Brendon Moody attendaient dans la cuisine que le café soit prêt. « La barbe, fit Sarah avec irritation. Tout ça est de ma faute, dit-elle à Brendon. Je vais vous expliquer. Sophie, apportez le café dans la bibliothèque quand il sera passé et dites-leur que je suis en réunion. Je n'ai pas la moindre envie qu'on prie pour moi. »

Brendon se hâta derrière elle et referma la porte de la bibliothèque au moment où le carillon de la porte résonnait dans la maison. « Heureusement que vous ne leur avez pas donné une clef », dit-il.

Sarah sourit. « Je ne suis pas folle à ce point. Le problème est qu'il y a un tas de choses dans cette maison qui ne me serviront à rien et qu'ils aimeraient acheter. J'ai fait faire des estimations. De leur côté, ils amènent leurs experts pour avoir leurs propres estimations et la maison commence à ressembler à une pension de famille.

— Pourquoi ne pas tout régler en une seule fois ? interrogea Brendon.

— C'est en partie de ma faute. Je leur ai indiqué ce que je voulais vendre, puis j'ai passé en revue tout le mobilier dans la maison et je me suis aperçue que je n'arriverais jamais à tout caser dans un appartement, alors je leur ai dit que le reste était à vendre également. Résultat, ils viennent me demander si ce tableau est à vendre, ou cette table, ou cette lampe. Et ainsi de suite. » Sarah repoussa les boucles qui retombaient sur son front. Il faisait chaud et humide, et ses cheveux frisaient comme un halo de feuilles d'automne autour de son visage.

« Il y a encore autre chose, ajouta-t-elle en prenant place à son bureau. Papa n'a jamais voulu installer l'air conditionné, et ils ont l'intention de faire mettre un nouveau système. Ils voudraient emménager dès que nous serons parties, ce qui signifie qu'il va y avoir des ouvriers et tout ce qui s'ensuit dès maintenant. »

Garde ce que tu penses pour toi, se dit Brendon en s'asseyant dans le fauteuil de cuir en face du bureau. Il savait que les Hawkins avaient payé le prix fort pour la maison, et s'ils achetaient les meubles dont Sarah ne voulait plus, cela lui éviterait d'avoir à chercher des acquéreurs ou un endroit où les stocker. L'hospitalisation de Laurie coûtait une fortune, et l'assurance étudiant à laquelle elle avait droit n'en couvrait qu'une infime partie. Sans parler du coût des préparatifs de la défense, et du fait que Sarah avait quitté son travail.

« Vous avez eu l'occasion d'examiner votre police d'assurance ? demanda-t-il.

— Oui. Brendon, je ne comprends pas. Il n'y a pas de litige en cours. Mon père gardait ses dossiers en ordre. Ma mère était bénéficiaire de son assurance, et au cas où elle mourrait avant lui, nous l'étions à sa place. Comme il lui a survécu quelques minutes, elle nous est revenue directement. Malheureusement, tout sauf la maison est bloqué dans des fonds de placement, ce qui aurait été la solution idéale si tout cela n'était pas arrivé. Nous touchons chacune cinquante mille dollars tous les cinq ans pour un total d'un quart de million de dollars, et il n'y a aucun moyen d'entamer le capital de ces fonds.

— Et que s'est-il passé avec la compagnie de l'autocar ? demanda Brendon. L'avez-vous attaquée ?

— Bien sûr, dit Sarah. Mais pourquoi enquêteraient-ils sur nous ? Nous n'avons rien à voir avec l'accident.

— Oh, merde, fit Brendon. J'espérais trouver quelque chose de ce côté-là. Je vais soûler ce foutu détective et lui tirer les vers du nez, mais je n'en espère pas grand-chose. Il s'agit probablement de la compagnie du car. Comment va Laurie ? »

Sarah réfléchit. « Elle va mieux sur bien des points. Je crois qu'elle accepte petit à petit la perte de papa et maman. Le Dr Donnelly est merveilleux.

— Aucun souvenir de la mort d'Allan Grant ?

— Aucun. Pourtant, elle laisse parfois échapper certaines choses sur ce qui lui est arrivé pendant les années de sa disparition. Des détails par-ci, par-là. Justin, je veux dire le Dr Donnelly, est convaincu qu'on a abusé d'elle pendant cette période. Mais elle n'a aucun véritable éclair de mémoire, même lorsqu'elle voit les enregistrements vidéo de ses séances de thérapie au cours desquelles apparaissent les autres personnalités. » La voix de Sarah perdit son intonation calme et prit un accent désespéré. « Brendon, nous sommes en mai. En trois mois, je n'ai rien trouvé qui puisse m'aider à établir sa défense. Il semble qu'elle ait trois personnalités. Kate, une sorte de nounou protectrice et grondeuse. Elle traite Laurie de pleurnicheuse et tempête contre elle, mais elle tente ensuite de la protéger. Elle se met constamment en travers des souvenirs. Leona, une véritable allumeuse. C'est elle qui a éprouvé une passion fatale pour Allan Grant. Pas plus tard que la semaine dernière, elle a dit au Dr Donnelly qu'elle regrettait sincèrement d'avoir emporté le couteau avec elle cette nuit-là.

— Doux Jésus, murmura Brendon.

200

— La dernière personnalité est Debbie, une enfant de quatre ans. Elle ne cesse de pleurer. » Sarah leva les mains, puis les laissa retomber. « Voilà, Brendon.

— Se souviendra-t-elle un jour de ce qui s'est passé ?

— Sans doute, mais personne ne peut dire quand. Elle a confiance en Justin. Elle comprend qu'elle peut finir en prison. Mais elle semble incapable de percer le mur de la mémoire. » Sarah le regarda. « Brendon, ne me dites pas que je dois plaider coupable.

— Ce n'est pas mon intention, grommela Brendon. Du moins pas encore. »

Sophie entra dans la bibliothèque, portant le plateau du café. « Je les ai laissés en haut, dit-elle. Ce n'est pas grave, n'est-ce pas ?

— Bien sûr que non, dit Sarah. Après tout, Sophie, c'est un prédicateur. Il ne va pas piquer les bibelots.

— Aujourd'hui, ils discutent sur la façon de relier votre salle de bains à celle de Laurie et d'installer un jacuzzi. Je croyais que les hommes de Dieu vivaient dans la simplicité. » Elle posa bruyamment le plateau sur le bureau.

« Pas nécessairement », prononça Brendon. Il fit tomber trois morceaux de sucre dans son café et remua énergiquement. « Sarah, Gregg Bennett paraît sincèrement ignorer ce qui a provoqué la réaction de Laurie envers lui l'an dernier. Je le crois encore très amoureux d'elle. La veille de la mort de Grant, quelques étudiants parlaient du béguin de Laurie pour le professeur et Gregg les a entendus. Il a quitté la pièce comme un fou furieux.

— Jaloux ? » demanda vivement Sarah.

Brendon haussa les épaules. « S'il l'était, ça ne semble avoir aucun rapport avec la mort d'Allan Grant, à moins...

— A moins que Laurie ne retrouve la mémoire. »

On frappa à la porte. Sarah leva les yeux au ciel. « Préparez-vous à recevoir la bénédiction du Seigneur », murmura-t-elle avant de dire tout haut : « Entrez. »

Un sourire bienveillant sur le visage, Bic et Opal se

tenaient dans l'embrasure de la porte. Ils étaient vêtus avec décontraction. Bic avait ôté sa veste et son T-shirt dévoilait des bras musclés couverts de poils grisonnants. Opal portait un pantalon et un chemisier de coton. « Nous ne voulons pas vous déranger, juste prendre des nouvelles », dit-elle.

Sarah leur présenta Brendon Moody qui grommela un rapide salut.

« Et comment va cette enfant ? demanda Bic. Sachez que nous sommes nombreux à prier pour elle. »

75

Justin Donnelly ne voulait pas avouer à Sarah que Laurie ne retrouverait vraisemblablement pas de souvenirs précis à temps pour le procès. Avec deux membres de son équipe, Pat et Kathie, les thérapeutes qui travaillaient sur le dessin et le journal intime, il repassa les enregistrements de ses séances avec Laurie. « Vous remarquerez que les autres personnalités me font confiance désormais, et qu'elles acceptent de parler, mais elle deviennent muettes comme des carpes dès que je tente de revenir à la nuit du 28 janvier ou aux années de l'enlèvement de Laurie. Passons encore une fois en revue les trois personnalités.

« Kate a trente-trois ans, elle est donc très proche de l'âge de Sarah. Je crois que Laurie l'a créée pour avoir une protectrice, ce qui est la manière dont elle considère sa sœur. Contrairement à Sarah, Kate est en général irritée par Laurie, la traite de pleurnicheuse, lui reproche de s'attirer les pires ennuis. Ce qui prouve d'après moi que Laurie a le sentiment de mériter la colère de Sarah.

« Debbie, l'enfant de quatre ans, voudrait parler mais elle aussi a trop peur ou peut-être ne comprend-elle pas très bien ce qui est arrivé. Je suppose qu'elle ressemble beaucoup à Laurie au même âge. Elle a des pointes

202

d'humour, parfois. Sarah Kenyon m'a raconté qu'avant son enlèvement, Laurie était une enfant très drôle pour son âge.

« Leona est une sacrée allumeuse. Il ne fait aucun doute qu'elle était folle d'Allan Grant et jalouse de sa femme. Et il est certain qu'elle a perçu son comportement comme une trahison envers elle et qu'elle était furieuse au point de pouvoir le tuer, mais aujourd'hui elle parle de lui avec une sorte de tendresse, comme on parlerait d'un ancien amant. Les disputes sont oubliées, la colère s'est émoussée et vous vous souvenez uniquement des bons moments. »

Ils se tenaient dans la salle de réunion adjacente au bureau de Justin. Un soleil de printemps entrait à flots par les fenêtres. De l'endroit où il était assis, Justin avait vue sur le solarium. Plusieurs des patients s'y trouvaient, savourant les rayons du soleil. Il vit Laurie pénétrer dans le solarium, bras dessus bras dessous avec Sarah.

Pat avait apporté plusieurs nouveaux dessins. « Avez-vous la photo que Laurie a déchirée chez elle ? demanda-t-elle.

— Je l'ai ici. » Justin fouilla dans le dossier.

Pat examina la photographie, la compara avec certains des croquis de Laurie, puis les posa côte à côte. « Regardez ceci. » Elle montra une silhouette dessinée à l'aide de bâtonnets qui se répétait sur plusieurs des croquis. « Qu'est-ce qui vous frappe ?

— Elle commence à vêtir la silhouette d'une sorte de déguisement ou d'un costume de bain, commenta Justin.

— Exact. Maintenant, notez que sur ces trois dessins, la silhouette a les cheveux longs. Sur ces deux-là, regardez la différence. Les cheveux sont très courts. Elle a dessiné un visage qui ressemble à celui d'un garçon. Les bras sont croisés comme ils le sont sur la photo reconstituée. Il est possible qu'elle recrée cette image d'elle-même mais en la transformant en garçon. Je donnerais beaucoup pour que la photo ne soit pas en si mauvais état. Laurie s'est arrangée pour la mettre en pièces. »

Kathie, la thérapeute qui travaillait sur le journal

intime, avait apporté les dernières pages écrites par Laurie. « C'est l'écriture de Kate. Mais elle a beaucoup changé depuis février. Elle ressemble de plus en plus à l'écriture de Laurie. Ecoutez ce qu'elle dit. " Je suis tellement fatiguée. Laurie sera assez forte pour accepter ce qui doit arriver. Si seulement elle pouvait aller se promener dans Central Park. Ou prendre ses cannes de golf, aller en voiture jusqu'au club et faire un parcours. Elle aurait bien aimé participer aux tournois de golf. Il y a moins d'un an, on l'appelait le meilleur espoir du New Jersey! Peut-être la prison n'est-elle pas très différente d'ici. Peut-être y est-on en sécurité comme ici. Peut-être le rêve du couteau n'entrera-t-il pas dans la prison. Personne ne peut se glisser dans une prison avec tous les gardiens qui l'entourent. Ils ne peuvent pas venir la nuit avec des couteaux. Le courrier est vérifié en prison. Cela veut dire que les photos ne pourront pas s'introduire toutes seules dans les cahiers. " » Kathie tendit les pages à Justin. « Docteur, cela signifie peut-être que Kate est en train d'accepter la culpabilité de Laurie et le châtiment qui l'attend. »

Justin regarda par la fenêtre. Sarah et Laurie étaient assises côte à côte. Laurie riait. Elles auraient pu être deux ravissantes jeunes femmes sur leur terrasse ou dans un club de golf.

Pat, l'autre thérapeute, avait suivi son regard. « Je me suis entretenue avec Sarah hier. Je crains qu'elle ne soit sur le point de craquer. Le jour où les portes de la prison se refermeront sur sa sœur, vous aurez peut-être une nouvelle patiente, docteur Donnelly. »

Justin se leva. « Je les attends ici dans dix minutes. Pat, je pense que vous avez raison. Elle a dessiné des versions différentes de la photo déchirée. Connaissez-vous quelqu'un qui soit capable de détacher chaque morceau, d'enlever les traces de colle, de rassembler le tout et de l'agrandir afin que les détails apparaissent ? »

Elle hocha la tête. « On peut toujours essayer. »

Il se tourna vers Kathie. « Pensez-vous que si Laurie ou Kate réalise les conséquences de son emprisonnement sur Sarah, elle se résignera moins facilement à une condamnation automatique ?

— C'est probable.

— Bon. Il me reste une autre chose à faire. Je vais parler à Gregg Bennett, l'ex-petit ami de Laurie, et essayer de passer en revue tout ce qui est arrivé le jour où elle a eu tellement peur de lui. »

76

En se hissant sur un tabouret de bar au Solari's près de Danny la Traque, le spécialiste des époux en cavale, Brendon Moody nota que la face de chérubin du détective s'affaissait lentement en un double menton. Les marques de couperose sur le nez et les joues étaient le tribut à payer aux trop nombreux martinis dry qu'il ingurgitait.

Dan salua Moody avec son exubérance habituelle. « Salut, Brendon. Te voir me réchauffe le cœur. »

Brendon marmonna un vague bonsoir, résistant à l'envie de dire à Dan qu'il pouvait aller se faire voir avec son accent à la gomme. Puis, se rappelant la raison de sa venue et l'affection particulière de Danny pour le martini et les Mets, l'équipe de baseball new-yorkaise, il commanda une tournée et demanda à Danny quelles étaient les chances de l'équipe pour la saison, à son avis.

« Brillantes. C'est dans la poche, mec, croassa Danny avec enthousiasme. Les gars l'auront peinard, bordel. »

Je te connaissais quand tu savais parler anglais, pensa Brendon, mais il dit : « Formidable. Epatant. »

Une heure plus tard, Brendon sirotait toujours son premier verre alors que Danny finissait son troisième. Il était temps. Brendon orienta la conversation sur Laurie Kenyon. « Je suis sur l'affaire », chuchota-t-il d'un ton confidentiel.

Danny plissa les yeux. « On m'a dit ça. La pauvre gosse a perdu les pédales, non ?

— Comme qui dirait, reconnut Brendon. J'crois qu'elle est devenue dingue après la mort des parents. Dommage qu'elle n'ait reçu aucune aide psychologique, à l'époque. »

Danny jeta un coup d'œil autour de lui. « Mais elle en a reçu, dit-il tout bas. Et oublie qui t'a dit ça. J'aime pas penser qu'on te cache la vérité. »

Brendon fit mine d'être choqué. « Tu veux dire qu'elle voyait un psy ?

— Pas loin de chez elle, à Ridgewood.

— Comment le sais-tu, Danny ?

— Ça reste entre nous, hein ?

— Bien sûr.

— Dès que les parents sont morts, on m'a engagé pour enquêter sur les sœurs et leurs activités.

— Sans blague. Une compagnie d'assurances, je suppose. Un recours contre la compagnie de l'autocar ?

— Ecoute, Brendon Moody, tu sais que la relation client-enquêteur est strictement confidentielle.

— Bien sûr. Mais ce car allait trop vite ; les freins fonctionnaient mal. Les Kenyon n'avaient pas la moindre chance. Normalement, une compagnie d'assurances s'inquiéterait et chercherait à obtenir des tuyaux sur l'éventuelle partie plaignante. Qui d'autre aurait eu intérêt à les filer ? »

Danny resta obstinément silencieux. Brendon fit signe au barman, qui secoua la tête. « C'est moi qui reconduirai mon pote chez lui », promit Brendon. Il savait qu'il était temps de changer de sujet. Une heure plus tard, après avoir hissé Danny sur le siège passager de sa voiture, il remit la conversation sur les Kenyon. Comme il s'engageait dans l'allée de la modeste maison de Danny, il toucha au but.

« Brendon, mon vieux, t'es un bon copain, dit Danny, la voix pâteuse et lente. Crois pas que j'aie pas compris que tu es venu me tirer les vers du nez. Sur la tête de mon pater, j'sais pas qui m'a engagé. Très mystérieux tout ça. C'était une femme. Se faisait appeler Jane Graves. J'l'ai jamais vue. Appelait toutes les semaines pour avoir un rapport. Se faisait adresser le courrier à un numéro de boîte postale à New York. Tu sais qui je crois qu'c'était ? La veuve de feu le professeur. Cette pauvre fêlée de Kenyon lui écrivait des billets doux, non ? Et pourquoi on m'a demandé d'arrêter la filature dès le lendemain du meurtre ? »

Danny ouvrit la porte de la voiture et sortit en vacillant. « Bonne nuit à toi, et la prochaine fois pose tes questions directement. T'auras moins de martinis à payer. »

77

L' « architecte » que Bic avait amené chez les Kenyon lors de sa première visite était un ancien détenu du Kentucky. C'était lui qui avait équipé la bibliothèque et le téléphone avec un matériel sophistiqué actionné par la voix qui déclenchait un enregistreur dissimulé dans la salle de bains de la chambre d'amis, au-dessus du bureau.

Tout en parcourant le premier étage, armés de mètres à ruban, d'échantillons de tissu et de peinture, Bic et Opal n'eurent aucun mal à changer les cassettes. A la minute où ils regagnèrent leur voiture, Bic écouta les enregistrements et une fois dans leur suite du Wyndham, il continua à passer et repasser la bande.

Sarah avait des conversations téléphoniques régulières, le soir, avec Justin Donnelly, qui étaient de véritables mines d'informations. Au début, Opal dut faire un effort pour cacher son irritation en voyant Bic accueillir avec une passion absolue les nouvelles concernant Lee. Mais à mesure que passaient les semaines, elle se sentait partagée entre la peur de voir la vérité apparaître et la fascination devant les éclairs de mémoire de Laurie. La discussion entre Sarah et le docteur à propos du rocking-chair emplit Bic de bonheur.

« La petite chérie, soupira-t-il. Te souviens-tu comme elle était jolie, et comme elle chantait bien ? Nous l'avions bien éduquée. » Il secoua la tête, puis se renfrogna. « Mais elle commence à parler. »

Bic avait ouvert les fenêtres de la chambre, laissant l'air chaud emplir la pièce, le vent léger agiter doucement les rideaux. Il portait ses cheveux un peu plus longs, et aujourd'hui il était décoiffé. Il était vêtu d'un simple pantalon de sport et d'un T-shirt qui dévoilait la toison épaisse et frisée sur ses bras dont Opal aimait tant le contact. Elle fixa sur lui un regard adorateur.

« A quoi penses-tu, Opal ? demanda-t-il.

— Tu vas dire que je suis folle.

— Dis toujours.

— Il me vient à l'esprit qu'en cette minute même, avec tes cheveux en bataille et ton T-shirt, il suffirait de cet anneau d'or que tu portais à l'oreille pour qu'il ne reste plus rien du Révérend Hawkins. Tu redeviendrais Bic le rockeur. »

Bic la dévisagea pendant une longue minute. Je n'aurais pas dû lui dire ça, pensa-t-elle atterrée. C'est impensable pour lui. Mais il finit par dire : « Opal, c'est le Seigneur qui t'a inspiré cette pensée. Je songeais à notre vieille ferme en Pennsylvanie et à ce rocking-chair dans lequel je m'asseyais avec cette exquise petite dans mes bras, et un plan se formait dans mon esprit. Maintenant, tu viens de le compléter.

— De quoi s'agit-il ? »

L'expression bienveillante disparut. « Pas de questions. Tu le sais. Jamais de questions. C'est entre moi et le Seigneur.

— Excuse-moi, Bobby. » Elle utilisa volontairement ce nom, sachant que cela le radoucirait.

« C'est bon. Il est une chose que je retiens en écoutant ces bandes, c'est que je ne dois pas porter de manches courtes à l'extérieur. L'histoire des bras poilus revient assez régulièrement. Et n'as-tu rien remarqué d'autre ? »

Elle attendit.

Bic eut un sourire froid. « Toute cette situation est peut-être le point de départ d'une idylle. Ecoute la façon dont ce docteur et Sarah se parlent. L'intonation de la voix, de plus en plus chaude. Il s'inquiète pour elle. Il serait bien qu'elle ait quelqu'un pour la consoler lorsque Lee aura rejoint le chœur des anges. »

78

Karen Grant leva les yeux de son bureau et sourit d'un air engageant. Le petit homme chauve au front ridé lui paraissait vaguement familier. Elle l'invita à s'asseoir. Il lui tendit sa carte, et elle comprit pourquoi elle l'avait reconnu. C'était le détective qui travaillait pour les Kenyon, et il avait assisté aux obsèques d'Allan. Louise Larkin lui avait dit qu'il enquêtait dans le campus.

« Madame Grant, si je vous dérange, dites-le-moi simplement. » Moody jeta un regard autour de la pièce.

« C'est parfait, lui assura-t-elle. La matinée est calme.

— Je suppose que les affaires dans le domaine du voyage en général sont assez ralenties ces temps-ci, dit Moody, mine de rien. C'est du moins ce que me disent mes amis.

— Oh, comme partout ailleurs, la tendance est aux vaches maigres. Puis-je vous vendre un voyage ? »

Prompte à la réplique, pensa Brendon, et aussi séduisante de près que dans un cimetière. Karen Grant portait un tailleur de toile turquoise avec un chemisier assorti. La teinte faisait ressortir ses yeux verts. Cet ensemble ne vient pas de la boutique du coin, décida Brendon. Pas plus que le croissant de jade et diamants à son revers. « Pas aujourd'hui, répondit-il. Si vous le permettez, j'aimerais vous poser quelques questions sur votre mari. »

Le sourire s'effaça. « Il m'est très pénible d'évoquer Allan, dit-elle. Louise Larkin m'a parlé de vous. Vous vous occupez de la défense de Laurie Kenyon. Monsieur Moody, je suis vraiment navrée pour Laurie, mais elle a supprimé la vie de mon mari et menacé la mienne, de surcroît.

— Elle n'en a aucun souvenir. Elle est très malade, dit calmement Brendon. J'ai pour tâche d'aider le jury à le comprendre. J'ai parcouru les copies des lettres qu'elle, ou quelqu'un d'autre, a adressées à votre mari. Depuis combien de temps saviez-vous qu'il les recevait ?

— Au début, Allan ne me les a pas montrées. Il a sans doute craint que je ne sois bouleversée.

— Bouleversée ?

— Bien sûr, elles ne tenaient pas debout. Je veux dire que certains des " souvenirs " concernaient des nuits où Allan et moi étions ensemble. Il était évident que toutes résultaient d'un fantasme, mais malgré tout, elles étaient déplaisantes. J'ai trouvé par hasard les lettres dans le tiroir de son bureau et je lui ai demandé de quoi il s'agissait.

— Connaissiez-vous Laurie ?

— Pas très bien. C'est une excellente golfeuse, et j'avais lu des articles sur elle dans les journaux. J'avais rencontré ses parents à des réunions du campus, ce genre de choses. Je l'ai beaucoup plainte après leur mort. Allan pensait qu'elle était au bord de la dépression nerveuse.

— Vous vous trouviez à New York la nuit de sa mort ?

— J'étais allée chercher une cliente à l'aéroport.

— Quand avez-vous parlé à votre mari pour la dernière fois ?

— Je lui ai téléphoné vers huit heures du soir. Il était tout retourné. Il m'a parlé de la scène avec Laurie Kenyon. Il avait l'impression de s'y être mal pris dans cette affaire. Il pensait qu'il aurait dû prévenir Sarah et Laurie avant de faire venir Laurie chez le recteur. Il m'a dit qu'il croyait sincèrement qu'elle n'avait aucun souvenir d'avoir écrit ces lettres. Elle était dans tous ses états quand on l'en a accusée.

— Vous savez que si vous apportez ce témoignage à la barre, il pourrait être utile à Laurie. »

Les yeux de Karen Grant s'emplirent de larmes. « Mon mari était l'être le plus compatissant, le plus doux que j'aie jamais connu. Il n'aurait jamais voulu que je fasse du mal à cette fille. »

Moody plissa les yeux. « Madame Grant, ne vous êtes-vous jamais demandé si votre mari n'était pas tombé amoureux de Laurie ? »

Elle parut stupéfaite. « C'est ridicule. Elle a vingt ou vingt et un ans. Allan en avait quarante.

— Ce sont des choses qui arrivent. Je ne vous blâmerais certes pas si vous aviez voulu vous en assurer, ou même peut-être le faire vérifier.

— Je ne comprends pas de quoi vous parlez.

— Je veux dire peut-être engager un détective privé comme moi... »

Les larmes séchèrent dans les yeux de la jeune femme. Karen Grant était visiblement contrariée. « Monsieur Moody, je n'aurais jamais insulté mon mari de cette manière. Et vous m'insultez. » Elle se leva. « Je crois que nous n'avons plus rien à nous dire. »

Moody se leva lentement. « Madame Grant, veuillez me pardonner. Essayez de comprendre que mon travail est de trouver des raisons aux actes de Laurie. Vous disiez qu'Allan Grant pensait Laurie au bord de la dépression nerveuse. S'il existait quelque chose entre eux, s'il l'avait dénoncée à l'administration et qu'ensuite elle ait craqué...

— Monsieur Moody. N'essayez pas de ruiner la réputation de mon mari pour défendre la fille qui l'a assassiné. Allan était un homme secret et le béguin qu'éprouvaient pour lui ses étudiantes l'embarrassait au plus haut point. Vous ne pourrez rien y changer, même pour sauver sa meurtrière. »

Tout en s'inclinant pour s'excuser, Brendon Moody balayait du regard la pièce. Elégamment meublée d'un canapé et de fauteuils de cuir rouge. Des affiches de pays exotiques aux murs. Des bouquets de fleurs sur le bureau de Karen Grant et sur la table basse près du canapé. Pas un seul papier en vue, toutefois, et le téléphone n'avait pas sonné depuis qu'il était entré dans le bureau. « Madame Grant, j'aimerais m'en aller sur une note plaisante. Ma fille est hôtesse à l'American Airlines. Elle adore son travail. Elle dit que voyager est devenu sa seconde nature. J'espère que vous éprouvez la même sensation et que votre travail vous aide à compenser la disparition de votre mari. »

Elle lui sembla se radoucir un peu. « Je serais perdue sinon. »

Il n'y avait aucun signe d'une autre présence. « Combien de personnes travaillent avec vous ? demanda-t-il sans avoir l'air d'y attacher d'importance.

— Ma secrétaire est allée faire une course. Anne Webster, la directrice de l'agence, s'est absentée pour la journée.

— C'est donc vous qui vous chargez du travail ?

— Anne est sur le point de partir à la retraite. Je prendrai sa succession.

— Je vois. Eh bien, je vous ai suffisamment importunée, je crois. »

Moody ne quitta pas l'hôtel immédiatement. Il s'attarda dans le hall et observa l'agence de voyages. Deux heures plus tard, pas une seule personne n'était entrée. A travers la vitre, il put constater que Karen ne souleva pas une seule fois le téléphone. Repliant le journal derrière lequel il s'était dissimulé, il se dirigea vers la réception de l'hôtel et commença à bavarder avec le concierge.

79

Gregg Bennett emprunta le Turnpike jusqu'à la sortie vers le Lincoln Tunnel. La journée était chaude, brumeuse. On se serait cru en juillet et non la dernière semaine de mai. Il roulait dans sa nouvelle Mustang décapotable, cadeau de son grand-père pour son diplôme. Il avait été gêné du cadeau. « Grand-père, j'ai vingt-cinq ans, l'âge de gagner de l'argent pour me payer mes voitures moi-même », avait-il protesté. Mais sa mère l'avait raisonné.

« Pour l'amour du ciel, Gregg, ne sois pas si rigide. Grand-père est si fier que tu aies été reçu à Stanford qu'il ne passe plus par les portes. »

A vrai dire, Gregg préférait la vieille Ford d'occasion qu'il conduisait à Clinton. Il se revoyait encore jetant les sacs de golf dans le coffre, Laurie à côté de lui, le taquinant à propos de son jeu.

Laurie.

Il tourna sur la nationale 3 qui menait au tunnel. Comme d'habitude, les voitures roulaient au ralenti, et il jeta un regard à la montre du tableau de bord. Quatre heures moins vingt. Pas de panique. Il avait largement le temps d'arriver à l'hôpital. Il espérait faire bonne impression. Il avait hésité avant de s'habiller, choisissant une veste de toile rouille, une chemise à col ouvert, un pantalon à pinces et des mocassins. Laurie se ficherait de lui s'il arrivait trop bien sapé. Il sentit sa bouche se dessécher à la pensée qu'il allait la revoir après tous ces mois.

Sarah l'attendait à la réception. Il l'embrassa sur la joue. Il était clair qu'elle vivait un enfer. Des cernes profonds soulignaient ses yeux. Ses cils et ses sourcils noirs accentuaient la pâleur transparente de son teint. Elle lui présenta sans attendre le médecin de Laurie.

Donnelly alla droit au but. « Un jour, Laurie nous parlera peut-être de ces années pendant lesquelles elle a disparu et de la mort d'Allan Grant, mais dans l'état actuel des choses, elle ne peut nous le dire à temps pour préparer sa défense. En conséquence, nous tentons de la cerner, de récréer la situation qui a provoqué chez elle une réaction de dissociation et d'essayer d'apprendre ce qui l'a déstabilisée. Vous avez parlé à Sarah et à l'inspecteur Moody de l'incident survenu il y a un an dans votre appartement — nous aimerions le reproduire.

« Laurie ne refuse pas l'expérience. Nous allons vous enregistrer en vidéo avec elle. Nous avons besoin que vous décriviez en sa présence ce que vous faisiez, ce que vous disiez, quelle était votre relation l'un envers l'autre. Je vous en prie, pour l'amour d'elle, ne changez ni ne cachez rien. Je veux dire absolument rien. »

Gregg acquiesça d'un geste de la tête.

Le Dr Donnelly décrocha le téléphone. « Voulez-vous faire venir Laurie, je vous prie ? »

Gregg ne savait pas à quoi s'attendre. Il n'était certes pas préparé à voir entrer une Laurie ravissante, vêtue d'une jupe courte en coton et d'un T-shirt, une étroite ceinture ceignant sa taille mince, les pieds chaussés de sandales. Elle se raidit à sa vue. Instinctivement, Gregg décida de ne pas se lever. Il la salua d'un geste désinvolte. « Salut, Laurie. »

Elle le regarda avec circonspection en prenant un siège près de Sarah, puis hocha la tête sans rien dire.

Justin mit la caméra en marche. « Gregg, il y a environ un an, Laurie est venue chez vous et, pour une raison inconnue, elle a été prise de panique. Parlez-nous de cet épisode. »

Gregg avait repassé si souvent en esprit cette matinée qu'il n'eut aucune hésitation. « C'était un dimanche. Je dormais tard. A dix heures, Laurie a sonné à la porte et m'a réveillé.

— Décrivez l'endroit où vous viviez, l'interrompit Justin.

— Un studio en location au-dessus d'un garage, à trois kilomètres du campus. Bloc-cuisine, bar-comptoir avec tabourets, canapé convertible, rayonnages, commode, deux penderies, des toilettes de taille décente. Pas mal pour ce genre de logement. »

Sarah vit Laurie fermer les yeux comme si elle se souvenait.

« Très bien, dit Justin. Vous attendiez-vous à ce que Laurie vienne vous voir ?

— Non. Elle devait passer la journée chez elle. En fait elle m'avait invité à l'accompagner, mais j'avais un exposé à rendre. Elle avait assisté à la messe de neuf heures, puis s'était arrêtée à la boulangerie. Quand j'ai ouvert la porte, elle a dit quelque chose comme : " Un café contre un croissant chaud ? C'est équitable, non ? "

— Quelle était son attitude ?

— Détendue. Rieuse. Nous avions joué au golf le samedi, une partie serrée. Elle m'avait battu d'un point. Ce dimanche matin-là, elle portait une robe de lin blanc, elle était ravissante.

— L'avez-vous embrassée ? »

Gregg lança un regard à Laurie. « Sur la joue. J'attendais toujours le signal de sa part. Elle pouvait parfois se montrer très réceptive quand je commençais à l'embrasser, mais je faisais attention. Un rien pouvait l'effaroucher. Lorsque je l'embrassais ou que je la prenais dans mes bras, je le faisais lentement et sans avoir l'air de rien et je voyais si elle se raidissait. Dans ce cas, je renonçais immédiatement.

— N'était-ce pas un peu frustrant ? demanda vivement Justin.

— Si, bien sûr. Mais je crois avoir toujours su qu'il y avait quelque chose d'apeuré en Laurie, et que je devais attendre qu'elle me fasse totalement confiance. » Gregg se tourna vers Laurie. « Je ne lui ai jamais fait de mal. Je ne laisserai jamais personne lui faire de mal. »

Laurie le regardait, n'essayant plus d'éviter ses yeux. C'est elle qui prit la parole ensuite. « J'étais assise près de Gregg au comptoir. Nous buvions nos cafés et partagions un troisième croissant. Nous parlions de notre prochaine partie de golf. Je me sentais tellement heureuse ce jour-là. C'était une si belle matinée et tout paraissait si frais, si net. » Sa voix buta sur le mot « net ».

Gregg se leva. « Laurie annonça qu'elle devait s'en aller. Elle m'embrassa et s'apprêta à partir.

« — Elle n'avait manifesté aucun signe de peur ou de panique jusque-là ? l'interrompit Justin.

— Aucun.

— Laurie, je veux que vous vous teniez près de Gregg, exactement comme ce jour-là. Faites mine d'être sur le point de quitter son appartement. »

Laurie se leva avec hésitation. « Comme ça », murmura-t-elle. Elle tendit la main vers une poignée de porte imaginaire, le dos tourné à Gregg. « Et il...

— Et j'ai fait semblant de la soulever..., dit Gregg. C'était pour rire. Je voulais l'embrasser une dernière fois.

— Montrez-moi comment, ordonna Justin.

— Comme ceci. » Gregg se plaça derrière Laurie, la saisit par les bras et commença à la soulever.

Son corps se raidit. Elle se mit à gémir. Gregg la relâcha instantanément.

« Laurie, dites-moi pourquoi vous avez peur », questionna Justin.

Le gémissement se changea en une faible plainte enfantine, mais elle ne répondit pas.

« Debbie, c'est vous qui pleurez, dit Justin. Dites-moi pourquoi. »

Elle pointa son doigt en bas, puis vers la droite. Une petite voix sanglota : « Il va me mettre là. »

Gregg avait l'air stupéfait et bouleversé. « Attendez une minute, dit-il. Si nous étions dans mon appartement, elle désignerait le canapé-lit.

— Décrivez-le, lui dit sèchement Justin.

— Je venais juste de me lever, si bien qu'il était encore défait.

— Debbie, pourquoi aviez-vous peur à la pensée que Gregg vous porte sur le lit ? Que pouvait-il vous arriver ? Dites-le-nous. »

Elle avait caché son visage dans ses mains. Les pleurs enfantins redoublèrent. « Je ne peux pas.

— Pourquoi, Debbie ? Nous vous aimons tous. »

Elle leva la tête et courut vers Sarah. « Sare-heu, je ne sais pas ce qui arrivait, chuchota-t-elle. Quand nous allions au lit, je flottais très loin. »

80

Vera West comptait les jours jusqu'à la fin de l'année. Elle avait de plus en plus de mal à offrir en public l'apparence impassible qu'elle savait essentielle. Comme elle traversait le campus en cette fin d'après-midi, serrant sous son bras sa serviette de cuir remplie des copies de fin d'année, elle pria Dieu, espérant atteindre le refuge de sa maison avant de se mettre à pleurer.

Elle aimait cette petite maison. Située dans une impasse boisée, c'était autrefois le pavillon du jardinier d'une grande propriété des environs. Vera avait accepté ce poste de professeur d'anglais à Clinton car, après avoir repris ses études à l'âge de trente-sept ans et passé son doctorat à quarante, elle avait eu envie de bouger, de quitter Boston.

Clinton était le genre de petite université modèle qui lui plaisait. Amatrice de théâtre, elle profitait aussi de la proximité de New York.

Dans sa vie, peu d'hommes s'étaient intéressés à elle. Par moments elle regrettait de n'avoir jamais trouvé l'âme sœur, mais elle avait décidé qu'elle était destinée à suivre les traces de ses tantes célibataires.

Puis elle avait fait la connaissance d' Allan Grant.

Elle ne s'était rendu compte que trop tard qu'elle était tombée amoureuse de lui. Il faisait partie du corps professoral, lui aussi ; c'était un être très sensible, un homme dont elle admirait l'intelligence, dont elle comprenait la popularité parmi les étudiants.

Tout avait commencé en octobre. Un soir, la voiture d'Allan avait refusé de démarrer, et Vera lui avait proposé de le raccompagner en sortant d'une conférence de Kissinger dans l'auditorium. Il l'avait invitée à prendre un dernier verre chez lui et elle avait accepté. Elle n'avait pas imaginé un instant que sa femme n'était pas là.

Elle ne s'attendait guère à une maison aussi luxueuse. Cela l'avait surprise, dans la mesure où elle connaissait son salaire. Mais il n'y avait aucun effort de décoration et elle avait besoin d'un bon coup de balai. Vera savait que sa femme, Karen, travaillait à Manhattan mais elle ignorait qu'elle y habitait.

« Bonjour, professeur West.

— Comment... oh, bonjour. » Vera s'efforça de sourire aux étudiants qui la croisaient. A l'air d'allégresse qui se dégageait d'eux, on sentait que l'année était presque finie. Aucun d'entre eux ne redoutait le vide de l'été, le vide de l'avenir.

Lors de ce premier soir chez Allan, elle avait proposé d'aller chercher les glaçons pendant qu'il préparait un scotch. Dans le freezer, des paquets individuels de pizzas, lasagnes, tourtes, ailes de poulet et Dieu sait quoi s'empilaient les uns sur les autres. Seigneur, s'étonna-t-elle, est-ce ainsi que se nourrissait ce pauvre garçon ?

Deux soirs plus tard, Allan passa déposer un livre chez elle. Elle venait de faire rôtir un poulet et des effluves appétissants emplissaient la maison. Lorsqu'il lui en fit la réflexion, elle l'invita spontanément à dîner.

Allan avait coutume de faire une longue marche avant dîner. Il prit l'habitude de s'arrêter de temps à autre chez elle, puis de plus en plus souvent, les soirs où Karen restait à New York. Il téléphonait, demandait si elle avait envie de sa compagnie et si oui, ce qu'il pouvait apporter. Il s'était surnommé « l'homme qui vient dîner ». Il arrivait avec une bouteille de vin, du fromage ou des fruits. Il repartait toujours entre huit heures et huit heures et demie. Il se montrait attentionné envers elle, mais pas plus que si la pièce avait été pleine de gens.

Malgré tout, Vera commença à rester éveillée la nuit, se demandant combien de temps s'écoulerait avant qu'on ne se mette à jaser à leur sujet. Sans même le lui avoir demandé, elle était certaine qu'il n'avait rien dit à sa femme des moments qu'ils passaient ensemble.

Allan lui avait montré les lettres de « Leona » dès

218

qu'elles avaient commencé à arriver. « Je ne veux pas que Karen les voie, avait-il dit. Cela ne ferait que l'inquiéter.

— Elle ne les prendrait sûrement pas au sérieux.

— Non, mais sous ses airs sophistiqués, Karen est assez peu sûre d'elle-même, et elle dépend de moi plus qu'elle ne se l'imagine. » Quelques semaines plus tard, il lui avait annoncé que Karen avait découvert les lettres. « Comme je m'y attendais, elle est bouleversée et inquiète. »

A l'époque, Vera avait trouvé l'attitude de Karen contradictoire. Elle s'inquiétait pour son mari mais n'était jamais là. Drôle de dame.

Dans les premiers temps, Allan avait semblé éviter volontairement toute confidence. Puis, peu à peu, il s'était mis à parler de son enfance. « Mon père est parti lorsque j'avais huit mois. Ma mère et ma grand-mère... quelles bonnes femmes ! Elles ont tout fait pour gagner de l'argent. » Il avait éclaté de rire. « Je veux dire à peu près tout. Ma grand-mère possédait une grande baraque à Ithaca. Elle louait des chambres à des personnes âgées. J'ai toujours dit que j'avais grandi dans une maison de retraite. Parmi ces hôtes, quatre ou cinq étaient de vieux professeurs, si bien que j'ai obtenu toute l'aide voulue pour mes devoirs à la maison. Ma mère travaillait dans le centre commercial de la région. Elles ont économisé jusqu'à leur dernier dollar pour payer mes études et l'ont investi intelligemment. Je parie qu'elles ont été déçues le jour où j'ai obtenu une bourse pour Yale. Elles étaient toutes les deux d'excellentes cuisinières. Je me souviens encore du bonheur de rentrer à la maison par un froid après-midi d'hiver, après avoir terminé la distribution des journaux, d'ouvrir la porte, de sentir cette bouffée de chaleur et de respirer toutes les bonnes odeurs qui s'échappaient de la cuisine. »

Allan lui avait raconté tout ça une semaine avant de mourir. Puis il avait ajouté : « Vera, c'est l'impression que j'éprouve en entrant ici. Une sensation de chaleur, le sentiment de rentrer à la maison pour retrouver quelqu'un avec qui je suis bien et qui est bien avec moi. » Il avait passé un bras autour d'elle. « Pouvez-vous être patiente avec moi ? J'ai certaines choses à résoudre. »

La nuit de sa mort, Allan était venu la voir. Il était abattu et soucieux. « J'aurais dû d'abord parler à Laurie et à sa sœur. J'ai agi sans réfléchir en allant trouver le recteur. Il a tout lieu de croire désormais que je me montre trop amical avec mes étudiants. Il m'a carrément demandé si j'avais eu des problèmes avec Karen, s'il y avait une raison pour qu'elle soit absente si souvent. » À la porte ce soir-là, il l'avait embrassée doucement en disant : « Ça va changer. Je vous aime et j'ai besoin de vous. »

Elle avait failli lui demander de rester avec elle. Si seulement elle avait écouté son intuition et fait fi des commérages ! Mais elle l'avait laissé partir. Peu après dix heures et demie, elle lui avait téléphoné. Il semblait de très bonne humeur. Il avait parlé à Karen et tout mis sur la table. Il avait pris un somnifère. Et il lui avait redit : « Je vous aime », les derniers mots qu'elle entendrait jamais de sa bouche.

Trop agitée pour aller se coucher, Vera avait regardé le journal de onze heures, puis s'était mise à ranger le living-room, tapotant les coussins, classant les journaux et magazines. Elle avait vu quelque chose briller sur le fauteuil. La clef de contact de la voiture d'Allan. Elle avait sans doute glissé de sa poche.

Une inquiétude irraisonnée l'agitait à son sujet. La clef lui avait servi de prétexte pour lui téléphoner à nouveau. Elle avait composé son numéro, laissé la sonnerie du téléphone retentir pendant longtemps. Il n'y avait pas eu de réponse. Le somnifère avait dû faire son effet, s'était-elle rassurée.

Songeant douloureusement à sa solitude, l'esprit empli du visage d'Allan, Vera remonta d'un pas pressé, tête baissée, l'allée de gravier qui menait à sa maison. Elle atteignit le porche. « *Allan. Allan. Allan.* »

Elle ne s'aperçut pas qu'elle avait prononcé son nom à haute voix jusqu'au moment où elle leva les yeux et rencontra le regard perçant de Brendon Moody, qui l'attendait sur le porche.

81

Assise à une table d'angle au Villa Cesare à Hillsdale, à quelques kilomètres de Ridgewood, Sarah se demandait pourquoi diable elle avait accepté de dîner avec le Révérend Bobby et Carla Hawkins.

Le couple s'était présenté à sa porte cinq minutes après son retour de New York. Ils faisaient le tour du quartier en voiture, voulant s'accoutumer à leur nouveau voisinage, et elle les avait doublés dans Lincoln Avenue.

« Vous aviez l'air d'une âme en détresse, avait dit le Révérend Bobby. J'ai eu le sentiment que le Seigneur me commandait de faire demi-tour et de passer vous dire un mot de consolation. »

En rentrant chez elle à sept heures, après avoir quitté l'hôpital et dit au revoir à Gregg Bennett, Sarah s'était rendu compte qu'elle était morte de fatigue et de faim. Sophie était partie, et à l'instant où Sarah avait ouvert la porte de la maison vide, elle avait immédiatement réalisé qu'elle ne voulait pas passer la soirée là.

Le Villa Cesare était depuis longtemps son restaurant favori, la cuisine y était merveilleuse. Des clams, des scampi, un verre de vin blanc, un cappuccino ; il y avait toujours la même atmosphère chaleureuse, accueillante, pensa-t-elle. Les Hawkins étaient arrivés au moment où elle sortait de chez elle ; sans savoir comment, ils avaient fini par s'y rendre ensemble.

Tout en saluant les visages familiers qu'elle reconnaissait aux autres tables, Sarah s'était dit : Ce sont des gens bienveillants et je suis prête à accepter toutes les prières du monde. Perdue dans ses pensées, elle se rendit compte que le Révérend Hawkins lui demandait des nouvelles de Laurie.

« C'est une question de temps, expliqua-t-elle. Justin — je veux dire le Dr Donnelly — est convaincu que Laurie finira par se défaire de ses défenses et parler de la nuit où le professeur Grant est mort, mais il semble que sa mémoire s'emmêle avec la peur de ce qui lui est arrivé dans le passé. Le docteur pense qu'un jour elle surmontera d'elle-même ses blocages. Prions Dieu qu'elle y parvienne.

— Amen », firent Bobby et Carla d'une seule voix.

Sarah sentit qu'elle se montrait trop confiante. Elle parlait trop de Laurie. Après tout, ces gens étaient des étrangers qui n'avaient aucun rapport avec elle, si ce n'est qu'ils avaient acheté la maison.

La maison. Un sujet de conversation sûr. « Maman avait conçu le jardin afin qu'il soit toujours fleuri, dit-elle en prenant un petit pain croustillant. Les tulipes étaient magnifiques. Vous les avez vues. Les azalées seront en fleur d'ici une semaine ou deux. Ce sont mes fleurs préférées. Les nôtres sont superbes, mais celles des D'Andreas sont spectaculaires. Ils habitent la maison au coin de la rue. »

Opal eut un sourire ravi. « De quelle maison s'agit-il ? Celle qui a des volets verts ou la blanche qui était rose autrefois ?

— Celle qui était rose. Seigneur, mon père a piqué une rage le jour où les anciens propriétaires l'ont repeinte de cette couleur. Je me souviens qu'il a menacé de se rendre à la mairie et de réclamer une diminution de ses impôts locaux. »

Opal sentit le regard de Bic la transpercer. L'énormité de sa gaffe la pétrifia. Pourquoi la maison rose lui était-elle venue à l'esprit ? Depuis combien d'années avait-elle été repeinte ?

Mais heureusement, Sarah Kenyon parut n'avoir rien remarqué. Elle leur parla de sa future installation, ajoutant que tout se déroulait comme prévu. « L'appartement sera prêt le 1er août, dit-elle. Nous vous laisserons donc la maison à temps. Vous avez été très aimables d'attendre si longtemps pour l'occuper.

— Y a-t-il une chance pour que Laurie revienne ?

demanda Bic d'un air naturel tandis qu'on lui servait son veau piccata.

— Dieu puisse-t-il vous entendre, Révérend Hawkins, lui dit Sarah. Le Dr Donnelly affirme qu'elle ne présente aucun danger pour personne. Il voudrait qu'un psychiatre désigné par le procureur l'examine et l'autorise à être soignée en consultation externe. Il croit que pour participer à sa défense, Laurie doit surmonter son besoin d'être enfermée pour se sentir en sécurité.

— Il n'est rien que je désire davantage que de voir votre petite sœur revenir à Ridgewood », dit Bic en tapotant la main de Sarah.

Ce soir-là, en se couchant, Sarah eut le sentiment agaçant que quelque chose d'important avait échappé à son attention.

C'est sans doute une parole prononcée par Laurie, décida-t-elle en sombrant dans le sommeil.

82

Justin Donnelly parcourut à pied la distance qui séparait l'hôpital de son appartement sur Central Park South, tellement plongé dans ses pensées que pour une fois il resta insensible au spectacle changeant qu'offrait toujours New York. Il était sept heures et le soleil ne se coucherait pas avant quarante minutes. La douceur de l'air avait attiré dehors un flot de passants qui montaient et descendaient la Cinquième Avenue, s'arrêtant devant les bouquinistes le long du parc, s'intéressant aux tableaux des peintres amateurs.

Les effluves épicés de brochettes qui chatouillaient ses narines tandis que les vendeurs allaient ranger leurs voitures pour la nuit, la vue des chevaux qui attendaient patiemment, attelés aux calèches enrubannées au coin de la Cinquième et de Central Park South, la rangée de limousines devant l'hôtel Plaza — toutes ces choses lui échappèrent. Les pensées de Justin étaient entièrement tournées vers Laurie Kenyon.

Elle était de loin la patiente la plus intéressante qu'il eût jamais traitée. Il n'était pas rare que des femmes dont on avait sexuellement abusé dans leur enfance aient l'impression d'avoir d'une certaine façon voulu ou provoqué ces agressions. La plupart d'entre elles, à un certain moment de leur vie, comprenaient qu'elles n'avaient rien pu faire pour empêcher ce qui leur était arrivé. Laurie Kenyon refusait inconsciemment de l'accepter.

Mais il y avait du progrès. Il était passé la voir avant de quitter l'hôpital. Elle avait fini de dîner et se reposait dans le solarium. Elle était calme et pensive. « Gregg a été gentil de venir aujourd'hui », dit-elle spontanément, puis elle ajouta : « Je sais qu'il ne m'aurait jamais fait de mal. »

Justin avait saisi l'occasion. « Il a fait plus, Laurie. Il vous a aidée à comprendre qu'en vous soulevant dans ses bras pour s'amuser, il avait réveillé un souvenir qui, si vous le laissiez s'exprimer, vous aiderait à guérir. Le reste ne tient qu'à vous. »

Elle avait dit : « Je sais. Je vais essayer. Je vous le promets. Vous savez, docteur, ce que j'aimerais le plus au monde ? » Elle n'avait pas attendu la réponse. « J'aimerais partir en Ecosse et aller jouer au golf à Saint Andrews. C'est complètement dingue, n'est-ce pas ?

— Cela me semble merveilleux.

— Mais bien sûr, ça n'arrivera jamais.

— A moins que vous n'y mettiez du vôtre. »

Au moment où Justin entrait dans son immeuble, il se demanda s'il n'exigeait pas trop d'elle. Avait-il eu raison de demander au psychiatre nommé par le procureur de réexaminer Laurie dans le but de la remettre en liberté sous caution ?

Quelques minutes plus tard il était assis sur la terrasse de son appartement, savourant son chardonnay australien préféré, quand le téléphone sonna. L'infirmière en chef s'excusa de l'appeler chez lui. « C'est Mlle Kenyon. Elle dit qu'elle doit vous parler tout de suite.

— Laurie !

— Pas Laurie, docteur. Son autre personnalité, Kate. Elle veut vous dire quelque chose d'extrêmement important.

— Passez-la-moi ! »

La voix stridente cria dans l'appareil : « Docteur Donnelly, écoutez-moi, il faut que vous le sachiez. Il y a un gosse qui a un truc terrible à vous dire, mais Laurie a peur de le laisser parler.

— Quel gosse, Kate ? » demanda vivement Justin. J'ai raison, pensa-t-il. Il y a en Laurie une autre personnalité qui ne s'est pas encore manifestée.

« Je ne connais pas son nom. Il ne veut pas me le dire. Mais il a neuf ou dix ans, il est malin et il en pince pour Laurie. Il en a marre de se taire. Il s'inquiète pour elle. Vous la fatiguez. Il a été à deux doigts de vous parler aujourd'hui. »

Le téléphone cliqueta à l'oreille de Justin.

83

Le 15 juin, Bobby Hawkins reçut un appel téléphonique de Liz Pierce, du magazine *People,* qui lui demandait une interview. Elle devait faire un portrait du Révérend pour le numéro de septembre, dit-elle.

Bic protesta pour la forme avant d'accepter, ajoutant qu'il était très flatté. « Ce sera une joie pour moi de pouvoir répandre la parole de mon ministère », assura-t-il à Pierce.

Mais lorsqu'il reposa le combiné, la chaleur avait disparu de sa voix. « Opal, si je refuse, cette journaliste pourrait croire que je cache quelque chose. Au moins ainsi pourrai-je contrôler ce qu'elle écrira. »

84

Brendon Moody regarda Sarah avec compassion. Il faisait une chaleur moite en cette journée de la mi-juin, mais elle n'avait pas encore branché l'air conditionné dans la bibliothèque. Elle portait une veste de toile bleu marine à col blanc et une jupe blanche. Il était à peine huit heures et demie, mais elle était déjà prête à prendre la route pour New York. Quatre mois de travail, songea Brendon, à manger, boire, respirer sans penser à autre chose qu'à préparer une défense qui ne menait nulle part ; à passer la journée dans un hôpital psychiatrique, en se réjouissant que sa sœur y soit enfermée plutôt que dans la prison du comté de Hunterdon. Et il allait anéantir son dernier espoir.

Sophie frappa à la porte et entra sans attendre de réponse, portant un plateau chargé de tasses de café, de toasts et de jus d'orange. « Monsieur Moody, dit-elle, j'espère que vous pourrez faire avaler quelque chose à Sarah. Elle ne mange plus rien, et si ça continue, elle n'aura plus que la peau sur les os.

— Oh, Sophie, protesta Sarah.

— Il n'y a pas de " oh, Sophie " — c'est la vérité pure. » Sophie posa le plateau sur le bureau, le visage crispé par l'inquiétude. « Est-ce que l'homme aux miracles va débarquer aujourd'hui ? demanda-t-elle. Je vous assure, Sarah, vous devriez faire payer un loyer à ces gens.

— C'est eux qui devraient me faire payer un loyer, dit Sarah. Ils sont propriétaires de la maison depuis le mois de mars.

— Et les conditions étaient que vous déménagiez en août.

— Ils ne me dérangent pas. En fait, ils se sont montrés très aimables envers moi.

— Si vous voulez savoir, je les ai regardés à la télévision tous les dimanches depuis quelque temps, et laissez-moi vous dire qu'ils font une drôle de paire. A mon avis, cet homme blasphème le nom du Seigneur lorsqu'il promet des miracles en échange de quelques dollars et parle comme si Dieu s'entretenait avec lui tous les jours.

— Sophie, protesta Sarah.

— Très bien, très bien, je ne vous dérange pas plus longtemps. » Secouant la tête, Sophie quitta la bibliothèque d'un pas lourd qui soulignait sa désapprobation.

Sarah tendit à Brendon une tasse de café. « De quoi parlions-nous ? »

Brendon prit la tasse, ajouta trois cuillerées de sucre et remua bruyamment son café. « J'aurais voulu vous apporter de bonnes nouvelles, dit-il, mais ce n'est pas le cas. Notre plus grand espoir était qu'Allan Grant ait profité de la dépression et du chagrin de Laurie et qu'il l'ait mise ensuite hors d'elle en révélant ses lettres à l'administration. Eh bien, Sarah, s'il profitait d'elle, nous ne pourrons jamais le prouver. Son mariage se désagrégeait. J'en ai eu l'intuition et j'ai voulu voir ce qu'il en était avec sa femme. C'est une sacrément belle femme. D'après le personnel de l'hôtel, les soupirants ne manquent pas autour d'elle. Depuis un an, toutefois, elle est restée avec le même dont elle semble très amoureuse. Son nom est Edwin Rand. Le genre bel homme toujours bien mis qui vit aux crochets des femmes. La quarantaine. Un chroniqueur touristique qui ne gagne pas de quoi vivre décemment mais est invité dans toutes les villégiatures de luxe de la planète. Tirer avantage de sa situation est devenu un art de sa part.

— Allan Grant était-il au courant de son existence ? demanda Sarah.

— Pas sûr. Lorsque Karen était à la maison, ils semblaient s'entendre.

— Mais supposons qu'il ait été au courant et qu'il en ait souffert et se soit tourné vers Laurie, qui était folle de lui ? »

Sarah sembla s'animer à mesure qu'elle parlait. Pauvre gosse, pensa Brendon, qui s'accroche à toutes les branches qui pourraient lui servir d'arguments pour sa défense.

« Ça ne tient pas, dit-il froidement. Allan sortait avec un professeur de l'université, Vera West. West a craqué en m'avouant qu'elle lui avait parlé pour la dernière fois à dix heures et demie le soir de sa mort. Il était de bonne humeur et lui a dit être soulagé parce qu'il avait mis les choses au clair.

— C'est-à-dire ?

— Pour elle, cela signifiait qu'il avait annoncé à sa femme son désir de divorcer. »

Brendon détourna le regard en lisant une expression de désespoir dans les yeux de Sarah. « En fait, vous pourriez chercher un commencement de preuve du côté de la femme, lui dit-il. La mère d'Allan Grant lui avait laissé une fortune en fonds de placement. Il recevait environ cent mille dollars par an de revenus. Avec impossibilité de toucher au capital — lequel s'élevait à près d'un million et demi, plus les intérêts — avant l'âge de soixante ans. Visiblement, la mère savait qu'il n'avait aucun sens de l'argent.

« D'après ce qu'on m'a raconté, Karen Grant considérait ces revenus comme lui appartenant en propre. En cas de divorce, ces fonds ne faisaient pas partie de la communauté. Ce qu'elle gagne à l'agence de voyages ne lui permet certainement pas de payer son coûteux appartement et ses vêtements haute couture. Le petit ami chroniqueur aurait mis les voiles avant longtemps. Avec la mort d'Allan, toutefois, elle hérite de tout.

« Le seul problème, conclut Brendon, c'est que Karen Grant ne peut pas avoir emprunté le couteau, tué son mari et rendu ensuite le couteau à Laurie. »

Sarah ne remarqua pas que son café était à peine tiède. Boire quelques gorgées détendit les muscles contractés de son cou et de sa gorge.

« Le procureur du comté de Hunterdon m'a appelée, lui dit-elle. Le psychiatre chargé d'examiner Laurie a écouté les enregistrements de ses séances de thérapie. Ils admettent qu'elle souffre peut-être de troubles de la personnalité. »

Elle se passa la main sur le front comme si elle voulait effacer un mal de tête persistant. « Si nous plaidons coupable d'homicide involontaire, ils s'abstiendront de demander la peine maximum. Elle sera probablement libérée au bout de cinq ans, peut-être moins. Mais si nous allons en justice, l'inculpation sera de meurtre avec préméditation. Il y a de bonnes chances qu'ils fassent prévaloir leur point de vue. »

85

« Il y a un mois, Kate m'a téléphoné pour me dire qu'il y avait une autre personnalité, un garçon de neuf ou dix ans, qui voulait me parler, dit Justin Donnelly à Sarah. Comme vous le savez, Kate m'a affirmé qu'elle n'a jamais eu connaissance de cette personnalité. »

Sarah hocha la tête. « Je sais. » Il était temps de dire à Justin Donnelly que, dans l'intérêt de Laurie, elle et Brendon Moody étaient convenus d'accepter la proposition de négociation avec le juge. « J'ai pris une décision », commença-t-elle.

Justin écouta, sans quitter des yeux le visage de Sarah. Si j'étais un artiste, songea-t-il, je dessinerais ce visage et l'intitulerais « Douleur ».

« Bref, conclut Sarah, les psychiatres de la partie civile sont convaincus que Laurie a souffert d'abus sexuels lorsqu'elle était petite et qu'il y a chez elle des signes réels de personnalité multiple. Ils savent que le jury aura pitié d'elle, et il est peu probable qu'elle soit condamnée pour meurtre. Mais la peine pour homicide avec préméditation peut aussi lui valoir trente ans. D'autre part, si elle plaide coupable d'homicide par imprudence et reconnaît avoir tué dans le feu de la passion à la suite d'une provocation, au pire elle pourrait être condamnée à un maximum de dix ans. Il dépendrait du juge qu'elle obtienne cinq ans ferme. Il pourrait également la condamner à cinq ans avec sursis, et elle sortirait alors dans un an ou deux. Je n'ai pas le droit de jouer avec presque trente ans de la vie de Laurie.

— Comment peut-elle plaider coupable pour un crime qu'elle ne se souvient pas d'avoir commis? demanda Justin.

— C'est légal. Elle déclarera par exemple que, si elle n'a aucun souvenir du crime, elle et son avocat, après avoir étudié les pièces à conviction, pensent réellement qu'elle l'a commis.

— Combien de temps pourriez-vous retarder la décision? »

La voix de Sarah devint moins assurée. « A quoi cela servirait-il? Par ailleurs, le fait de ne pas harceler Laurie pour qu'elle retrouve ses souvenirs lui sera peut-être bénéfique à long terme.

— Non, Sarah. » Justin repoussa sa chaise et alla à la fenêtre, puis s'en repentit. A l'autre bout du jardin, Laurie se tenait dans le solarium, les mains appuyées sur la vitre, regardant dehors. Même de là où il se trouvait, Justin eut l'impression de voir un oiseau en cage anxieux de s'envoler. Il se retourna vers Sarah. « Laissez-moi un peu plus de temps. Quand pensez-vous que le juge lui donnera l'autorisation de rentrer chez elle?

— La semaine prochaine.

— Très bien. Etes-vous libre ce soir?

— Voyons. » Sarah parlait d'un ton rapide, s'efforçant visiblement de contenir ses émotions. « Si je rentre à la maison, de deux choses l'une. Soit les Hawkins viendront une fois de plus déposer leurs affaires et m'inviteront à dîner. Soit Sophie, que j'aime tendrement, sera là, en train de vider les penderies de mes parents, se chargeant de la corvée que j'ai remise à plus tard — se débarrasser de leurs affaires. La troisième éventualité est que j'essaierai d'imaginer une défense brillante pour Laurie.

— Vous avez sûrement des amis qui vous invitent à sortir.

— J'ai beaucoup d'amis, dit Sarah. De bons amis, des cousins aussi, des gens merveilleux qui veulent tous m'aider. Mais, vous savez, à la fin de la journée je n'ai pas envie d'expliquer à tout le monde ce qui se passe. Je ne peux supporter d'écouter de vaines promesses d'un avenir où tout finira par s'arranger. Je ne supporte pas d'entendre que rien de tout cela ne serait arrivé si Laurie n'avait pas été kidnappée il y a des années. Je le sais. Le savoir me rend folle. Oh oui, je ne veux pas non plus entendre qu'après tout papa avait plus de soixante-dix ans, que maman avait subi une opération quelques années auparavant et que le diagnostic n'était pas brillant, que le fait qu'ils soient partis ensemble a peut-être été une bénédiction. Vous voyez, je peux l'accepter. *Mais je ne veux pas l'entendre dire.* »

Justin savait qu'un seul mot de sympathie mettrait Sarah en larmes. Il préférait l'éviter. Laurie allait les rejoindre d'un moment à l'autre. « J'allais vous proposer de dîner avec moi ce soir, dit-il tranquillement. En attendant, j'aimerais vous montrer quelque chose. »

Il sortit du dossier de Laurie une photographie grand format. Un réseau de lignes imperceptibles s'entrecroisaient sur la surface.

« C'est un agrandissement de la photo que Laurie a déchirée le jour où nous l'avons admise ici, expliqua-t-il. Le spécialiste qui l'a restaurée a fait un travail formidable. Dites-moi ce que vous y voyez. »

Sarah étudia la photo et haussa les sourcils. « La première fois, je n'avais pas remarqué que Laurie pleurait. Cet arbre. Cette maison en ruine. Et est-ce une grange derrière ? Il n'y a rien qui ressemble à ça, à Ridgewood. Où cette photo a-t-elle été prise ? »

Puis elle plissa le front. « Oh, attendez un instant. Laurie allait à la maternelle trois après-midi par semaine. Ils avaient coutume d'emmener les enfants en excursion dans des parcs ou au bord des lacs. Il existe des fermes de ce type autour du parc de Harriman State. Mais pourquoi cette photo l'aurait-elle tellement bouleversée ?

— J'essaie de le découvrir », dit Justin, en branchant la caméra vidéo au moment où Laurie entrait.

Laurie se força à regarder la photo. « Le poulailler derrière la ferme, murmura-t-elle. Des choses affreuses s'y sont passées.

— Quelles choses, Laurie ? demanda Justin.

— Ne dis rien, espèce d'idiote. Il va l'apprendre et tu sais ce qu'il va te faire ensuite. »

Sarah enfonça ses ongles dans la paume de ses mains. C'était une voix qu'elle n'avait jamais entendue auparavant, une voix jeune, forte, une voix de garçon. Laurie fronçait les sourcils. Bien que son visage offrît des contours plus flous, sa bouche avait pris un pli déterminé. Elle se frappait une main dans l'autre.

« Bonjour, dit Justin avec naturel. Vous êtes nouveau. Comment vous appelez-vous ?

— Rentre dans ton trou, toi ! » C'était la voix féline de Leona. « Ecoutez, docteur, je sais que cette mégère de Kate a voulu me doubler. Ça ne se passera pas comme ça.

— Leona, pourquoi jouez-vous toujours les empêcheuses de tourner en rond ? » demanda Justin.

Sarah se rendit compte qu'il essayait une nouvelle tactique. Il avait pris un ton plus agressif.

« Parce que tout le monde s'en prend toujours à moi. J'ai fait confiance à Allan et il s'est moqué de moi. Je vous ai fait confiance quand vous nous avez dit de tenir notre journal, et vous avez fourré cette photo à l'intérieur. »

Les cheveux de Laurie lui retombaient sur le visage. Elle les rejeta en arrière d'un geste inconsciemment séducteur.

« C'est impossible. Vous n'avez pas trouvé cette photo dans votre journal, Leona.

— Si, je l'y ai trouvée. Exactement comme j'ai trouvé ce foutu couteau dans mon sac. J'étais très bien quand je suis allée voir Allan pour mettre les choses au point, et il avait l'air si paisible que je ne l'ai même pas réveillé, et maintenant les gens m'accusent parce qu'il est mort. »

Sarah retenait sa respiration. Ne réagis pas, se dit-elle en elle-même. Ne la distrais pas.

« Avez-vous essayé de le réveiller ? » Justin aurait pu aussi bien faire une remarque sur le temps.

« Non. J'allais lui apprendre ! Parce que je n'ai aucun moyen de m'en sortir. Le couteau de cuisine qui a disparu. Sarah. Sophie. Le Dr Carpenter. Tout le monde veut savoir pourquoi je l'ai pris. Je n'ai *pas* pris le couteau. Ensuite Allan me tourne en dérision. Vous savez ce que j'ai décidé de faire ? » Elle n'attendit pas la réponse. « J'allais lui montrer, à ce type. Me tuer juste sous ses yeux. Lui faire regretter ce qu'il m'avait fait. Inutile de continuer à vivre. Il ne m'arrivera plus jamais rien de bien dans la vie.

— Vous êtes allée chez lui et la grande fenêtre était ouverte ?

— Non. Je ne passe pas par les fenêtres. Par la porte de la terrasse qui donne dans le bureau. La serrure ne fonctionne pas. Il était réellement couché. Je suis allée dans sa chambre. Pour l'amour du ciel, avez-vous une cigarette ?

— Bien sûr. » Donnelly attendit que Leona se fût à nouveau installée, la cigarette allumée entre ses doigts, avant de demander : « Que faisait Allan lorsque vous êtes entrée ? »

Ses lèvres s'étirèrent en un sourire. « Il ronflait. C'est incroyable, non ? Ma grande scène était fichue. Il est blotti dans son lit comme un petit enfant, les bras serrés autour de l'oreiller, les cheveux emmêlés, et il ronfle. » Sa voix s'adoucit et hésita. « Mon papa avait l'habitude de ronfler. Maman disait que c'était la seule chose chez lui qu'elle aurait volontiers changée. Il pouvait réveiller un mort quand il se mettait à ronfler. »

C'est vrai, se rappela Sarah, c'est vrai.

« Et vous aviez le couteau ?

— Oh, ça… J'ai posé mon sac par terre au pied du lit. J'avais le couteau dans ma main. Je l'ai posé sur le dessus du sac. J'étais tellement fatiguée. Et vous savez ce que j'ai pensé ?

— Dites-le-moi. »

La voix se transforma complètement, devint celle de la petite Debbie. « J'ai pensé à toutes les fois où je ne laissais pas mon papa me prendre sur ses genoux ou m'embrasser après que je fus revenue de la maison au poulailler, et je me suis allongée sur le lit près d'Allan et il ne l'a jamais su, il a continué de ronfler.

— Ensuite, qu'est-il arrivé, Debbie ? »

Oh, je vous en supplie, mon Dieu, pria Sarah.

« Ensuite j'ai eu peur, peur qu'il ne se réveille et ne soit furieux contre moi et qu'il n'aille dire encore une fois des horreurs sur mon compte au recteur ; alors je me suis levée et je suis sortie sur la pointe des pieds. Et il n'a jamais su que j'étais venue. »

Elle eut un gloussement, comme une petite fille qui a joué un bon tour.

Justin emmena Sarah dîner chez Neary's dans la 57e Rue Est.

« Je suis un habitué ici », lui dit-il, comme Jimmy Neary se hâtait vers eux avec un grand sourire. Justin présenta Sarah. « Voilà quelqu'un qu'il faut remplumer, Jimmy. »

Une fois à table, il dit : « Je crois que la journée a été suffisamment pénible pour vous. Si je vous parlais de l'Australie ? »

Sarah n'aurait jamais cru qu'elle pourrait avaler jusqu'à la dernière miette un sandwich au rosbif et une assiettée de frites. En entendant Justin commander une bouteille de chianti, elle avait protesté : « Holà, vous pouvez rentrer chez vous à pied. Moi, je dois conduire.

— Je sais. Il n'est que neuf heures. Nous rentrerons tranquillement à pied jusque chez moi où je vous offrirai un café. »

New York par une belle soirée d'été, songea Sarah tandis qu'ils s'installaient sur la petite terrasse de Justin, savourant un espresso. Les lumières sur les arbres autour de The Tavern on the Green, la luxuriance des frondaisons, les chevaux et les calèches, les promeneurs et les joggeurs. On était à des lieues des chambres verrouillées et des barreaux des prisons.

« Dites-moi la vérité, fit-elle. Y a-t-il une chance pour que les révélations de Laurie, ou plutôt de Debbie — sur le fait qu'elle s'est allongée auprès d'Allan Grant et l'a ensuite laissé dormir —, soient vraies ?

— Pour autant que le sache Debbie, c'est probablement vrai.

— Vous voulez dire que Leona pourrait avoir pris les choses en main au moment où Debbie s'apprêtait à partir ?

— Leona ou une personnalité qui ne nous est pas encore apparue.

— Je vois. Il m'a semblé que la vue de la photo éveillait un souvenir chez Laurie. Mais quel souvenir ?

— Je pense qu'il devait y avoir un poulailler dans l'endroit où Laurie est restée retenue pendant ces deux années. Cette photo lui a rappelé un incident qui est survenu là-bas. Avec le temps, nous saurons sans doute de quoi il s'agit.

— Mais le temps nous est compté. » Sarah ne s'aperçut pas qu'elle pleurait avant de sentir les larmes rouler sur ses joues. Elle porta ses mains à sa bouche, s'efforçant d'étouffer les sanglots qui s'en échappaient.

Justin l'entoura de ses bras. « Laissez-vous aller, Sarah », dit-il tendrement.

86

Brendon Moody avait pour théorie que si vous attendiez le temps nécessaire, la chance finissait par vous sourire. Elle vint le 25 juin, par une voie imprévue. Don Fraser, étudiant de troisième année à Clinton, fut arrêté pour trafic de drogue. Pris en flagrant délit, il laissa entendre qu'en échange d'une promesse de clémence, il pourrait indiquer ce que faisait Laurie Kenyon le soir où elle avait assassiné Grant.

Sans rien promettre, le procureur dit qu'il verrait ce qu'il pourrait faire. Le trafic de drogue dans un rayon de trois cents mètres autour d'un lycée pouvait entraîner une peine de trois ans ferme. Etant donné que Fraser avait été pris à la lisière de cette zone de trois cents mètres, le procureur accepta, si Fraser révélait quelque chose de significatif, de ne pas insister sur le lieu précis du délit.

« Et je veux être assuré de l'impunité pour ce que je vais vous dire, ajouta Fraser.

— Vous feriez un bon avocat, lui dit sèchement le procureur. Je le répète : si vous nous fournissez quelque chose d'utile, nous vous aiderons. Je n'en dirai pas plus. C'est à prendre ou à laisser.

— Bon. Bon. Je me trouvais par hasard à l'angle de North Church et de Maple le soir du 28 janvier, commença Fraser.

— Par hasard ? Quelle heure était-il ?

— Onze heures dix.

— Très bien. Que s'est-il passé alors ?

— J'avais bavardé avec deux copains. Ils étaient partis et j'attendais quelqu'un d'autre qui n'arrivait pas. Il faisait froid, et je me suis dit que j'allais laisser tomber et regagner mes pénates.

— Toujours à onze heures dix ?

— Oui. » Fraser choisit soigneusement ses mots. « Tout à coup cette nana est sortie de nulle part. Je savais que c'était Laurie Kenyon. Tout le monde la connaît ici. On voyait tout le temps sa photo dans le journal, d'abord à cause du golf et ensuite quand ses parents sont morts.

— Comment était-elle habillée ?

— Anorak. Jean.

— Y avait-il du sang sur ses vêtements ?

— Non. Pas une trace.

— Lui avez-vous parlé ?

236

— Elle s'est dirigée vers moi. J'ai cru qu'elle essayait de me draguer. Il y avait quelque chose de franchement sexy dans son attitude.

— Arrêtons-nous une minute. L'angle de North Church et Maple se situe à environ cinq cents mètres de la maison des Grant, n'est-ce pas ?

— A peu près. Bref, elle s'est avancée vers moi et a dit qu'elle avait envie d'une cigarette.

— Qu'avez-vous fait ?

— Ça ne sera pas utilisé contre moi ?

— Non. Qu'avez-vous fait ?

— J'ai cru qu'elle voulait dire de l'herbe, et j'en ai sorti un peu.

— Et alors ?

— Elle s'est foutue en rogne. Elle a dit qu'elle prenait pas de cette saleté et qu'elle voulait une vraie cigarette. J'en avais sur moi et j'ai proposé de lui en vendre un paquet.

— Vous ne lui en avez pas offert une ?

— Dites donc, pourquoi l'aurais-je fait ?

— Vous a-t-elle acheté les cigarettes ?

— Non. Elle a cherché son portefeuille et ensuite elle a dit quelque chose de marrant. Elle a dit : " Merde. Faut que j'y retourne. Ce petit crétin a oublié de le prendre. "

— Quel petit crétin ? Oublié de prendre quoi ?

— J'ignore de quel gosse elle parlait. Je suis sûr qu'il s'agissait de son portefeuille. Elle m'a dit d'attendre vingt minutes. Elle allait revenir.

— Avez-vous attendu ?

— Je me suis dit pourquoi pas ? Peut-être que mon autre ami allait se ramener lui aussi.

— Et vous êtes resté au même endroit ?

— Non. Je ne voulais pas être en évidence. Je me suis éloigné du trottoir et me suis posté entre deux arbustes devant la maison qui fait l'angle.

— Au bout de combien de temps Laurie est-elle revenue ?

— Peut-être quinze minutes. Mais elle ne s'est pas arrêtée. Elle courait comme une dératée.

— Ce point est très important. Portait-elle son sac ?

— Elle tenait un truc à deux mains, je suppose que c'était son sac. »

87

Bic et Opal écoutèrent avec une concentration extrême l'enregistrement de la conversation entre Sarah et Brendon Moody à propos du témoignage de l'étudiant trafiquant de drogue. « Cela concorde avec ce que Laurie nous a dit, expliqua Sarah à Moody. Debbie, la personnalité enfant, se souvient d'avoir quitté Allan Grant. Aucune des autres personnalités de Laurie n'a voulu parler de ce qui est arrivé après qu'elle est retournée chez lui. »

Bic grommela d'un ton menaçant : « Sortir en douce de chez un homme — revenir et commettre un meurtre terrible. »

Opal s'efforça de contenir sa jalousie, se consolant à la pensée que toute cette histoire prendrait bientôt fin. Sarah Kenyon aurait quitté la maison dans quelques semaines et Bic n'aurait pas accès à leur appartement.

Bic écoutait pour la seconde fois la dernière partie de l'enregistrement. « Le juge va autoriser Lee à quitter l'hôpital le 8 juillet. C'est-à-dire mercredi prochain, dit-il. Nous allons faire une petite visite à Ridgewood afin d'accueillir Lee chez elle.

— Bic, tu ne veux tout de même pas te présenter devant elle.

— Je sais ce que je fais, Opal. Nous serons tous les deux vêtus avec sobriété. Nous ne parlerons ni de prières ni de Dieu, bien qu'il m'en coûte de ne pas introduire le Seigneur dans chacun de nos actes. L'essentiel est de l'assurer de notre sympathie. Ensuite, au cas où trop de souvenirs lui reviendraient en mémoire, nous aurons créé la confusion dans son esprit. Nous ne nous attarderons pas. Nous nous excuserons de les avoir importunées et nous repartirons. Maintenant, mets-toi ça sur la tête et montre-moi comme tu es mignonne. »

Il lui tendit une boîte. Elle l'ouvrit et en sortit une perruque. Se dirigeant vers la glace, elle la mit, l'ajusta, puis se retourna vers lui. « Mon Dieu, c'est tout simplement parfait », dit-il.

Le téléphone sonna. Opal décrocha.

C'était Rodney Harper de la station de radio WLSI à Bethlehem. « Vous vous souvenez de moi ? demanda-t-il. J'étais le directeur de la station du temps où vous y aviez une émission, il y a des lustres. Content de vous annoncer que j'en suis le propriétaire désormais. »

Opal fit signe à Bic de prendre l'écouteur pendant qu'elle répondait : « Rodney Harper. Bien sûr que je me souviens de vous.

— Je voulais vous féliciter pour votre succès. Vous avez fait un sacré chemin. Si je téléphone aujourd'hui, c'est qu'une journaliste de *People* est venue me parler de vous. »

Opal et Bic échangèrent un regard. « Qu'a-t-elle demandé ?

— Oh, juste quel genre de personnes vous étiez. J'ai dit que Bobby était le meilleur foutu prêcheur que nous ayons jamais eu sur notre antenne. Elle a ensuite voulu savoir si j'avais une photo de vous à cette époque-là. »

Opal vit l'inquiétude envahir le visage de Bic, et sut qu'elle reflétait la sienne. « Et en aviez-vous ?

— Navré de vous dire que nous n'avons pas pu en dénicher une seule. La station a déménagé dans de nouveaux locaux il y a une dizaine d'années et on s'est débarrassé d'un tas de trucs. Vos photos ont dû partir à la poubelle.

— Oh, c'est sans aucune importance, dit Opal, sentant les muscles de son estomac se dénouer. Attendez un instant. Bobby est à côté de moi et il aimerait vous dire un mot. »

Bic l'interrompit avec un énergique salut. « Rodney, mon ami, quelle joie d'entendre votre voix. Je n'oublierai jamais que c'est vous qui nous avez donné notre première chance. Si nous n'avions pas commencé à nous faire un nom chez vous à Bethlehem, nous ne serions pas aujourd'hui à l' " Eglise des Ondes ". Malgré tout, si jamais vous trouviez une vieille photo de nous, je vous serais très reconnaissant de la déchirer. J'avais vraiment l'air d'un hippie en ce temps-là, et ce n'est pas le genre qui convient pour les sermons que je dispense aux respectables auditeurs de l' " Eglise des Ondes ".

— Je comprends, Bobby. Juste une chose qui, j'espère, ne vous ennuiera pas. J'ai emmené cette journaliste de *People* voir la ferme où vous avez vécu pendant les deux années que vous avez passées avec nous. Nom d'un chien ! Je ne m'attendais pas à ce qu'elle ait complètement brûlé. Des gosses ou un clochard, je suppose, sont entrés et ont dû foutre le feu sans faire attention. »

Bic fit un clin d'œil à Opal. « Ce sont des choses qui arrivent, mais je suis désolé de l'apprendre. Carla et moi aimions beaucoup cette humble maison.

— Ils ont pris deux photos des lieux. J'ai entendu la journaliste dire qu'elle n'était pas certaine de pouvoir les utiliser dans son article, mais qu'au moins le poulailler était encore debout et que c'était une preuve des modestes conditions dans lesquelles vous viviez à vos débuts. »

88

Karen Grant s'assit à son bureau à neuf heures et soupira de soulagement en constatant qu'Anne Webster, la propriétaire de l'agence qui s'apprêtait à prendre sa retraite, n'était pas encore arrivée. Karen avait eu du mal à cacher sa colère envers elle. Webster ne voulait pas conclure la vente de sa société à Karen avant la mi-août. La New World Airlines l'avait invitée à un vol inaugural pour l'Australie et elle n'avait pas l'intention de rater ça. Karen avait compté s'y rendre à sa place. Edwin avait été invité de son côté à faire partie du voyage, et ils avaient projeté d'en profiter ensemble.

Karen avait dit à Anne qu'il n'était plus nécessaire qu'elle vienne au bureau désormais. Les affaires étaient calmes et Karen pouvait s'en occuper seule. Après tout, Anne avait presque soixante-dix ans, et le trajet de Bronxville jusqu'à New York était éprouvant. Mais Anne s'était révélée étrangement obstinée et mettait un point d'honneur à inviter leurs meilleurs clients à déjeuner, leur assurant que Karen prendrait d'eux le même soin qu'elle.

Il y avait une raison à cette attitude, bien sûr. Pendant trois ans, Webster toucherait un pourcentage sur les bénéfices, et si l'activité touristique avait été catastrophique depuis presque deux ans, il était incontestable que l'humeur changeait et que les gens recommençaient à voyager.

Dès qu'Anne serait définitivement hors circuit, Edwin utiliserait son bureau. Mais ils attendraient la fin de l'automne pour vivre ensemble. Il valait mieux pour Karen se présenter en veuve éplorée au procès de Laurie Kenyon. Mis à part le fait qu'Anne traînait toujours dans les parages et que ce diable de détective passait trop souvent à l'agence, Karen était au comble du bonheur. Elle était folle d'Edwin. Le patrimoine d'Allan était à son nom dorénavant. Cent mille dollars ou plus par an pendant les vingt prochaines années, plus les actions qui montaient régulièrement dans le même temps. Dans un sens, elle n'était pas mécontente de ne pas pouvoir toucher au capital. Elle ne serait peut-être pas toujours amoureuse d'Edwin, et il avait des goûts encore plus luxueux que les siens, si c'était possible.

Elle adorait les bijoux. Il lui était difficile de passer devant la boutique de L. Crown dans le hall sans jeter un regard à la devanture. Il lui arrivait, lorsqu'elle succombait à la tentation, de craindre qu'Allan ne redescende sur terre et demande à voir les relevés bancaires. Il croyait qu'elle plaçait la majeure partie des revenus sur un compte d'épargne. Elle n'avait plus rien à redouter désormais et, entre l'assurance-vie d'Allan et les placements, il l'avait laissée à l'abri du besoin. Quand leur maison de Clinton serait vendue, elle s'offrirait un collier d'émeraudes. Le seul obstacle était que beaucoup de gens rechignaient à acheter une maison dans laquelle un meurtre avait été commis. Elle avait déjà baissé deux fois le prix de vente.

Ce matin, elle se demandait quoi offrir à Edwin pour son anniversaire. Il lui restait encore deux semaines pour se décider.

La porte s'ouvrit. Karen se força à accueillir Anne Webster avec un sourire. Maintenant, pensa-t-elle, je vais devoir l'entendre raconter qu'elle n'a pas bien dormi la nuit dernière mais qu'elle s'est rattrapée dans le train comme à l'accoutumée.

« Bonjour, Karen. Fichtre, vous êtes drôlement jolie. Est-ce une nouvelle robe ?

— Oui. Je l'ai achetée hier. » Karen ne put résister à l'envie de dévoiler le nom du couturier. « C'est une robe de chez Scaasi.

— En effet. » Anne soupira et repoussa une mèche grise qui s'était échappée de ses cheveux coiffés en bandeaux. « Oh ! là ! là ! je ne me sens pas d'attaque aujourd'hui. Pas fermé l'œil de la nuit et ensuite, comme d'habitude, je me suis assoupie dans le train. J'étais assise à côté d'Ed Anderson, mon voisin. Il m'appelle la belle au bois dormant et dit qu'un jour je me réveillerai au dépôt. »

Karen mêla son rire au sien. Doux Jésus, combien de fois devrait-elle encore entendre l'histoire de la belle au bois dormant ? Plus que trois semaines, se promit-elle. Le jour où nous signerons la vente, Anne Webster fera partie du passé.

D'un autre côté... Cette fois, elle offrit à Anne un sourire sincère. « Vous *êtes* vraiment une belle au bois dormant ! »

Elles éclatèrent de rire.

89

Brendon Moody faisait le guet quand, à dix heures moins le quart, Connie Santini, la secrétaire, arriva à l'agence au moment où Karen Grant s'en allait. Un détail le tracassait dans le récit d'Anne Webster à propos de la soirée qu'elle avait passée en compagnie de Karen Grant à l'aéroport de Newark. Il s'était entretenu avec elle une semaine auparavant, et aujourd'hui il voulait lui parler à nouveau. Il se dirigea vers l'agence. Poussant la porte, il plaqua sur son visage le sourire du visiteur impromptu. « Bonjour, madame Webster. Je passais par là et j'ai eu envie d'entrer. Vous avez une mine superbe. Je suis content de vous revoir. Je craignais que vous ne soyez déjà partie à la retraite.

— Comme c'est gentil de vous souvenir de moi, monsieur Moody. Non, j'ai décidé de ne signer qu'à la mi-août. Les affaires reprennent sensiblement ces temps-ci, et je me demande parfois si je ne devrais pas attendre pour vendre. Mais quand je me lève le matin et que j'attrape le train au vol, laissant mon mari en train de lire le journal en buvant son café, je me dis : Ça suffit comme ça.

— En tout cas, vous savez soigner vos clients, Karen et vous, fit remarquer Moody en se laissant tomber dans un fauteuil. Vous m'avez bien dit que le soir où Allan Grant est mort, vous vous trouviez toutes les deux à l'aéroport de Newark ? Je connais peu d'agents de voyages qui vont en personne accueillir leurs clients, même les meilleurs, à leur descente d'avion. »

Anne Webster parut apprécier le compliment. « La personne que nous allions chercher était une vieille dame, dit-elle. Elle aime voir du pays et se déplace généralement avec un vrai contingent d'amis ou de parents qui voyagent à ses frais. L'an dernier, nous avons organisé pour elle et huit autres personnes une croisière autour du monde en première classe. Le soir où nous sommes allées la chercher, elle avait dû écourter son voyage et revenir seule parce qu'elle ne se sentait pas en forme. Son chauffeur était absent, et nous avons donc proposé de venir l'accueillir à l'aéroport. C'était peu de chose. Karen a pris le volant et je suis restée à l'arrière pour bavarder avec elle.

— L'avion est arrivé à neuf heures et demie, si je me souviens bien, dit Brendon sans avoir l'air de rien.

— Non. Il était prévu pour neuf heures et demie. Nous sommes arrivées à l'aéroport à neuf heures. Le vol avait été retardé à Londres. Ils ont annoncé qu'il se poserait à dix heures, et nous sommes allées l'attendre dans le salon des premières classes. »

Brendon consulta ses notes. « Donc, d'après votre déclaration, l'avion a bien atterri à dix heures. »

Anne Webster parut embarrassée. « Je m'étais trompée. J'y ai repensé plus tard et je me suis souvenue qu'il était près de minuit et demi.

— Minuit et demi !

— Oui. Lorsque nous sommes arrivées dans le salon des premières, on nous a prévenues que les ordinateurs étaient en panne et que le retard risquait d'être plus important. Mais Karen et moi avons regardé un film à la télévision, et je n'ai pas vu passer le temps.

— Pas étonnant, s'esclaffa la secrétaire. Madame Webster, vous savez bien que vous avez probablement dormi presque tout le temps.

— C'est absolument faux, s'indigna Anne Webster. Ils donnaient *Spartacus*. C'était l'un de mes films de prédilection autrefois, et aujourd'hui ils ont restauré les séquences qui avaient été coupées. Je n'ai pas fermé l'œil. »

Moody n'insista pas. « Karen Grant a un ami, Edwin, qui est chroniqueur touristique, n'est-ce pas ? » L'expression sur le visage de la secrétaire, sa moue pincée, ne lui échappa pas. En voilà une qu'il faudra interroger lorsqu'elle sera seule, pensa-t-il.

« Monsieur Moody, une femme d'affaires est appelée à rencontrer un grand nombre d'hommes. Elle peut déjeuner ou dîner avec eux, et il me paraît ridicule qu'on puisse à notre époque trouver quelque chose à redire à ce genre de rendez-vous. » Anne Webster était ferme. « Karen est une jeune femme séduisante et qui travaille dur. Elle était mariée à un homme intelligent qui avait compris son besoin de faire carrière. Il possédait une fortune personnelle et s'est montré extrêmement généreux envers elle. Elle m'a toujours parlé d'Allan dans les termes les plus affectueux. Ses relations avec les autres hommes étaient parfaitement honnêtes. »

Le bureau de Connie Santini était placé derrière celui d'Anne Webster, sur la droite. Surprenant le regard de Brendon, elle leva les yeux au ciel, exprimant clairement qu'elle n'en croyait rien.

90

Le 8 juillet, la réunion de l'équipe médicale à l'hôpital était presque terminée. Il ne restait plus qu'un seul cas à passer en revue — celui de Laurie Kenyon. Comme le savait Justin Donnelly, c'était un cas qui avait passionné tout le monde.

« Nous faisons des découvertes, peut-être même capitales, sur ce qui lui est arrivé pendant les deux années de sa disparition. Le problème est que le temps nous manque. Laurie doit rentrer chez elle cet après-midi ; dès lors, elle sera en consultation externe. Dans quelques semaines, elle se présentera devant le tribunal et plaidera coupable d'homicide involontaire. C'est la date limite fixée par le procureur pour prendre sa décision sur le chef d'inculpation. »

Le silence régna dans la pièce. En plus du Dr Donnelly, quatre autres personnes étaient assises à la table de conférence : deux psychiatres, la spécialiste de la thérapie par le dessin et celle qui travaillait sur le journal intime. Cette dernière, Kathie, secoua la tête. « Docteur, quelle que soit la personnalité qui écrit dans le journal, aucune n'avoue avoir tué Allan Grant.

— Je sais, dit Justin. J'ai demandé à Laurie de nous accompagner dans la maison de Grant à Clinton pour reconstituer ce qui s'était passé cette nuit-là. Durant la séance d'abréaction, elle s'est clairement représentée en train de se balancer sur les genoux de quelqu'un dans ce rocking-chair, mais elle refuse obstinément de faire de même pour la mort de Grant.

— Ce qui laisse supposer que ni elle ni les autres personnalités ne veulent se rappeler ce qui s'est passé alors ?

— Peut-être.

— Docteur, ses croquis les plus récents sont beaucoup plus précis quand elle dessine la silhouette d'une femme. Regardez ceux-ci. » Pat fit circuler les croquis. « A présent, on voit vraiment que la femme porte une sorte de pendentif. En a-t-elle parlé ?

— Non. Elle a simplement dit qu'elle n'était décidément pas une artiste. »

Lorsque Laurie se présenta dans le cabinet de Justin une heure plus tard, elle portait une veste légère rose pâle et une jupe plissée blanche. Sarah l'accompagnait et accueillit avec une satisfaction visible le compliment de Justin sur l'ensemble de sa sœur. « Je l'ai remarqué dans une vitrine en faisant des courses hier après-midi, expliqua-t-elle, et aujourd'hui est un grand jour.

— Celùi de la liberté, dit tranquillement Laurie, une liberté de courte durée, effrayante, mais bienvenue quand même. »

Puis elle ajouta subitement : « Peut-être serait-il temps que j'essaie votre divan, docteur ? »

Justin ne manifesta aucune surprise. « Si vous voulez. Y a-t-il une raison particulière à cela ? »

Elle ôta d'un coup sec ses chaussures et s'allongea. « Peut-être est-ce simplement parce que je suis bien avec vous deux, et que je me sens comme j'étais autrefois, dans ces nouveaux vêtements, avec en plus le fait que je suis contente de revoir la maison avant de déménager. » Elle hésita. « Sarah m'a dit qu'après avoir plaidé coupable, il me restera six semaines avant le verdict. Le procureur a légalement consenti à ce que je reste en liberté provisoire jusqu'au verdict. Je sais qu'à la minute où je serai condamnée, je devrai aller en prison, aussi ai-je l'intention d'en profiter pendant ces six semaines. Nous allons jouer au golf et aménager l'appartement, afin que je puisse y penser pendant ma détention.

— J'espère que vous n'oublierez pas de venir à vos séances avec moi, Laurie.

— Oh non. Nous viendrons tous les jours. Mais il y a tellement de choses que j'aimerais faire. Je meurs d'envie de me retrouver au volant d'une voiture. J'ai toujours aimé conduire. Gregg a un nouveau cabriolet. La semaine prochaine, il va m'emmener jouer au golf. » Elle sourit. « C'est formidable d'attendre avec impatience de sortir avec lui sans craindre qu'il ne me fasse du mal. Voilà pourquoi je peux m'allonger sur le divan aujourd'hui. Je sais que vous ne me ferez pas de mal, vous non plus.

— Non, en effet, dit Justin. Etes-vous amoureuse de Gregg, Laurie ? »

Elle secoua la tête. « C'est un sentiment trop fort. Je suis trop désorientée pour aimer quelqu'un, du moins dans le sens où vous l'entendez. Mais se réjouir de sa présence est déjà un premier pas, non ?

— Oui, vous avez raison. Laurie, pourrais-je parler à Kate ?

— Si vous voulez. » Elle semblait indifférente.

Depuis des semaines maintenant, Justin n'avait pas eu à hypnotiser Laurie pour faire appel à ses autres personnalités. Aujourd'hui, Laurie se tint droite, redressa les épaules, plissa les yeux. « De quoi s'agit-il cette fois, docteur ? » C'était la voix de Kate qu'ils entendaient.

« Kate, je suis un peu ennuyé, dit Justin. Je désire que Laurie soit en paix avec elle-même et avec tout ce qui lui est arrivé, mais pas avant que toute la vérité ait jailli. Elle l'enfouit un peu plus profond, n'est-ce pas ?

— Docteur, vous commencez à me casser les pieds !

Est-ce que vous comprenez? Elle accepte de prendre ses médicaments. Elle avait juré de ne plus jamais dormir à la maison, mais aujourd'hui, elle a hâte d'y retourner. Elle sait que la mort de ses parents a été un accident terrible dont elle n'est pas responsable. Ce type dans la station-service où elle avait rendez-vous pour la révision de la voiture avait les bras poilus. Elle n'y peut rien s'il lui a fichu les jetons. Elle comprend tout ça. N'êtes-vous donc jamais satisfait?

— Dites donc, Kate, depuis le début vous savez la raison qui l'a poussée à annuler le rendez-vous pour la révision de sa voiture, et vous ne me l'avez jamais dite. Pourquoi me la dites-vous aujourd'hui? »

Sarah pensa à Sam, l'employé de la station-service. Elle lui avait demandé de faire le plein, hier. Sam avait commencé à travailler à la fin de l'été dernier. C'était un grand type avec de gros bras. Hier, il portait une chemise à manches courtes, et elle avait remarqué que même le dos de ses mains était recouvert d'une toison bouclée.

Kate haussa les épaules. « Je vous le dis parce que j'en ai assez de garder des secrets. Et par ailleurs, cette petite nouille n'aura plus rien à craindre en prison.

— Craindre quoi? Craindre qui? demanda Justin d'un ton pressant. Kate, n'essayez pas de la protéger. Dites-nous ce que vous savez.

— Je sais que dehors, ils peuvent l'attraper. Elle ne peut pas leur échapper et elle le sait aussi. Si elle ne va pas rapidement en prison, ils arriveront à leurs fins.

— Qui l'a menacée? Kate, je vous en prie. » Justin avait pris un accent suppliant.

Elle secoua la tête. « Docteur, je suis fatiguée de vous dire que je ne sais pas tout, et ce n'est pas l'autre qui risque de vous parler. C'est un petit malin. Vous m'épuisez. »

Sarah vit les traits de Laurie s'adoucir alors qu'elle se laissait aller et s'allongeait à nouveau sur le divan, les yeux clos, la respiration plus régulière.

« Kate ne va pas s'attarder plus longtemps, chuchota Justin à Sarah. Pour une raison que j'ignore, elle sent que sa mission est terminée. Sarah, regardez ça. » Il lui tendit les dessins de Laurie. « Examinez cette silhouette. Le collier autour de son cou évoque-t-il quelque chose pour vous ? »

Sarah plissa le front. « Peut-être. J'ai l'impression de l'avoir déjà vu.

— Comparez ces deux dessins, dit Justin. Ce sont les plus détaillés du lot. Vous voyez que le centre du collier semble avoir une forme ovale sertie dans un carré composé de brillants. Cela vous rappelle-t-il quelque chose ?

— Je me demande…, dit Sarah. Ma mère possédait de beaux bijoux. Ils sont tous au coffre. L'un d'eux est un pendentif. Des petits diamants autour d'une pierre centrale… une aigue-marine — non, ce n'est pas ça. Je me rappelle… c'est…

— *Ne prononcez pas ce mot*. C'est un mot défendu. » L'ordre venait d'une voix jeune, pressante, mais assurément masculine. Laurie s'était relevée, fixant Sarah avec intensité.

« Qu'est-ce qu'un mot défendu ? demanda Justin.

— Il ne faut pas le dire. » La voix de petit garçon qui sortait des lèvres de Laurie était mi-suppliante, mi-impérieuse.

« Vous êtes le petit garçon qui est venu nous parler le mois dernier, dit Justin. Nous ne savons pas encore votre nom.

— Ce n'est pas permis de dire des noms.

— Eh bien, peut-être est-ce interdit pour vous, mais pas pour Sarah. Sarah, vous souvenez-vous de la pierre qui était au centre du pendentif de votre mère ?

— C'était une opale, dit lentement Sarah.

— Qu'est-ce que le mot *opale* signifie pour vous ? » demanda Justin en se tournant vers Laurie.

Sur le divan, Laurie secoua la tête. Son expression était redevenue normale. Elle eut l'air étonnée. « Me suis-je endormie ? J'ai tellement sommeil tout à coup. Que me demandiez-vous ? Opale ? Eh bien, c'est une pierre précieuse, bien sûr. Sarah, maman n'avait-elle pas un joli pendentif avec une opale ? »

91

Comme toujours, Opal sentit la tension monter en elle dès l'instant où ils passèrent devant le panneau indiquant RIDGEWOOD. Nous avons totalement changé d'apparence, se rassura-t-elle, lissant la jupe de sa robe imprimée bleu marine et blanche, un modèle de coupe stricte avec un col en V, des manches longues et une ceinture étroite. Elle la portait avec des escarpins bleu marine et un sac assorti. Ses seuls bijoux étaient un rang de perles et son alliance. Elle s'était fait teindre et couper les cheveux quelques heures auparavant. Ils formaient maintenant un casque blond cendré plaqué contre sa tête. De larges lunettes de soleil aux verres bleus dissimulaient ses yeux et modifiaient subtilement les contours de son visage.

« Tu es très chic, Carla, avait dit Bic d'un ton approbateur avant qu'ils ne quittent le Wyndham. Ne crains rien. Il n'y a pas la moindre chance pour que Lee te reconnaisse. Et que penses-tu de moi ? »

Il était vêtu d'une chemise à manches longues, blanche et amidonnée, d'un costume d'été havane à un seul bouton, et d'une cravate havane et blanche à pois marron. Ses cheveux étaient à présent complètement gris. Il les portait un peu plus longs depuis quelque temps, mais il les coiffait en arrière et rien ne restait des boucles dont il était jadis si fier. Il s'était également épilé le dos des mains. Il était l'image même du pasteur distingué.

Leur voiture tourna dans Twin Oaks Road. « Voilà la fameuse maison autrefois rose, dit Bic d'un ton sarcastique avec un geste du bras. « Tâche de ne pas en parler, et n'appelle pas la petite fille Lee. Appelle-la Laurie quand tu lui parleras, et en principe tu n'auras pas beaucoup à le faire. »

Opal aurait voulu rappeler à Bic que c'était lui qui l'avait nommée Lee au cours de l'émission, mais elle n'osa pas. Elle préféra imaginer les quelques mots qu'elle échangerait avec Laurie lorsqu'elles se retrouveraient face à face.

Trois voitures stationnaient dans l'allée. L'une était celle de la femme de ménage. La seconde, une BMW, était celle de Sarah. Mais la troisième, une Oldsmobile immatriculée à New York — à qui appartenait cette voiture ?

« Il y a un visiteur, dit Bic. C'est peut-être le Seigneur qui nous envoie un témoin pour certifier que Lee nous a rencontrés, si le besoin s'en fait sentir. »

Il était à peine cinq heures. Les rayons obliques du soleil éclairaient de longs pans de pelouse d'un vert profond et jouaient dans les hortensias bleus qui bordaient la maison.

Bic se gara dans l'allée. « Nous allons rester à peine une minute, même si elles nous prient de rester à dîner. »

Encourager les Hawkins à s'attarder était bien la dernière chose qui serait venue à l'esprit de Sarah. Elle se tenait dans le petit salon avec Laurie et Justin, et une Sophie radieuse, après avoir longuement étreint Laurie, préparait le thé.

Pendant que Laurie faisait ses bagages, Justin avait surpris Sarah en proposant de les accompagner.

« Je préférerais être avec vous au moment où Laurie pénétrera dans la maison, expliqua-t-il. Je ne m'attends pas nécessairement à une réaction de sa part, mais elle n'est pas venue ici depuis cinq mois, et beaucoup de souvenirs vont l'assaillir. Nous pouvons passer chez moi, je prendrai ma voiture et vous suivrai.

— Et vous voulez également être là au cas où vous découvririez quelque chose, avait ajouté Sarah.

— Aussi.

— A vous dire la vérité, je serais heureuse que vous nous accompagniez. Je crois que je redoute ce retour autant que Laurie. »

Inconsciemment Sarah avait tendu la main, et Justin l'avait prise. « Sarah, lorsque Laurie commencera à purger sa peine, je veux que vous me promettiez d'accepter une aide psychologique. Ne vous inquiétez pas. Pas avec moi. Je suis sûr que vous ne le voudriez pas. Mais ces moments risquent d'être très durs. »

Pendant un instant, sentant la chaleur de sa main qui enveloppait la sienne, Sarah avait eu l'impression d'avoir un peu moins peur de tout — de la réaction de Laurie quand elle se retrouverait à la maison, du jour, la semaine prochaine, où elle se tiendrait près de Laurie devant la cour et s'entendrait plaider coupable d'homicide involontaire.

Lorsque le carillon de la porte retentit, Sarah bénit la présence de Justin. Laurie, qui lui avait fait les honneurs de la maison, parut soudain inquiète. « Je ne veux voir personne. »

Sophie marmonna : « Dix contre un que ce sont encore ces deux casse-pieds. »

Sarah se mordit les lèvres d'exaspération. Bon Dieu, ces gens devenaient omniprésents. Elle entendit le Révérend Hawkins expliquer à Sophie qu'ils avaient cherché des papiers importants et s'étaient rendu compte qu'ils avaient été expédiés par inadvertance dans le New Jersey. « Si je pouvais descendre une seconde à la cave pour les reprendre, nous vous en serions tellement reconnaissants, dit-il.

— Ce sont les acquéreurs de la maison, expliqua Sarah à Justin et à Laurie. Ne craignez rien. Je ne compte pas les inviter à rester, mais je suppose qu'il me faut aller leur dire un mot. Ils ont certainement remarqué ma voiture.

— Je ne pense pas que vous ayez à vous déranger », dit Justin. On entendait des pas franchir l'entrée. Un moment plus tard, Bic se tenait dans l'embrasure de la porte, Opal derrière lui.

« Sarah, ma chère, veuillez m'excuser. De la paperasserie dont mon comptable a un besoin immédiat. Et, est-ce Laurie ? »

Laurie était assise sur le canapé à côté de Sarah. Elle se leva. « Sarah m'a parlé de vous et de Mme Hawkins. »

Bic ne quitta pas le seuil de la porte. « Nous sommes

252

heureux de vous rencontrer, Laurie. Votre sœur est quelqu'un de merveilleux, elle nous a beaucoup parlé de vous.

— Quelqu'un de merveilleux, répéta Opal en écho, et nous sommes très heureux d'acheter cette ravissante maison. »

Bic se tourna vers Justin. « Le Révérend et Mme Hawkins, le Dr Donnelly », murmura Sarah.

A son grand soulagement, après les présentations, Hawkins dit : « Nous ne voulons pas interrompre votre réunion. Si vous le permettez, nous allons juste descendre à la cave prendre les affaires dont nous avons besoin et nous repartirons par la porte de service. Passez une bonne soirée. »

En une seule minute, les Hawkins étaient parvenus à gâcher la joie temporaire du retour de Laurie à la maison. Laurie resta silencieuse et ne réagit pas lorsque Justin parla de son enfance en Australie au milieu des moutons.

Sarah fut reconnaissante à Justin d'accepter de dîner avec elles. « Sophie a préparé un repas pour un bataillon », dit-elle.

Laurie aussi désirait manifestement voir Justin rester. « Je me sens mieux quand vous êtes là, docteur Donnelly. »

Le dîner se passa agréablement. Le froid qui avait suivi l'intrusion des Hawkins se dissipa pendant qu'ils dégustaient le délicieux faisan au riz sauvage cuisiné par Sophie. Justin et Sarah burent du vin, Laurie du Perrier. Comme ils terminaient leur café, Laurie s'éclipsa un moment. Lorsqu'elle redescendit, elle portait un petit sac. « Docteur, dit-elle. C'est plus fort que moi. Je préfère repartir avec vous et dormir à l'hôpital. Sarah, je regrette vraiment, mais je sais que quelque chose de terrible va m'arriver dans cette maison, et je ne veux pas que ce soit ce soir. »

92

Lorsque Brendon Moody téléphona à Sarah le lende-main matin, il entendit des claquements de portes, des bruits de meubles que l'on transportait. « Nous déména-geons, lui dit Sarah. Rester dans cette maison est néfaste pour Laurie. L'appartement n'est pas tout à fait prêt, mais on apportera les dernières touches plus tard. » Elle lui raconta que Laurie avait voulu retourner à l'hôpital, la veille au soir.

« Je vais la chercher en fin d'après-midi, dit-elle, puis nous irons directement à l'appartement. Elle va m'aider à emménager. L'activité est une bonne chose pour elle.

— Evitez de donner la clef de l'appartement aux Hawkins, dit Brendon d'un ton acerbe.

— Sûrement pas. Ces deux-là m'agacent au plus haut point. Mais n'oubliez pas...

— Je sais. Ils paient le prix fort. Ils vous ont permis de rester après la signature. Comment avez-vous trouvé un déménageur aussi vite ?

— Il a fallu se donner du mal.

— Laissez-moi venir vous aider. Je pourrai au moins emballer les livres ou les tableaux. »

Le déménagement était déjà bien avancé lorsque Brendon arriva. Les cheveux retenus par un bandana, vêtue d'un short kaki et d'une blouse de coton, Sarah étiquetait les meubles que les Hawkins avaient achetés.

« Je ne ferai pas tout enlever aujourd'hui, dit-elle à Brendon, mais la situation s'est inversée. Je suis censée avoir l'usage de cette maison jusqu'au 25 août. Je serai donc libre d'aller et venir et de trier les affaires que je ne suis pas encore certaine de garder. »

Sophie se trouvait dans la cuisine. « Je n'aurais jamais imaginé que je pourrais un jour être heureuse de quitter cette maison, dit-elle à Brendon. Le culot de ces gens, ces Hawkins. Ils m'ont demandé de les aider à s'installer le jour où ils emménageront pour de bon. La réponse est non. »

Brendon sentit ses antennes se dresser. « Qu'est-ce qui vous déplaît chez eux, Sophie ? Vous avez entendu Sarah dire qu'ils s'étaient montrés généreux avec elle. »

Sophie poussa un grognement. Son visage plein et généralement aimable se plissa de dégoût. « Il y a quelque chose chez eux. Ecoutez-moi. Combien de temps vous faut-il pour examiner des chambres et des penderies et décider si vous allez les agrandir ou les rétrécir ? Ils en font trop à mon goût. Je jure que ces derniers mois, leur voiture est venue au radar jusqu'ici. Et tous ces cartons qu'ils laissent à la cave. Allez en soulever un. Ils ne pèsent rien. Je parie qu'ils sont à moitié vides. Mais ça ne les a pas empêchés d'en apporter encore et encore. Juste une excuse pour s'introduire ici, voilà ce que je pense. Vous voulez parier que le Révérend utilise l'histoire de Laurie pour son programme ? »

— Sophie, vous êtes une femme très intelligente, lui dit doucement Brendon. Vous avez peut-être touché quelque chose du doigt. »

Sarah confia à Brendon le soin d'empaqueter le contenu de son bureau, y compris du profond tiroir où étaient rangés tous les dossiers de Laurie. « J'en ai besoin dans le même ordre, lui dit-elle. Je les passe et les repasse en revue, espérant à chaque fois y découvrir une solution miracle. »

Brendon remarqua que le dossier du dessus était marqué « Poulet ». Qu'est-ce que c'est ?

« Je vous avais dit que la photographie de Laurie restaurée et agrandie à la demande du Dr Donnelly comprenait un poulailler dans le fond et que quelque chose sur cette image la terrifiait ? »

Moody hocha la tête. « Oui.

— Ce point en particulier me tracassait, je viens juste de réaliser pourquoi. L'hiver dernier, Laurie consultait le Dr Carpenter, un psychiatre de Ridgewood. Quelques jours avant la mort d'Allan Grant, elle a eu une crise de nerfs en quittant le cabinet de Carpenter. Il semble qu'elle ait été prise de panique en marchant sur la tête d'un poulet dans l'entrée de son cabinet. »

Moody ressembla soudain à un chien à l'affût. « Sarah, êtes-vous en train de me dire que la tête d'un poulet est *arrivée* par hasard dans l'entrée du cabinet d'un psychiatre ?

— Le Dr Carpenter avait un patient très perturbé qui se présentait souvent chez lui à l'improviste et que la police soupçonnait d'appartenir à une secte. Moody, il ne m'est jamais venu à l'esprit, ni à l'esprit du Dr Carpenter à l'époque, que cette histoire de poulet pouvait avoir un rapport quelconque avec Laurie. Maintenant, je me pose la question.

— Je ne sais pas quoi penser, lui dit-il. Mais je sais qu'une femme a demandé à Danny O'Toole de surveiller vos activités. Danny savait que Laurie consultait un psychiatre à Ridgewood. Il me l'a dit. Cela signifie que la personne qui l'a engagé le savait aussi.

— Brendon, est-il possible que quelqu'un connaissant l'effet produit sur Laurie ait déposé *intentionnellement* cette tête de poulet ?

— Je l'ignore. Mais je peux vous dire une chose, en tout cas. Pour moi, l'hypothèse d'une compagnie d'assurances engageant Danny ne tient pas debout. Danny pensait que sa cliente était la femme d'Allan Grant. Je n'y crois pas trop. »

Il vit que Sarah tremblait de fatigue et d'émotion. « Ne vous en faites pas, dit-il. Demain, je passerai voir Danny O'Toole et, je peux vous le promettre, Sarah, je ne le lâcherai pas avant de savoir qui a demandé ce rapport sur vous et Laurie. »

93

En regagnant l'hôpital la veille au soir, Laurie était restée très silencieuse. Le lendemain matin, l'infirmière de nuit rapporta à Justin qu'elle avait dormi de manière agitée, parlant tout haut dans son sommeil.

« Avez-vous saisi ce qu'elle disait ? demanda Justin.

— Un mot de temps en temps, docteur. Je suis entrée dans sa chambre à plusieurs reprises. Elle n'a cessé de marmonner quelque chose au sujet du lien qui lie.

— Le lien qui lie ? » Justin fronça les sourcils. « Attendez. C'est une phrase dans une hymne. Voyons. » Il fredonna quelques notes. « Voilà : " Béni soit le lien qui lie... " »

Lorsque Laurie arriva plus tard à sa séance de psychothérapie, elle semblait calme mais fatiguée. « Docteur, Sarah vient de téléphoner. Elle ne pourra pas être là avant la fin de l'après-midi. Devinez ! Nous allons emménager dans l'appartement dès aujourd'hui. N'est-ce pas merveilleux ?

— C'est rapide. » Intelligent de la part de Sarah, pensa Justin. Cette maison évoque trop de souvenirs. Il n'aurait su dire ce qui avait provoqué un changement aussi radical chez Laurie hier. C'était arrivé quand les Hawkins avaient fait irruption. Mais ils étaient à peine restés une minute. Etait-ce parce qu'ils étaient étrangers et représentaient par conséquent une sorte de danger pour Laurie ?

« Ce que j'aime dans cette résidence, c'est qu'il y a un gardien à la grille de l'entrée, dit Laurie. Si quelqu'un sonne, il y a un écran de télévision qui vous permet de ne jamais laisser entrer un étranger.

— Laurie, hier vous avez dit qu'il allait vous arriver quelque chose de terrible dans la maison. Parlons-en.

— Je ne veux pas en parler, docteur. Je n'y habiterai plus jamais.

— Bon. La nuit dernière, dans votre sommeil, il paraît que vous n'avez pas cessé de parler. »

Elle eut l'air amusé. « Vraiment ? Papa disait que s'il y avait une chose dont je n'avais pas parlé dans la journée, je m'arrangeais pour la dire la nuit.

— L'infirmière n'a pas pu comprendre grand-chose, mais elle vous a entendue dire " le lien qui lie ". Vous souvenez-vous si vous faisiez un rêve particulier lorsque vous avez prononcé ces paroles ? »

Il vit les lèvres de Laurie devenir couleur de cendre, ses paupières se baisser, ses mains se refermer, ses jambes se balancer. « Béni soit le lien qui lie... » La voix enfantine s'éleva, juste et claire, puis s'interrompit.

« Debbie, c'est vous, n'est-ce pas ? Parlez-moi de cette chanson. Où l'avez-vous apprise ? »

Elle continua : « Nos cœurs dans l'amour du Christ... »

Brusquement elle se tut, serrant les lèvres. « Fichez le camp et laissez-la tranquille, commanda une voix de petit garçon. Si vous voulez savoir, c'est dans le poulailler qu'elle l'a apprise. »

94

Cette fois-ci, Brendon Moody ne chercha pas à faire boire Danny. Il se rendit directement à l'agence Hackensack à neuf heures du matin, décidé à le trouver dans son état le plus sobre. Quel que soit cet état, pensa Brendon en prenant place devant son bureau délabré.

« Danny, dit-il. Je ne vais pas mâcher mes mots. Tu as peut-être entendu dire que Laurie Kenyon était rentrée chez elle.

— J'ai entendu ça.

— As-tu été contacté pour la filer à nouveau ? »

Danny parut peiné. « Brendon, tu sais parfaitement que la relation client-enquêteur est aussi sacrée que le confessionnal. »

Brendon frappa du poing sur le bureau. « Pas dans ce cas. Et dans aucun cas où une personne peut être mise en danger grâce aux bons offices dudit enquêteur. »

Le teint rubicond de Danny pâlit. « Qu'est-ce que ça veut dire ?

— Ça veut dire que quelqu'un connaissant l'emploi du temps de Laurie a peut-être délibérément tenté de l'effrayer en déposant la tête d'un poulet à un endroit où il était sûr qu'elle tomberait dessus. Cela signifie que je suis bel et bien certain qu'aucune compagnie d'assurances ne t'a engagé et que je ne crois pas non plus que ce soit la femme d'Allan Grant.

« Danny, j'ai trois questions à te poser, et je veux que tu y répondes. Primo, qui t'a payé et comment ? Deuzio, où as-tu adressé les informations que tu as rassemblées sur les sœurs Kenyon ? Tertio, où se trouve la copie de ces informations ? Une fois que tu auras répondu à ces questions, tu me donneras une copie de ton rapport. »

Les deux hommes échangèrent un regard noir pendant un moment. Puis Danny se leva, alla chercher une clef, ouvrit le casier et fouilla dans les classeurs. Il sortit un dossier qu'il tendit à Brendon. « Toutes les réponses sont là-dedans, dit-il. J'ai reçu un coup de fil d'une femme qui s'est présentée sous le nom de Jane Graves et a dit qu'elle représentait l'une des parties adverses dans l'affaire de l'accident Kenyon. Elle voulait une enquête sur les sœurs. Comme je te l'ai dit, ça a commencé juste après les obsèques des parents et continué jusqu'à ce que Laurie Kenyon soit arrêtée pour le meurtre d'Allan Grant. J'ai envoyé les rapports à une boîte postale privée à New York, y compris mes honoraires. La provision initiale ainsi que toutes les factures suivantes étaient payées par chèque de caisse sur le compte d'une banque à Chicago.

— Un chèque de caisse, grogna Brendon. Un numéro de boîte postale. Et tu n'as pas trouvé ça louche ?

— Si tu avais l'habitude comme moi de filer des maris et des femmes, tu t'apercevrais que ceux qui t'engagent se donnent souvent un mal de chien pour éviter d'être identifiés, rétorqua Danny. Tu peux faire une copie de ce dossier sur ma photocopieuse. Et souviens-toi, ce n'est pas moi qui te l'ai refilé. »

Le lendemain, Brendon Moody passa voir Sarah dans son nouvel appartement. Elle s'y trouvait avec Sophie, mais Laurie était partie à New York. « Elle a pris la voiture. Elle avait tellement envie de conduire. N'est-ce pas formidable ?

— N'est-elle pas nerveuse ?

— Elle a fermé toutes les portières de la voiture. Elle se rendra directement à l'hôpital. Sa voiture est équipée d'un téléphone. Elle se sent en sécurité, comme ça.

— Vaut toujours mieux être prudent, grommela Brendon, et il décida de changer de sujet. Soit dit en passant, j'aime beaucoup cet appartement.

— Moi aussi. Il sera très agréable quand nous l'aurons arrangé, ce qui ne devrait pas prendre trop longtemps. Je voudrais que Laurie puisse en profiter, vraiment en profiter, avant... » Sarah ne termina pas sa phrase. Elle dit : « Tous ces niveaux nous font faire de l'exercice. Mais le dernier étage fera un bureau formidable, vous ne trouvez pas ? Les chambres sont à l'étage en dessous, et le living-room, la salle à manger et la cuisine sont au niveau de l'entrée, avec la salle de jeux à l'arrière. »

Il était clair pour Brendon que Sarah se consacrait aux travaux d'installation pour oublier momentanément les problèmes de Laurie. Malheureusement, il était certaines choses qu'elle devait connaître. Il posa le dossier sur son bureau. « Jetez un coup d'œil à ça. »

Elle commença à lire, ses yeux s'agrandissant de stupéfaction. « Mon Dieu, c'est notre vie, ce sont chacun de nos gestes qui sont relatés. *Qui* voulait ce genre d'informations sur nous ? Et *pourquoi* ? » Elle leva les yeux vers Moody.

« J'ai l'intention de le découvrir, même si je dois forcer les archives de cette banque de Chicago, dit Moody d'un air féroce.

« — Brendon, si nous pouvions prouver que Laurie agissait sous la contrainte d'une personne qui savait comment la terrifier, je suis sûr que le juge pourrait modifier son attitude. »

Brendon Moody se détourna de l'expression d'espoir qu'il voyait naître sur le visage de Sarah. Il préféra lui taire que, mû par son instinct, il commençait à tourner autour de Karen Grant. Pas mal de choses sont pourries au royaume du Danemark, pensa-t-il, et au moins l'une d'elles n'est pas sans rapport avec cette dame. Quelle que soit la réponse, il était déterminé à la trouver.

95

Le numéro de boîte postale à New York était au nom de J. Graves. Les paiements avaient été faits en liquide. Le préposé au courrier, un homme de petite taille, les cheveux lissés en arrière et vêtu d'un costume froissé, n'avait aucun souvenir de la personne qui faisait les retraits. « Le numéro a changé trois fois de mains depuis février, dit-il à Moody. Je suis payé pour trier le courrier, pas pour diriger le Club Mèd. »

Moody savait que ce genre d'adresse postale était utilisée par des distributeurs de littérature porno et de méthodes pour s'enrichir rapidement, dont aucun ne désirait laisser une trace permettant de remonter jusqu'à lui. Son appel suivant fut pour la Citizen's Bank à Chicago. Il espérait en tirer le maximum. Dans certaines banques il était possible d'entrer, de déposer de l'argent à la caisse et d'obtenir un chéquier. D'autres établissements ne les délivraient qu'à leurs clients. Croisant les doigts, il composa le numéro.

Le directeur de la banque expliqua à Moody qu'ils avaient pour politique de ne délivrer des chéquiers qu'aux clients possédant chez eux un compte en banque ou un compte d'épargne. Gagné ! pensa Brendon. Puis, comme c'était à prévoir, le directeur lui dit que sans mandat, aucune information ne serait communiquée sur les clients ou les comptes. « J'aurai ce mandat, croyez-moi », dit sèchement Moody.

Il composa le numéro de Sarah.

« J'ai un ami que j'ai connu à la faculté de droit qui travaille à Chicago, dit-elle. Je vais lui demander d'obtenir du tribunal ce mandat. Cela prendra une quinzaine de jours, mais au moins aurons-nous quelque chose à *faire*.

— Ne vous faites pas trop d'illusions malgré tout, lui conseilla Moody. J'ai une théorie. Karen Grant avait certainement l'argent nécessaire pour engager Danny. Lorsqu'elle était elle-même, Laurie aimait beaucoup Allan Grant et elle avait confiance en lui. Supposez qu'elle lui ait parlé de ses peurs et qu'il en ait discuté avec sa femme.

— Vous voulez dire que Karen Grant aurait pu croire qu'il y avait quelque chose entre Allan et Laurie et aurait tenté d'éloigner Laurie en lui faisant peur ?

— C'est la seule explication qui se présente à mon esprit jusqu'à présent, et je peux me gourer complètement. Mais, Sarah, je vais vous dire une chose : cette femme est une bluffeuse de première. »

96

Le 24 juillet, avec Sarah à ses côtés, Laurie plaida coupable d'homicide involontaire dans la mort du professeur Allan Grant.

Dans la salle d'audience, sur les bancs de la presse, se bousculait la foule des reporters de la télévision et de la radio, des quotidiens et des magazines. Karen Grant, en fourreau noir et simples bijoux en or, se tenait derrière le procureur. Dans les rangs du public, des étudiants de Clinton et les habituels fanatiques des salles d'audience assistaient au procès, suspendus à chaque mot.

Justin Donnelly, Gregg Bennett et Brendon Moody

avaient pris place au premier rang, derrière Laurie et Sarah. Justin fut envahi d'un immense sentiment d'impuissance lorsque l'huissier annonça : « La cour », et que le juge entra d'un pas solennel. Laurie portait un tailleur bleu pâle qui mettait en valeur sa beauté délicate. On lui donnait à peine dix-huit ans. Elle répondit aux questions du juge d'une voix sourde mais posée. Sarah semblait la plus fragile des deux, pensa Justin. Ses cheveux auburn flamboyaient sur sa veste gris perle. Elle semblait flotter dans ses vêtements et il se demanda combien de kilos elle avait perdus depuis le début de ce cauchemar.

Une atmosphère de tristesse pénétra l'assistance en écoutant Laurie répondre calmement aux questions du juge. Oui, elle comprenait la signification de son aveu de culpabilité. Oui, elle avait étudié les éléments rassemblés contre elle. Oui, elle et son avocate étaient convaincues qu'elle avait tué Allan Grant dans un geste de colère et de passion après qu'il eut montré les lettres à l'administration de l'université. Elle termina en disant : « Les preuves qui ont été retenues m'obligent à admettre que j'ai commis ce crime. Je n'en ai aucun souvenir, mais je sais que je dois être coupable. Je le regrette de tout mon cœur. Le professeur Grant était si gentil avec moi. J'ai été peinée et irritée qu'il ait communiqué ces lettres à l'administration, mais uniquement parce que je ne me rappelais pas avoir écrit ces lettres. Je voudrais m'excuser auprès des amis du professeur Grant et de ses étudiants, de ses confrères et amis de la faculté. Ils ont par ma faute perdu un être merveilleux. Je ne pourrai jamais me le pardonner. » Elle se tourna vers Karen Grant. « Je suis tellement, tellement navrée. Si c'était possible, je donnerais volontiers ma vie pour vous ramener votre mari. »

Le juge fixa la date du jugement au 31 août. Sarah ferma les yeux. Tout allait si vite. Elle avait perdu ses parents il y a moins d'un an, et maintenant sa sœur allait lui être enlevée elle aussi.

Un officier de police les conduisit à une sortie dérobée afin d'échapper aux médias. Ils partirent immédiatement en voiture, Gregg au volant, Moody à côté de lui, Justin sur la banquette arrière avec Laurie et Sarah. Ils se dirigeaient vers la nationale 202 lorsque Laurie dit : « Je voudrais aller dans la maison du professeur Grant.

— Laurie, tu as refusé catégoriquement d'y aller. Pourquoi maintenant ? » demanda Sarah.

Laurie pressa sa tête dans ses mains. « Pendant que j'étais au tribunal devant le juge, les voix tambourinaient dans ma tête comme un tam-tam. Un petit garçon criait que j'étais une menteuse. »

Gregg fit demi-tour. « Je connais le chemin. »

Le panneau de l'agence immobilière se dressait sur la pelouse. La maison, de plain-pied, blanche, aux volets clos, avait un air abandonné. La pelouse avait besoin d'être tondue. Les mauvaises herbes poussaient au pied des murs. « Je veux entrer à l'intérieur, dit Laurie.

— Il y a le numéro de téléphone de l'agence immobilière, fit remarquer Moody. Nous pourrions l'appeler et savoir comment obtenir la clef.

— Le loquet de la porte coulissante qui donne dans le bureau ne fonctionne pas », dit Laurie. Elle rit. « Je devrais le savoir. Je l'ai ouverte assez souvent. »

Glacée, Sarah se rendit compte que le rire sensuel appartenait à Leona.

Il la suivirent en silence, contournant la maison jusqu'à la cour dallée. Sarah remarqua l'écran de grands arbres à feuilles persistantes qui abritait la cour de la rue latérale. Dans ses lettres à Allan Grant, Leona écrivait qu'elle le surveillait à travers cette porte. Pas étonnant qu'aucun passant ne l'ait jamais aperçue.

« Au premier abord, elle a l'air fermée, mais en la secouant un peu... » La porte s'ouvrit en coulissant et Leona pénétra à l'intérieur.

La pièce sentait le renfermé. Quelques meubles étaient encore dispersés çà et là. Sarah regarda Leona désigner du doigt un vieux fauteuil de cuir en face d'une ottomane. « C'était son fauteuil préféré. Il lui arrivait d'y rester pendant deux heures. J'aimais le contempler. Quelquefois, après qu'il était monté se coucher, je m'y blottissais.

— Leona, dit Justin. Vous êtes revenue chercher votre portefeuille la nuit où Allan Grant est mort. Debbie nous a dit que vous aviez laissé Allan en train de dormir, et que votre sac et le couteau se trouvaient sur le sol à côté de lui. Montrez-nous ce qui est arrivé. »

Elle hocha la tête et commença à marcher à pas comptés, silencieux, en direction du couloir qui menait aux chambres. Puis elle s'immobilisa. « C'est tellement silencieux. Il ne ronfle plus. Peut-être est-il réveillé. » Sur la pointe des pieds, elle alla jusqu'à la porte de la chambre, s'arrêta.

« La porte était-elle ouverte ? demanda Justin.

— Oui.

— La lumière était-elle allumée ?

— La lumière de la salle de bains ? Oh non ! »

Elle s'avança d'un pas hésitant jusqu'au milieu de la pièce et fixa le sol. Subitement, son attitude changea. « Regardez-le. Il est mort. Ils vont encore accuser Laurie. » La voix juvénile qui sortait de la gorge de Laurie était atterrée. « Il faut qu'elle file d'ici. »

Revoilà le garçon, réfléchit Justin. Je dois absolument entrer en communication avec lui. Il est la clef de l'histoire.

Horrifiée, Sarah regarda cette autre Laurie, les pieds écartés, les traits étrangement transformés, avec des joues plus pleines et des lèvres étroites, fermer les yeux, se pencher et à deux mains faire le geste de tirer sur quelque chose.

Elle retire le couteau du corps, pensa Sarah. Oh, Dieu du ciel ! Justin, Brendon et Gregg se tenaient à côté d'elle, immobiles, comme les spectateurs d'une pièce de théâtre surréaliste. On aurait dit que le lit d'Allan Grant occupait soudain la chambre vide. Le tapis avait été nettoyé, mais Sarah pouvait l'imaginer taché de sang comme il l'avait été cette nuit-là.

Maintenant, l'autre personnalité qu'était le petit garçon cherchait quelque chose sur le tapis. Son sac, se dit Sarah. Il cache le couteau dedans.

« Faut qu'elle file d'ici », répéta la jeune voix effrayée. Les pieds qui n'étaient pas ceux de Laurie se précipitèrent vers la fenêtre, s'arrêtèrent. Le corps qui n'était pas son corps pivota sur lui-même. Les yeux parcoururent la pièce du regard. Elle se pencha comme si elle ramassait quelque chose et fit mine de le fourrer dans une poche.

Voilà pourquoi on a trouvé un bracelet dans le jean de Laurie, comprit Sarah.

La fenêtre grinça en s'ouvrant. Serrant encore le sac imaginaire, le garçon enjamba le rebord peu élevé et sauta dans le jardin derrière la maison.

Justin dit à voix basse : « Suivons-le. »

Ce fut Leona qui les attendait. « Cette nuit-là, le gosse n'a pas eu à ouvrir la fenêtre, dit-elle d'un air dégagé. Elle était déjà ouverte quand je suis revenue la seconde fois. Voilà pourquoi il faisait si froid dans la pièce. J'espère que vous avez apporté des cigarettes, docteur. »

Bic et Opal n'assistèrent pas à la comparution de Laurie devant le tribunal. Pour Bic la tentation avait été grande, mais il savait que les journalistes le reconnaîtraient immédiatement. « En tant que pasteur des âmes et ami de la famille, il serait naturel que je sois présent, dit-il, mais Sarah décline systématiquement toutes nos invitations à dîner, comme elle refuse de venir nous rendre visite avec Laurie. »

Ils passaient maintenant beaucoup de temps dans la maison du New Jersey. Opal l'avait en horreur. Voir Bic s'enfermer dans la chambre qui avait été celle de Lee la rendait malade. Le seul meuble de la pièce était un vieux rocking-chair bancal similaire à celui qu'ils avaient à la ferme. Il y restait assis pendant des heures, se balançant, serrant amoureusement le maillot de bain rose passé. Parfois, il chantait des hymnes. Ou alors il écoutait la boîte à musique de Lee jouer et rejouer sans cesse le même air.

« Nous n'irons plus au bois... Les lauriers sont coupés... »

Liz Pierce, la journaliste de *People*, s'était à plusieurs reprises mise en rapport avec Bic et Opal, vérifiant les faits et les dates. « Vous étiez dans le nord de l'Etat de New York et c'est là que vous avez eu la vocation. Vous prêchiez à la station de radio de Bethlehem, en Pennsylvanie, puis à Marietta, dans l'Ohio ; à Louisville, dans le Kentucky ; à Atlanta, en Géorgie, et pour finir à New York. C'est cela, n'est-ce pas ? »

Opal eut la chair de poule à la pensée que Pierce connaissait si précisément les dates de leur séjour à Bethlehem. Mais personne là-bas n'avait jamais vu Lee. Il n'y avait pas une personne qui ne pourrait jurer qu'ils vivaient seuls. Ils ne risquaient rien, se rassura-t-elle.

Le jour où Lee plaida coupable d'homicide involontaire, Pierce téléphona pour faire d'eux d'autres photographies. Ils avaient été choisis pour la couverture du numéro du 31 août.

C'est au volant de sa voiture que Brendon Moody se rendit au palais de justice du comté de Hunterdon. Il avait prévu de rentrer directement chez lui ensuite mais, après ce qu'il avait vu dans la chambre d'Allan Grant, il voulait avoir un entretien avec le Dr Justin Donnelly. Voilà pourquoi lorsque Sarah l'avait invité à venir les retrouver pour déjeuner dans son nouvel appartement, Brendon s'était empressé d'accepter.

Il profita de ce que Sarah demandait à Donnelly d'aller allumer le barbecue pour suivre le docteur sur la terrasse. A voix basse, il demanda : « Y a-t-il une chance pour que Laurie ou ses diverses personnalités aient dit la vérité, qu'elle ait quitté Allan Grant en vie et soit revenue pour le retrouver mort ?

— Je crains plutôt qu'une personnalité qui n'est pas encore apparue ait supprimé Grant.

— A votre avis, y a-t-il une possibilité qu'elle soit totalement innocente ? »

Donnelly disposa soigneusement les briquettes de charbon dans le barbecue et saisit le briquet à gaz. « Une possibilité ? Je présume que tout est possible. Aujourd'hui, vous avez vu à l'action deux personnalités de Laurie, Leona et le garçon. Il peut y en avoir des douzaines d'autres qui n'ont pas fait surface, et je ne suis pas certain qu'elles se manifestent jamais.

— J'ai malgré tout l'intuition... » Brendon se tut en voyant Sarah sortir de la cuisine pour venir les rejoindre.

« Merci, docteur Donnelly, de nous avoir accompagnées au tribunal vendredi dernier », dit Laurie à Justin. Elle était allongée sur le divan ; elle semblait détendue, presque apaisée. Seules ses mains crispées laissaient deviner un émoi intérieur.

« Je voulais être avec vous et Sarah, Laurie.

— Vous savez, lorsque j'ai fait ma déclaration, j'étais plus triste pour Sarah que pour moi. Elle souffre tellement.

— Je sais.

— Ce matin, vers six heures, je l'ai entendue pleurer et je suis entrée dans sa chambre. C'est drôle, pendant toutes ces années, c'est toujours elle qui est venue vers moi. Vous savez ce qu'elle faisait ?

— Non.

— Elle était assise sur son lit et établissait une liste de toutes les personnes auxquelles elle allait demander d'écrire au juge en ma faveur. Elle espérait que je n'aurais que deux ans de peine à purger avant de bénéficier d'une mise en liberté sous caution, mais aujourd'hui elle craint que le juge Armon ne me condamne à cinq ans ferme. J'espère que vous resterez en contact avec Sarah lorsque je serai en prison. Elle aura besoin de vous.

— J'ai l'intention de rester en contact avec elle.

— Gregg est formidable, n'est-ce pas, docteur ?

— Certainement.

— Je ne veux pas aller en prison, s'écria soudain Laurie. Je veux rester à la maison. Je veux rester avec Sarah et Gregg. Je ne veux pas aller en prison. »

Elle se redressa d'un bond, posa vivement ses pieds sur le sol et serra les poings. Son visage se durcit. « Ecoutez, docteur, vous ne pouvez pas la laisser se fourrer ces idées dans la tête. Laurie doit être enfermée.

— Pourquoi, Kate, pourquoi ? » demanda Justin d'un accent pressant.

Elle ne répondit pas.

« Kate, rappelez-vous, il y a deux semaines, vous m'avez dit que le garçon était prêt à me parler. Il est apparu hier dans la maison de Grant. Lui et Leona disaient-ils la vérité sur ce qui est arrivé ? Existe-t-il quelqu'un d'autre avec qui je devrais m'entretenir ? »

En un instant, le visage de Laurie se transforma à nouveau. Les traits s'adoucirent, les yeux se plissèrent. « Vous ne devriez pas poser tellement de questions à mon sujet. » La voix juvénile était polie mais résolue.

« Bonjour, dit Justin posément. J'ai été content de vous revoir hier. Vous avez bien pris soin de Laurie la nuit où le professeur est mort. Vous êtes très avisé pour un garçon de neuf ans. Mais je suis un adulte. Je crois que je pourrais vous aider à protéger Laurie. Ne serait-il pas temps pour vous de me faire confiance ?

269

— Vous ne vous occupez pas bien d'elle.

— Pourquoi dites-vous ça ?

— Vous la laissez raconter qu'elle a tué le professeur Grant, alors que ce n'est pas vrai. Quelle sorte d'ami êtes-vous ?

— Peut-être est-ce quelqu'un d'autre qui l'a fait, quelqu'un qui n'est pas encore venu me parler ?

— Il n'y a que nous quatre, Kate, Leona, Debbie et moi, et aucun d'entre nous n'a tué personne. C'est pourquoi j'ai essayé d'empêcher Laurie de parler au juge hier. »

100

Brendon Moody ne pouvait se débarrasser de la première impression que lui avait laissée Karen Grant. La dernière semaine de juillet, comme il attendait impatiemment que le mandat soit délivré par le tribunal de Chicago, il alla faire un tour dans le hall du Madison Arms. Visiblement, Anne Webster avait fini par quitter l'agence. Une superbe table de merisier remplaçait son bureau, et la décoration de l'agence était devenue beaucoup plus raffinée. Moody décida qu'il était temps de faire une autre visite à l'ex-associée de Karen Grant, chez elle cette fois, à Bronxville.

Anne ne mit pas longtemps à faire comprendre à Brendon qu'elle avait été ulcérée par l'attitude de Karen. « Elle n'a cessé de me harceler pour accélérer la vente. L'encre n'était pas encore sèche sur le contrat qu'elle m'a dit ne plus avoir besoin de moi au bureau, qu'elle pouvait parfaitement s'en tirer seule. Sans attendre davantage, elle a installé son petit ami à ma place, dans de nouveaux meubles. Quand je pense que j'ai toujours pris sa défense lorsque les gens faisaient des réflexions sur elle ; croyez-moi, j'étais bien bête. Vous parlez d'une veuve éplorée !

— Madame Webster, dit Moody, ceci est un point

très important. Il y a une chance pour que Laurie Kenyon ne soit pas coupable du meurtre d'Allan Grant. Mais elle va aller en prison le mois prochain, à moins de pouvoir prouver que quelqu'un d'autre a tué Grant. Pouvez-vous vous remémorer à nouveau cette soirée, celle que vous avez passée à l'aéroport avec Karen Grant ? Donnez-moi tous les détails, même s'ils vous semblent sans importance. Commencez par le départ en voiture.

— Nous sommes parties pour l'aéroport à huit heures du soir. Karen avait parlé à son mari. Elle avait l'air dans tous ses états. Quand je lui ai demandé ce qui se passait, elle m'a dit qu'une hystérique avait menacé Allan et qu'il passait ses nerfs sur elle.

— Passait ses nerfs sur elle ? Qu'entendait-elle par là ?

— Je n'en sais rien. Je n'écoute pas les racontars et je ne fourre pas mon nez dans les affaires d'autrui. »

S'il est une chose dont je suis certain, c'est bien de ça, pensa Brendon avec humeur. « Madame Webster, que voulait-elle dire ?

— Karen restait de plus en plus souvent à New York ces derniers mois, depuis qu'elle avait rencontré Edwin Rand. J'ai l'impression qu'Allan Grant lui a fait savoir qu'il en avait assez de cette situation. Sur le trajet de l'aéroport, elle a dit quelque chose comme : Je devrais aller m'expliquer avec Allan au lieu de faire le taxi. Je lui ai rappelé qu'il s'agissait de l'une de nos meilleures clientes, et qu'elle avait une véritable aversion pour les voitures de location.

— Ensuite, l'avion a été retardé.

— Oui. Karen était très contrariée. Mais nous sommes allées dans le salon des premières où nous avons pris un verre. Puis *Spartacus* a commencé. C'est mon...

— Votre film de prédilection. Et un film très long aussi. Et vous avez tendance à vous endormir. Pouvez-vous certifier que Karen Grant est restée à regarder le film en entier ?

— Eh bien, je sais qu'elle est allée consulter le

tableau d'affichage des arrivées et qu'elle a passé quelques coups de téléphone.

— Madame Webster, sa maison à Clinton se trouve à une cinquantaine de kilomètres de l'aéroport. Etes-vous restée sans la voir pendant un peu plus de deux heures ? Je veux dire : est-il possible qu'elle ait pu vous laisser et se rendre en voiture jusque chez elle ?

— Je ne pense pas avoir dormi mais... » Elle s'interrompit.

— Madame Webster, qu'y a-t-il ?

— C'est simplement que... lorsque nous avons récupéré notre cliente et quitté l'aéroport, la voiture de Karen était garée à un emplacement différent. Le parking était tellement encombré quand nous sommes arrivées que nous avions dû marcher un long moment jusqu'au terminal, mais en partant, la voiture était stationnée devant la porte principale. »

Moody soupira. « J'aurais aimé que vous me l'ayez dit avant, madame Webster. »

Elle le regarda, surprise. « Vous ne me l'avez pas demandé. »

Cela recommençait exactement comme avant, avant que Lee ne soit internée à l'hôpital, songea Opal. Ils passaient des journées entières à la suivre dans une voiture de location. Certains jours, ils se garaient de l'autre côté de la rue et regardaient Lee courir depuis le garage jusqu'à l'entrée de l'hôpital, puis ils attendaient aussi longtemps qu'il le fallait pour la voir ressortir. Bic avait tellement peur de la manquer qu'il ne quittait pas la porte du regard. Des gouttes de transpiration se formaient sur son front, ses mains agrippaient le volant lorsqu'elle apparaissait à nouveau.

« Je me demande de quoi elle a parlé aujourd'hui, disait-il, d'un ton où perçaient à la fois la peur et la colère. Elle reste seule dans la pièce avec ce docteur, Opal. Peut-être est-il attiré par elle. »

En semaine, Lee se rendait à l'hôpital dans la matinée. L'après-midi, elle et Sarah allaient souvent jouer au golf, participant généralement à l'un des tournois locaux. Craignant que Sarah ne remarque la voiture qui les suivait, Bic téléphonait aux organisateurs pour savoir s'il y avait une inscription au nom de Kenyon. S'il y en avait une, lui et Opal se rendaient sur les lieux et essayaient de tomber sur Sarah et Lee à la cafétéria.

Bic ne s'attardait jamais à leur table, se contentait de les saluer en passant et continuait son chemin, mais rien ne lui échappait dans l'apparence de Lee. Par la suite, il faisait des commentaires exaltés. « Cette chemise de golf qui collait à son corps... J'ai dû me retenir pour ne pas tendre la main et défaire la pince qui retenait ses cheveux. »

L' « Eglise des Ondes » les retenait à New York pendant la plus grande partie du week-end. Opal s'en réjouissait secrètement. S'il leur arrivait d'apercevoir Lee et Sarah le samedi ou le dimanche, le docteur et le même jeune homme, Gregg Bennett, se trouvaient toujours avec elles. Ce qui mettait Bic en rage.

A la mi-août, il demanda à Opal de venir le rejoindre dans la chambre de Lee. Les rideaux étaient tirés, et il était assis dans le rocking-chair. « J'ai demandé un conseil au Seigneur qui m'a donné Sa réponse, lui dit-il. Lee fait seule le trajet jusqu'à New York. Elle a le téléphone dans sa voiture. J'ai pu obtenir le numéro. »

Opal eut un mouvement de recul en voyant ses traits se déformer, son regard étinceler de cette étrange lueur impitoyable qu'elle redoutait tant. « Opal, la menaça-t-il, ne crois pas que je n'aie pas remarqué ta jalousie. Je t'interdis de m'ennuyer encore avec cette histoire. Le temps de Lee sur terre va bientôt prendre fin. Dans les jours qui restent, laisse-moi m'emplir à mon aise de la vue, de la voix, du parfum de cette enfant. »

Thomasina Perkins frémit d'excitation en lisant la lettre de Sarah Kenyon lui demandant d'écrire au juge en faveur de Laurie.

Vous vous rappelez combien Laurie était apeurée, terrifiée, écrivait Sarah, et vous êtes la seule personne qui l'ait véritablement vue avec ses ravisseurs. Il faut que le juge comprenne le traumatisme dont a souffert Laurie dans sa petite enfance. Soyez gentille de rappeler dans votre lettre le nom que vous avez cru entendre la femme donner à l'homme lorsqu'ils ont emmené Laurie hors du restaurant. Sarah concluait en écrivant qu'un homme de ce nom connu pour détournement de mineur rôdait dans la région de Harrisburg à la même époque et qu'elle avait l'intention, bien qu'il n'y eût aucune preuve, de suggérer qu'il avait pu enlever Laurie.

Thomasina avait si souvent raconté comment elle avait vu Laurie et téléphoné à la police que son récit aurait pu s'écrire tout seul. Jusqu'à un point qui ne collait pas.

Ce jour-là, la femme n'avait *pas* donné à l'homme le nom de Jim. Thomasina en était maintenant certaine. Elle ne pouvait pas communiquer ce nom au juge. Elle était navrée que Sarah ait perdu du temps et de l'argent à suivre une fausse piste.

Thomasina perdait foi dans le Révérend Hawkins. Elle lui avait écrit par deux fois pour le remercier de lui avoir fait l'honneur de l'inviter à son émission, expliquant, sans mettre en doute un seul instant la parole divine, qu'ils auraient peut-être dû l'écouter plus longuement. En effet, le nom que Dieu lui avait soufflé en premier était celui du serveur du restaurant. Ne devraient-ils pas faire une seconde tentative ?

Le Révérend Hawkins ne s'était pas donné la peine de lui répondre. Oh, elle était inscrite sur son fichier d'adresses, c'était certain. Chaque fois qu'elle envoyait deux dollars, elle recevait une lettre réclamant davantage.

Sa nièce avait enregistré le moment où elle était apparue à l' « Eglise des Ondes », et Thomasina ne se lassait pas de le regarder. Mais plus sa rancœur à l'égard du Révérend Hawkins grandissait, plus certaines bizarreries dans cette séquence de l'émission lui sautaient aux yeux. La façon dont la bouche du Révérend s'approchait de son oreille quand elle avait entendu le nom. Et il n'avait pas été fichu de comprendre le nom de Laurie. A un moment, il l'avait appelée Lee.

C'est la conscience soulagée que Thomasina posta une lettre fervente à l'intention du juge, décrivant la crise de larmes et de panique de Laurie en des termes tragiques mais sans mentionner le nom *Jim*. Elle envoya une copie de la lettre et une explication à Sarah, soulignant l'erreur faite par le Révérend Hawkins lorsqu'il avait donné à Laurie le nom de Lee.

103

« C'est pour bientôt, dit Laurie au Dr Donnelly d'une voix indifférente, en ôtant ses chaussures pour s'allonger sur le divan.

— Qu'est-ce qui est pour bientôt, Laurie ? »

Il s'attendait à ce qu'elle parle de la prison, mais elle dit : « Le couteau. »

Il attendit.

Ce fut Kate qui prit le relais. « Docteur, je suppose que nous avons fait notre possible, vous et moi.

— Allons, Kate, dit-il, cela ne vous ressemble pas. » Laurie était-elle en train de songer au suicide ? se demanda-t-il.

Un rire désabusé. « Kate voit bien ce qui lui pend au nez, mon cher. Vous avez une cigarette ?

— Bien sûr. Que se passe-t-il, Leona ?

— C'est presque la fin. Vous avez fait des progrès au golf.

— Merci.

— Vous aimez vraiment Sarah, hein ?

— Beaucoup.

— Débrouillez-vous pour qu'elle ne soit pas trop malheureuse, voulez-vous ?

— A propos de quoi ? »

Laurie s'étira. « J'ai horriblement mal à la tête, gémit-elle. Depuis quelque temps, j'ai l'impression que ça n'arrive plus uniquement la nuit. Même hier, alors que nous jouions au golf, Sarah et moi, j'ai subitement vu la main qui tenait le couteau.

— Laurie, vos souvenirs affleurent chaque jour davantage. Ne pouvez-vous cesser de les retenir ?

— On ne se débarrasse pas comme ça de sa mauvaise conscience. » Etait-ce Laurie, Leona ou Kate qui parlait ? Pour la première fois, Justin n'aurait su le dire. « J'ai commis de vilaines actions, dit-elle, des choses dégoûtantes. Une partie secrète en moi s'en souvient. »

Justin prit une décision soudaine. « Venez. Allons faire un tour dans le parc. Allons regarder les enfants jouer. »

Les balançoires et les toboggans, les tourniquets et les bascules grouillaient de jeunes enfants. Ils s'assirent sur un banc à côté des mamans et des nurses vigilantes. Les enfants riaient, s'interpellaient, se disputaient pour prendre leur tour sur la balançoire. Justin repéra une petite fille d'environ quatre ans. Elle jouait avec entrain à la balle. A plusieurs reprises sa nurse l'appela : « Ne t'éloigne pas autant, Christy. » Occupée à faire rebondir sa balle, l'enfant ne semblait pas entendre. Finalement la nurse se leva, s'élança vers elle et s'empara de la balle. « Je t'ai dit de rester dans le terrain de jeux, la gronda-t-elle. Si jamais tu allais rattraper ta balle dans la rue, tu risquerais de te faire écraser par une voiture.

— J'avais oublié. » Le petit visage sembla contrit,

puis, en se tournant, elle aperçut Laurie et Justin qui la regardaient, et son minois s'éclaira. Elle courut vers eux. « Est-ce que vous aimez mon pull neuf ? » demanda-t-elle.

La nurse s'interposa. « Christy, on ne doit pas importuner les gens. » Elle eut un sourire d'excuse. « Christy pense que tous ses vêtements sont très jolis.

— Elle a raison, dit Laurie. C'est un très joli pull, en vérité. »

Quelques minutes plus tard, ils regagnèrent l'hôpital. « Supposez, dit Justin, que cette petite fille, complètement absorbée dans ce qu'elle faisait, se soit approchée de la chaussée et que quelqu'un l'ait kidnappée, l'ait enlevée en voiture, ait disparu avec elle et ait abusé d'elle. Croyez-vous que des années plus tard elle devrait se le reprocher ? »

Les yeux de Laurie s'emplirent de larmes. « Un point pour vous, docteur.

— Alors, soyez aussi indulgente pour vous-même que vous le seriez pour cette enfant si quelque chose d'indépendant de sa volonté lui était arrivé aujourd'hui. »

Ils regagnèrent le cabinet de Justin. Laurie s'allongea sur le divan. « Si cette petite fille était enlevée aujourd'hui et qu'on l'obligeait à monter dans une voiture… » Elle hésita.

« Peut-être pouvez-vous imaginer ce qui pourrait lui arriver, suggéra Justin.

— Elle voulait rentrer à la maison. Sa maman serait en colère parce qu'elle était allée seule sur la route. Il y avait de nouveaux voisins dont le fils avait dix-sept ans et conduisait comme un fou. Maman disait que la petite fille ne devait plus aller devant la maison. Elle risquait de se faire renverser par la voiture. Ils aimaient trop leur petite fille. Ils l'appelaient leur petit miracle.

— Mais les gens ne voulaient pas la ramener chez elle, n'est-ce pas ?

— Non. Ils n'arrêtaient pas de rouler. Elle pleurait, et la femme la frappait et lui disait de se taire. L'homme aux bras poilus la soulevait et la prenait sur ses genoux. » Les mains de Laurie s'ouvraient et se refermaient.

Justin la regarda enrouler ses bras autour de ses épaules. « Pourquoi faites-vous ça ?

— Ils disent à la petite fille de sortir de la voiture. Il fait si froid. Elle a envie de faire pipi, mais l'homme veut la prendre en photo et il l'oblige à se tenir près de l'arbre.

— C'est la photo que vous avez déchirée le jour où vous êtes venue à l'hôpital pour la première fois qui a réveillé vos souvenirs, n'est-ce pas ?

— Oui. Oui.

— Et le reste du temps, la petite fille restait avec lui... le reste du temps, *vous* restiez avec lui...

— Il m'a violée, s'écria Laurie. Je ne savais pas quand ça allait arriver, mais après avoir chanté des hymnes dans le rocking-chair, il m'emmenait en haut. C'est alors qu'il le faisait. Toujours. Toujours. Il me faisait si mal. »

Justin se précipita pour consoler la petite fille en sanglots. « C'est fini, c'est fini, dit-il. Dites-moi juste une chose. Etait-ce de votre faute ?

— Il était si grand. J'essayais de le repousser. Je ne pouvais rien faire pour qu'il arrête, hurla-t-elle. *Je ne pouvais rien faire.* »

C'était le moment de poser la question. « Opal était-elle présente ?

— C'est sa femme. »

Laurie eut un sursaut et serra les lèvres. Ses yeux se plissèrent.

« Docteur, je vous ai dit que c'était un mot interdit. » Le petit bonhomme de neuf ans ne permettrait plus à aucun souvenir de revenir à la surface aujourd'hui.

104

Le 17 août, profitant de ce que Gregg emmenait Laurie au restaurant et au théâtre, Sarah et Brendon se rendirent à l'aéroport de Newark. Ils arrivèrent à neuf heures moins cinq. « C'est approximativement l'heure à laquelle sont arrivées Karen Grant et Anne Webster, le soir de la mort d'Allan Grant, dit Moody à Sarah en s'engageant dans le parking. L'avion de leur cliente avait plus de trois heures de retard, comme beaucoup de vols ce soir-là. Cela signifie que le parking était pratiquement plein. Anne Webster a dit qu'elles ont dû marcher pas mal jusqu'au terminal. »

Délibérément, il gara la voiture à l'extrémité la plus éloignée du parking. « Il y a une bonne trotte jusqu'au terminal de la United Airlines, fit-il remarquer. Calculons le temps nécessaire pour faire le trajet à une allure normale. Ça devrait prendre au moins cinq minutes. »

Sarah hocha la tête. Elle s'était interdit de s'accrocher à de faux espoirs, de ressembler à tant de ces parents d'accusés. Leur mari, fille, sœur ou frère était incapable de commettre un crime, juraient-ils. Même face aux preuves les plus évidentes, ils restaient convaincus d'être victimes d'une épouvantable erreur.

Mais lorsqu'elle s'était entretenue avec Justin, il avait admis que la théorie de Moody selon laquelle Karen Grant avait à la fois l'occasion et le motif de tuer son mari n'était pas totalement absurde. Il était possible en effet que Laurie soit seulement habitée par les quatre personnalités qu'il connaissait, dont toutes lui avaient clairement signifié que la jeune fille était innocente.

Lorsqu'elle pénétra avec Moody dans le hall du terminal, elle apprécia la fraîcheur de l'air conditionné par contraste avec la touffeur moite de l'extérieur. Les queues à l'embarquement lui rappelèrent le merveilleux voyage en Italie qu'elle et Laurie avaient fait avec leurs parents plus d'un an auparavant. Aujourd'hui, il semblait que c'était il y a des années, pensa-t-elle triste-ment.

« Rappelez-vous, c'est seulement en arrivant à l'aéro-port que Karen Grant et Mme Webster ont appris que l'ordinateur était tombé en panne et que l'avion n'était attendu qu'à minuit et demi. » Moody s'interrompit et leva les yeux vers le tableau d'affichage des arrivées et des départs. « Quelle serait votre réaction à la place de Karen Grant si vous vous rongiez les sangs au sujet de votre mariage ? Plus, si votre mari vous avait dit au téléphone qu'il voulait divorcer ? »

Une image de Karen Grant vint à l'esprit de Sarah. Pendant ces derniers mois, elle avait vu Karen Grant sous les traits d'une veuve éplorée. Dans la salle d'audience, le jour où Laurie avait plaidé coupable, elle était vêtue de noir. C'était étrange, songea-t-elle en se rappelant la scène. Peut-être en faisait-elle un peu trop — peu de femmes de trente ans portaient du noir en signe de deuil.

Sarah fit part de sa réflexion à Brendon alors qu'ils se dirigeaient vers le salon des premières. Il hocha la tête. « Karen Grant est en perpétuelle représentation, et ça se voit. Nous savons qu'elle et Anne Webster sont allées dans le salon des premières et qu'elles y ont pris un verre. *Spartacus* a commencé à neuf heures sur Movie Channel. L'hôtesse qui était présente ce soir-là est de service aujourd'hui, dit-il à Sarah. Allons l'interroger. »

L'hôtesse ne se souvenait pas précisément de la soirée du 28 janvier, mais elle connaissait et aimait beaucoup Anne Webster. « Je travaille ici depuis une dizaine d'années, expliqua-t-elle, et je n'ai jamais connu de meilleur agent de voyages. Le seul problème avec Anne Webster est qu'elle s'empare de la télévision pour tuer le temps. Elle choisit toujours l'une des chaînes de cinéma et refuse obstinément de changer si quelqu'un veut voir les informations ou autre chose.

— Un vrai problème », reconnut Brendon d'un air compréhensif.

L'hôtesse éclata de rire. « Oh, pas vraiment. Je dis toujours aux personnes qui veulent regarder un autre programme d'attendre juste cinq minutes. Je n'ai jamais vu quelqu'un piquer du nez aussi vite qu'Anne Webster. Et une fois qu'elle est endormie, il n'y a plus qu'à changer de chaîne. »

Ils roulèrent depuis l'aéroport jusqu'à Clinton. En chemin, Moody émit des suppositions. « Mettons que Karen attende dans l'aéroport ce soir-là, se demandant comment dissuader son mari de demander le divorce. Webster est soit passionnée par le film, soit endormie, et de toute façon elle ne remarquera pas son absence. L'avion n'est pas attendu avant minuit et demi.

— Elle prend sa voiture et se rend à Clinton, dit Sarah.

— Exactement. Supposons qu'elle soit entrée avec sa clef et se soit dirigée immédiatement vers la chambre. Allan est endormi. Karen voit le sac de Laurie et le couteau ; elle réalise que si on trouve Allan poignardé, Laurie sera accusée. »

Tout en poursuivant leur discussion, ils reconnurent qu'ils n'avaient tiré aucune information valable de la banque de Chicago.

Le compte avait été ouvert au nom de Jane Graves, avec une adresse aux Bahamas qui se révéla être un autre numéro de boîte postale. Le versement avait été tiré sur un compte en Suisse.

« Il est pratiquement impossible d'obtenir des informations sur les dépôts en Suisse, dit Brendon. A mon avis, c'est Karen Grant qui a loué les services de Danny. Elle a pu planquer une partie des fonds de placement d'Allan Grant, et en tant qu'agent de voyages, elle sait comment s'y prendre. »

Lorsqu'ils atteignirent Clinton, le panneau de l'agence immobilière se dressait toujours sur la pelouse des Grant.

Ils s'attardèrent dans la voiture pendant plusieurs minutes, regardant la maison. « C'est possible. Ça peut s'expliquer, dit Sarah. Mais comment le prouver ?

— J'ai à nouveau parlé à la secrétaire, Connie

Santini, aujourd'hui, dit Moody. Elle m'a confirmé tout ce que nous savions déjà. Karen Grant menait sa vie exactement comme elle l'entendait, gérant les revenus d'Allan Grant comme s'ils lui appartenaient en propre. Ses airs éplorés sont pure comédie. A entendre sa secrétaire, elle n'a jamais été aussi joyeuse. Je veux que vous m'accompagniez, le 26 août, le jour où Anne Webster doit revenir d'Australie. Nous irons nous entretenir avec cette charmante vieille dame.

— Le 26 août, dit Sarah. Cinq jours avant que Laurie n'aille en prison. »

105

« C'est la dernière semaine », dit Laurie à Justin Donnelly le 24 août.

Il la regarda s'installer confortablement sur le divan, les mains jointes derrière la tête.

« Nous nous sommes bien amusés hier, n'est-ce pas, Justin ? Oh, pardon. Ici, je devrais vous appeler docteur.

— C'était une journée superbe. Vous êtes vraiment une golfeuse de premier ordre, Laurie. Vous nous avez battus à plate couture.

— Même Gregg. Eh bien, je vais perdre la main d'ici peu. Je suis restée éveillée un long moment la nuit dernière. Je réfléchissais à ce jour où j'ai été kidnappée. Je me revoyais dans mon costume de bain rose, allant jusqu'au bout de l'allée pour regarder passer le cortège funèbre. Je croyais que c'était un défilé. Au moment où l'homme m'a enlevée, je tenais encore ma boîte à musique. Cette chanson ne cesse de me trotter dans la tête... " Nous n'irons plus au bois... les lauriers sont coupés... la belle que voilà... " » Elle se tut.

Justin attendit en silence.

« Quand l'homme aux bras poilus m'a fait monter dans la voiture, je lui ai demandé où nous allions. La boîte à musique jouait toujours.

— Quelque chose de spécial a-t-il suscité ces pensées ?

— Peut-être. Hier soir, après que vous êtes partis, vous et Gregg, Sarah et moi sommes restées un long moment à parler de ce jour où j'ai été kidnappée. Je lui ai dit que lorsque la voiture était passée devant la maison à l'angle de la rue, celle qui avait cette horrible couleur rose, la vieille Mme Whelan se trouvait sous le porche. N'est-ce pas bizarre de se souvenir de ce genre de chose ?

— Pas tellement. Les souvenirs sont restés enfouis. Une fois qu'ils auront tous resurgi, la peur dont ils sont la cause disparaîtra.

— " Entrez dans la danse... ", chantonna Laurie. Voilà pourquoi ils sont venus avec moi. Nous étions tous ensemble, les garçons et les filles.

— Les garçons ? Laurie, y a-t-il un autre garçon ? »

Laurie lança ses pieds hors du divan et se mit à frapper une main dans l'autre. « Non, docteur. Il n'y avait que moi. » La voix claire et jeune se mit à parler tout bas. « Elle n'avait besoin de personne d'autre. Je l'expédiais toujours ailleurs quand Bic lui faisait mal. »

Justin n'avait pas saisi le nom chuchoté.

« Qui lui faisait mal ?

— Oh, zut, s'exclama le garçon. Je ne voulais pas le dire. Je suis content que vous ne m'ayez pas entendu. »

Après la séance, Justin Donnelly se dit que, même s'il n'avait pu entendre le nom que le jeune garçon avait laissé échapper, ce nom ressortirait une autre fois. Il était près de la surface.

Mais la semaine suivante à la même heure, Laurie serait en prison. Elle pourrait s'estimer heureuse si elle voyait un psychologue une fois par mois.

Justin savait que beaucoup de ses confrères ne croyaient pas dans les troubles de personnalité multiple.

106

Anne Webster et son mari revinrent de voyage tôt dans la matinée du 26 août. Moody parvint à joindre Webster à midi et la persuada de les recevoir Sarah et lui immédiatement. Lorsqu'ils arrivèrent à Bronxville, Anne Webster leur parla spontanément. « J'ai beaucoup réfléchi à cette nuit où Allan est mort, dit-elle. Personne n'aime se sentir idiot, vous savez. J'ai laissé Karen jurer qu'elle n'avait pas changé la voiture de place. Mais écoutez. J'ai la preuve qu'elle l'a fait. »

Moody dressa la tête. Sarah sentit ses lèvres se dessécher. « Quelle sorte de preuve, madame Webster ? demanda-t-elle.

— Je vous ai raconté que Karen était à cran pendant le trajet jusqu'à l'aéroport. J'ai oublié de vous dire qu'elle m'a rembarrée quand je lui ai fait remarquer qu'il lui restait très peu d'essence. Eh bien, elle n'a fait le plein ni à l'aller ni au retour, pas plus que le lendemain matin, lorsque je suis allée à Clinton avec elle.

— Savez-vous si Karen Grant paie son essence par carte ou en liquide ? » demanda Moody.

Webster eut un sourire amer. « Vous pouvez être sûr que si elle a pris de l'essence ce soir-là, c'est sur le compte de la société.

— Où se trouvent les relevés de janvier dernier ?

— Au bureau. Karen ne me laissera jamais fouiller dans les dossiers, mais Connie s'en chargera si je le lui demande. Je vais lui téléphoner. »

Elle parla un moment à son ancienne secrétaire. Lorsqu'elle raccrocha, elle annonça : « Vous avez de la chance. Karen est invitée par American Airlines aujourd'hui. Connie ne se fera pas prier pour vérifier les relevés. Elle est furieuse. Elle a demandé une augmentation, et Karen l'a envoyée balader. »

En se rendant à New York, Moody prévint Sarah. « N'oubliez pas que même si nous pouvons établir la présence de Karen Grant dans les alentours de Clinton cette nuit-là, rien ne prouve qu'elle ait quelque chose à voir avec la mort de son mari.

— Je sais, dit Sarah. Mais, Brendon, il doit bien y avoir quelque chose de tangible à quoi nous raccrocher. »

Connie Santini leur adressa un sourire triomphant. « J'ai trouvé un relevé de janvier d'une station Esso à la sortie de la nationale 78 et à six kilomètres de Clinton, dit-elle, et une copie du reçu portant la signature de Karen. Bon Dieu, je vais donner ma démission. Elle est trop radine. L'an dernier, je n'ai pas été augmentée parce que la boîte marchait mal. Aujourd'hui où les affaires remontent, elle ne veut pas me donner un dollar de plus. Je vais vous dire une chose : elle dépense plus de fric en bijoux que je n'en gagne en toute une année. »

Connie désigna la bijouterie L. Crown à l'autre bout du hall. « Elle fait ses achats là-dedans comme on entre dans une parfumerie. Mais elle est dure à la détente avec eux aussi. Le jour même de la mort de son mari, elle avait acheté un bracelet qu'elle avait perdu tout de suite après. Elle m'avait obligée à le chercher à quatre pattes. Lorsqu'on a téléphoné à propos d'Allan, elle était en train de faire un scandale chez Crown parce que le fermoir du bracelet fonctionnait mal. Elle l'avait à nouveau perdu. Et cette fois-ci pour de bon. Ecoutez, le fermoir marchait parfaitement. Karen ne prenait simplement pas le temps de le fermer correctement, mais vous pouvez être certains qu'elle les a forcés à le remplacer. »

Un bracelet, pensa Sarah, *un bracelet* ! Dans la chambre d'Allan Grant, le jour où Laurie avait plaidé coupable, Laurie, ou plutôt le petit garçon, avait mimé le geste de ramasser quelque chose et de le fourrer dans sa poche. Il ne m'est jamais venu à l'esprit que le bracelet trouvé avec le jean taché de sang de Laurie pouvait ne pas lui appartenir, pensa-t-elle. Je n'ai jamais demandé à le voir.

« Mademoiselle Santini, vous nous avez été d'une grande aide, lui dit Moody. Comptez-vous rester encore un peu à l'agence ?

— Jusqu'à cinq heures. Je ne lui ferai pas cadeau d'une minute de plus.

— C'est bien. »

Un jeune vendeur se tenait derrière le comptoir de L. Crown. Impressionné en entendant Moody annoncer qu'il appartenait à une compagnie d'assurances désirant enquêter sur la perte d'un bracelet, le vendeur consulta ses registres.

« Oh, bien sûr, monsieur. Mme Grant a acheté un bracelet le 28 janvier. C'était un nouveau modèle d'exposition, de l'or torsadé avec des incrustations de fils d'argent. Un modèle ravissant. D'un prix de quinze cents dollars. Mais je ne comprends pas pourquoi elle a fait une déclaration à son assurance. Nous le lui avons remplacé. Elle est revenue le lendemain matin, extrêmement ennuyée. Elle était certaine qu'il avait glissé de son poignet peu après qu'elle l'eut acheté.

— Pourquoi en était-elle tellement certaine ?

— Elle nous a dit qu'elle l'avait déjà égaré une première fois à son bureau avant de le perdre pour de bon. Franchement, monsieur, il possédait un nouveau système de fermoir extrêmement sûr, mais à condition de prendre le temps de l'attacher correctement.

— Avez-vous les relevés de ventes ? demanda Moody.

— Bien sûr, mais nous avons décidé de le remplacer, monsieur. Mme Grant est une de nos meilleures clientes.

— Par hasard, auriez-vous une photo du bracelet ou d'un bracelet similaire ?

— J'ai à la fois une photo et un bracelet. Nous en avons fabriqué plusieurs douzaines depuis le mois de janvier.

— Tous semblables ? Celui de Mme Grant n'avait-il rien de particulier ?

— Son fermoir, monsieur. Après l'incident qui lui est arrivé, nous avons changé le fermoir sur les autres. Nous ne voulions pas que le problème se renouvelle. » Il prit un cahier sous le comptoir. « Voyez-vous, le fermoir d'origine s'attachait ainsi... celui que nous utilisons à présent se ferme de cette façon et possède une chaînette de sécurité. »

Le vendeur était un bon dessinateur.

Munis d'une copie du reçu de la vente du 28 janvier, d'une photo en couleurs du bracelet et du dessin signé et légendé, Sarah et Moody revinrent à l'agence Global Travel. Connie Santini les attendait, les yeux brillants de curiosité. Elle composa le numéro d'Anne Webster, puis tendit le combiné à Moody, qui pressa sur le bouton du haut-parleur pour qu'ils puissent tous entendre.

— Madame Webster, demanda-t-il, vous souvenez-vous d'une histoire de bracelet perdu le soir où vous étiez à l'aéroport de Newark avec Karen Grant ?

— Certainement. Comme je vous l'ai dit, Karen nous a reconduites à New York, la cliente et moi. Soudain elle s'est écriée : " Zut, je l'ai encore perdu ! " Puis elle s'est tournée vers moi et, l'air très ennuyé, m'a demandé si j'avais remarqué son bracelet à l'aéroport.

— Et vous l'aviez remarqué ? »

Webster hésita. « J'ai raconté un bobard. En fait je l'avais vu à son poignet dans le salon des premières, mais après la scène qu'elle avait faite en croyant l'avoir perdu au bureau... eh bien, je n'ai pas voulu lui voir piquer une crise devant notre cliente. J'ai affirmé qu'elle ne le portait pas à l'aéroport et qu'il se trouvait probablement quelque part sous son bureau. Mais j'ai téléphoné à l'aéroport le soir même, au cas où quelqu'un l'aurait trouvé. Tout est rentré dans l'ordre. Le bijoutier l'a remplacé. »

Mon Dieu, mon Dieu, pensa Sarah.

« Le reconnaîtriez-vous, madame Webster ? demanda Moody.

— Certainement. Elle nous l'a montré, à Conny et à

moi, expliquant qu'il s'agissait d'un nouveau modèle. »

Connie Santini approuva énergiquement de la tête.

« Madame Webster, je ferai bientôt appel à vous de nouveau. Vous nous avez beaucoup aidés. » Malgré vous, songea Moody en raccrochant.

Il restait un dernier détail à vérifier. Je vous en supplie, mon Dieu, je vous en supplie, pria Sarah tout en composant le numéro du bureau du procureur du comté de Hunterdon. On lui passa le procureur en personne et elle lui demanda le renseignement dont elle avait besoin. « Je reste en ligne. » Elle expliqua à Moody : « Ils ont envoyé quelqu'un au greffe. »

Ils attendirent en silence pendant dix minutes, puis Moody regarda le visage de Sarah s'illuminer comme une trouée de soleil, tandis que des larmes jaillissaient de ses yeux. « Or torsadé incrusté d'argent, dit-elle. Merci. J'aurais besoin de vous voir dès demain matin. Le juge Armon sera-t-il au palais ? »

107

Karen Grant fut profondément irritée le jeudi matin en découvrant que Connie Santini n'était pas à son bureau. Je vais la mettre à la porte, se dit-elle en allumant la lumière d'un geste furieux et en écoutant les messages. Connie en avait laissé un. Elle avait une course urgente à faire et serait de retour un peu plus tard. Que peut-il y avoir d'urgent dans *sa* vie ? pensa Karen en ouvrant son bureau pour y prendre le brouillon de la déclaration qu'elle s'apprêtait à communiquer à la cour au procès de Laurie Kenyon. Elle commençait par : « Allan Grant était un époux incomparable. »

Si seulement Karen savait où je me trouve à cet instant, pensa Connie Santini en prenant place avec Anne Webster dans la petite salle d'attente jouxtant le bureau personnel du procureur. En ce moment même, Sarah Kenyon et M. Moody s'entretenaient avec le procureur. Connie était fascinée par l'atmosphère chargée de tension qui régnait dans les lieux. Les téléphones sonnaient. De jeunes avocats entraient et sortaient, les bras chargés de dossiers. Une jeune femme lança par-dessus son épaule : « Prenez le message. Je ne peux parler à personne pour l'instant. On m'attend à l'audience. »

Sarah Kenyon ouvrit la porte et dit : « Voulez-vous venir maintenant, s'il vous plaît ? Le procureur aimerait vous parler. »

Une minute après, comme on la présentait au procureur Levine, Anne Webster remarqua sur son bureau un objet emballé dans un sac en plastique étiqueté. « Ça alors ! s'exclama-t-elle. C'est le bracelet de Karen. Où l'avez-vous trouvé ? »

Une heure plus tard, le procureur Levine et Sarah se présentaient devant le juge Armon. « Votre Honneur, dit Levine, je ne sais par où commencer, mais je suis venu avec Sarah Kenyon vous demander de repousser le jugement de Laurie Kenyon de deux semaines. »

Le juge haussa les sourcils. « Pour quelle raison ?

— Monsieur le juge, je ne me suis jamais trouvé dans ce genre de situation, surtout lorsque l'accusé plaide coupable. Nous avons à présent des raisons de douter sérieusement que Laurie Kenyon soit l'auteur de ce meurtre. Comme vous le savez, Mlle Kenyon a indiqué qu'elle ne se souvenait pas d'avoir commis ce crime, mais qu'elle était convaincue d'après les conclusions de l'instruction d'en être l'auteur. Aujourd'hui, est survenu un élément nouveau et stupéfiant qui jette un doute sérieux sur sa culpabilité. »

Sarah écouta en silence le procureur parler au juge du bracelet, de la déclaration du vendeur, de la preuve que Karen avait fait le plein d'essence à la station-service de Clinton et elle lui communiqua ensuite les déclarations signées d'Anne Webster et de Connie Santini.

Ils restèrent sans mot dire pendant les trois minutes nécessaires au juge Armon pour parcourir les déclarations et examiner les reçus. Lorsqu'il eut terminé, il secoua la tête. « Eh bien, cela fait vingt ans que je siège au tribunal et je n'ai jamais entendu une histoire pareille. Bien entendu, vu les circonstances, j'ajournerai le jugement. »

Il eut un regard compatissant vers Sarah en la voyant agripper les bras de son fauteuil, en proie à des émotions mêlées qui se lisaient sur son visage.

Sarah s'efforça de prendre un ton posé. « Monsieur le juge, d'un côté c'est une joie immense pour moi, mais d'un autre je suis anéantie d'avoir conseillé à Laurie de plaider coupable.

— Ne soyez pas si dure envers vous, Sarah, la rassura le juge Armon. Nous savons que vous avez tout fait pour la défendre. »

Le procureur Levine se leva. « J'avais l'intention de m'entretenir avant le jugement avec Mme Grant au sujet de la déclaration qu'elle voulait faire à la cour. Je crois que je vais plutôt avoir une petite conversation avec elle sur la façon dont est mort son mari. »

« Comment ça, le jugement n'aura pas lieu lundi ? s'indigna Karen. Quel empêchement ? Monsieur Levine, je pense que vous réalisez à quel point c'est une épreuve pour moi. Je ne veux pas me retrouver à nouveau devant cette fille. Le seul fait de préparer ma déclaration m'a bouleversée.

— Il s'agit de simples questions de procédure, dit Levine, cherchant à la calmer. Pourquoi ne viendriez-vous pas demain vers dix heures ? J'aimerais en parler avec vous. »

Connie Santini arriva à l'agence à deux heures, s'attendant à subir les foudres de Karen Grant. Le procureur lui avait conseillé de ne rien dévoiler à Karen de son entretien avec lui. Mais Karen paraissait préoccupée et ne lui posa aucune question. « Prenez les appels téléphoniques, dit-elle à Connie. Dites que je suis en rendez-vous. Je dois réfléchir à ma déclaration. Je veux que le juge sache quel calvaire j'ai traversé. »

Le lendemain matin, Karen s'habilla avec soin pour son entretien. Porter du noir aujourd'hui au palais de justice pourrait sembler exagéré. Elle choisit un tailleur bleu marine et des escarpins assortis, se maquilla avec discrétion.

Le procureur ne la fit pas attendre. « Entrez, Karen. Je suis content de vous voir. »

Il se montrait toujours aimable et, qui plus est, c'était un homme très séduisant. Karen lui rendit son sourire. « J'ai préparé ma déclaration pour le juge. J'espère qu'elle traduit vraiment tout ce que j'ai traversé.

— Avant d'en discuter, j'aimerais vous entretenir d'une ou deux choses. Voulez-vous me suivre ? »

Karen s'étonna qu'il ne la conduisît pas dans son bureau mais dans une pièce plus petite. Plusieurs hommes et une sténotypiste s'y trouvaient déjà. Deux d'entre eux étaient les inspecteurs qui s'étaient adressés à elle dans la maison le matin où l'on avait trouvé le corps d'Allan.

Quelque chose avait changé dans l'attitude de Levine. Il prit une voix solennelle et froide pour lui dire : « Karen, je vais vous lire la liste de vos droits.

— Quoi ?

— Vous avez le droit de garder le silence. Comprenez-vous ?

Karen Grant sentit le sang quitter son visage. « Oui.

— Vous avez le droit de demander un avocat... tout ce que vous direz pourra être légalement utilisé contre vous...

— Je comprends, mais qu'est-ce que tout ça veut dire ? Je suis la veuve de la victime. »

Il continua à énumérer ses droits, à lui demander si elle les comprenait. Il conclut par : « Voulez-vous lire et signer l'acte de renonciation à vos droits et nous parler ?

— Je veux bien, mais je pense que vous êtes tous tombés sur la tête. » La main de Karen Grant tremblait quand elle apposa sa signature.

L'interrogatoire commença. Elle oublia peu à peu la caméra vidéo, n'entendit plus le cliquetis des doigts de la sténotypiste sur le clavier.

« Non, je n'ai pas quitté l'aéroport cette nuit-là. Non, la voiture n'était pas garée à un emplacement différent. Cette vieille folle de Webster est toujours à moitié endormie. Je suis restée à regarder ce mauvais film pendant qu'elle ronflait à côté de moi. »

Ils lui montrèrent le reçu de sa carte de crédit correspondant au plein d'essence qu'elle avait fait à la station-service.

« C'est une erreur. Ils se sont trompés sur la date. Ces crétins font toujours tout de travers. »

Le bracelet.

« Ils vendent plein de bracelets comme celui-ci. Que croyez-vous ? Que je suis la seule cliente de cette boutique ? De toute façon je l'ai perdu dans l'agence. Même Anne Webster a dit que je ne l'avais pas à l'aéroport. »

Karen commençait à avoir le sang qui lui battait aux tempes. Le procureur lui fit remarquer que le fermoir de son bracelet était unique, qu'Anne Webster avait en fait déclaré sous serment avoir vu le bracelet au poignet de Karen et qu'elle avait même téléphoné pour signaler sa disparition.

Elle n'en continua pas moins à répondre du tac au tac à leurs questions.

Ses rapports avec Allan ? « Ils étaient parfaits. Nous étions très amoureux l'un de l'autre. Bien sûr qu'il ne m'a pas téléphoné ce soir-là pour me demander de divorcer. »

Edwin Rand ? « Un simple ami. »

Le bracelet ? « Je ne veux plus parler de ce bracelet. Non, je ne l'ai pas perdu dans la chambre. »

Les veines battaient à son cou. Ses yeux s'embuaient. Elle tordait un mouchoir entre ses mains.

Le procureur et les policiers sentirent qu'elle faiblissait ; elle se rendait compte qu'elle ne pourrait pas s'en sortir comme ça. Elle voyait peu à peu le filet se refermer sur elle.

Le plus âgé des deux inspecteurs, Frank Reeves, fit mine de s'attendrir. « Je peux comprendre la manière dont les choses se sont déroulées. Vous êtes revenue chez vous dans le but de vous réconcilier avec votre mari. Il dormait. Vous avez vu le sac de Laurie Kenyon au pied du lit. Peut-être avez-vous pensé qu'Allan vous mentait en affirmant qu'il n'y avait rien entre cette fille et lui. Vous l'avez frappé. Le couteau se trouvait là. Une seconde plus tard, vous vous êtes rendu compte de votre geste. Vous avez dû éprouver un choc en apprenant que nous avions retrouvé le couteau dans la chambre de Laurie. »

La tête de Karen s'inclina à mesure que parlait Reeves ; tout son corps semblait s'affaisser. Les yeux gonflés de larmes, elle dit d'une voix pleine d'amertume : « En voyant le sac de Laurie, j'ai pensé qu'il m'avait menti. Il m'avait dit au téléphone qu'il voulait divorcer, qu'il y avait quelqu'un d'autre dans sa vie. Lorsque vous m'avez annoncé que le couteau était chez elle, cela m'a paru incroyable. Je n'arrivais pas non plus à croire qu'Allan était réellement mort. Je n'ai jamais voulu le tuer. »

Elle posa un regard implorant sur les visages du procureur et des inspecteurs. « Je l'aimais sincèrement. Il était si bon. »

108

«Quel Week-end ! fit Justin tandis que Laurie prenait place sur le divan.

— Je n'arrive pas encore à réaliser la situation, dit Laurie. Vous rendez-vous compte qu'à cette heure le tribunal devrait être en train de me condamner ?

— Que ressentez-vous à l'égard de Karen Grant ?

— Franchement je n'en sais rien. J'ai encore du mal à croire que je suis innocente de la mort de son mari.

— Il faut le croire, Laurie », dit doucement Justin. Il l'étudia attentivement. L'euphorie qui avait suivi le tour nouveau pris par les événements s'estompait. Dans un moment, Laurie allait ressentir le contrecoup de toutes ces émotions. « C'est une excellente idée de partir une quinzaine de jours avec Sarah. Vous souvenez-vous m'avoir dit que vous donneriez n'importe quoi pour aller jouer au golf à Saint Andrews, en Ecosse ? Vous pouvez le faire, maintenant.

— C'est vrai ?

— Bien sûr. Laurie, j'aimerais remercier le jeune garçon qui a si bien veillé sur vous. Il savait que vous étiez innocente. Puis-je lui parler ?

— Si vous voulez. »

Elle ferma les yeux, attendit un instant puis se redressa et rouvrit les yeux. Ses lèvres s'étrécirent. Ses traits devinrent moins nets. Une petite voix polie sortit de sa bouche : « Bon, docteur. Me voilà.

— Je voulais seulement vous féliciter, vous avez été formidable, dit Justin.

— Pas si formidable que ça. Si je n'avais pas pris le bracelet, on n'aurait pas accusé Laurie.

— Ce n'est pas de votre faute. Vous avez fait de votre mieux, et vous n'avez que neuf ans. Laurie en a vingt et un, et elle va devenir plus forte. Bientôt, en même temps que Kate, Leona et Debbie, vous pourrez songer à ne plus faire qu'un avec elle. J'ai à peine entrevu Debbie ces dernières semaines. Je n'ai pas beaucoup vu Kate et Leona non plus. Pensez-vous que le temps soit venu de dévoiler tous les secrets à Laurie et de l'aider à guérir complètement ? »

Laurie soupira. « Aïe, j'ai mal à la tête aujourd'hui, dit-elle de sa voix habituelle en reprenant sa position normale sur le divan. Il y a quelque chose de différent aujourd'hui, docteur. Les autres semblent vouloir que ce soit moi qui parle. »

Justin savait que le moment était crucial, et qu'il ne fallait pas le gâcher. « C'est parce qu'ils veulent ne plus faire qu'un avec vous, Laurie, dit-il avec précaution. Ils ont toujours fait partie de vous, vous le savez. Kate représente votre désir naturel de prendre soin de vous. Elle est votre instinct de conservation. Leona est la femme en vous. Vous avez si longtemps réprimé votre féminité qu'elle ressort d'une autre façon.

— Façon pin-up, suggéra Laurie avec un demi-sourire.

— Leona est, ou était, plutôt sexy, convint Justin. Debbie représente la petite fille perdue, l'enfant qui voulait rentrer à la maison. Vous êtes rentrée maintenant, Laurie. Vous êtes en sécurité.

— Le suis-je réellement ?

— Vous le serez si vous laissez cet enfant de neuf ans rassembler les dernières pièces du puzzle. Il a admis que l'un des noms que vous aviez interdiction de prononcer était Opal. Allons un peu plus loin. Laissez-le vous livrer ses souvenirs. Savez-vous le nom du garçon ?

— Oui.

— Dites-le-moi, Laurie. Il ne vous arrivera rien, je vous le promets. »

Elle soupira. « Je l'espère. Il s'appelle Lee. »

109

Le téléphone ne cessait de sonner. Les congratulations pleuvaient. Sarah répétait les mêmes mots. « Je sais. C'est un miracle. Je ne réalise pas encore. »

Des bouquets et des gerbes de fleurs arrivaient. La gerbe la plus élaborée était accompagnée des prières et des compliments du Révérend Bobby et de Carla Hawkins.

« On dirait une couronne de funérailles », fit Sophie avec une moue.

Sarah frissonna en entendant ces mots. « Sophie, prenez-la avec vous s'il vous plaît, lorsque vous partirez. Vous pouvez en faire ce que vous voulez.

— Vous êtes certaine de ne plus avoir besoin de moi pour aujourd'hui ?

— Oui. Allez vous reposer. » Sarah alla vers Sophie, la serra dans ses bras. « Je ne m'en serais pas sortie sans vous. Gregg va arriver. Ses cours commencent la semaine prochaine, et demain il part pour Stanford. Lui et Laurie vont passer la journée ensemble.

— Et vous ? »

Je vais rester à la maison. J'ai besoin de me reposer. « Pas de Dr Donnelly ?

— Pas ce soir. Il doit se rendre à un meeting dans le Connecticut.

— Je l'aime bien, Sarah.

— Moi aussi. »

Sophie ouvrait la porte quand le téléphone sonna. Sarah lui fit signe de s'en aller. « Ne vous retardez pas, je vais répondre. »

C'était Justin. Son intonation lorsqu'il lui dit rapidement bonjour alarma Sarah. « Quelque chose ne va pas ? demanda-t-elle.

— Non, non, la rassura-t-il. Mais Laurie a prononcé un nom aujourd'hui et je n'arrive pas à me rappeler dans quel contexte je l'ai entendu récemment.

— Quel nom ?

— Lee. »

Sarah fronça les sourcils. « Voyons. Oh, je sais. La lettre que Thomasina Perkins m'a écrite, il y a quinze jours. Je vous en ai parlé. Elle a décidé de cesser de croire dans les miracles du Révérend Hawkins. Dans sa lettre, elle soulignait qu'en priant pour elle, Hawkins avait donné à Laurie le nom de " Lee ".

— C'est ça, dit Justin. C'est ce que j'avais moi-même remarqué le jour où j'ai regardé cette émission.

— Comment Laurie a-t-elle utilisé ce nom ? demanda Sarah.

— C'est ainsi que se nomme la personnalité du petit garçon de neuf ans. Naturellement, il s'agit sans doute d'une simple coïncidence. Sarah, je suis pressé. Laurie va bientôt arriver chez vous. Je vous rappellerai plus tard. »

Sarah raccrocha lentement. Une supposition lui traversa l'esprit, terrifiante, incroyable et pourtant vraisemblable. Elle composa le numéro de Betsy Lyons à l'agence immobilière. « Madame Lyons, voulez-vous sortir le dossier concernant la maison ? Je serai à votre bureau dans une minute. J'ai besoin de connaître les dates exactes où les Hawkins se sont présentés chez nous. »

Laurie était sur le chemin du retour. Gregg allait arriver d'un instant à l'autre. Au moment où elle sortait à la hâte de l'appartement, Sarah se souvint de cacher la clef sous le tapis-brosse à l'intention du jeune homme.

110

Laurie traversa la 96ᵉ Rue, remonta West Side Drive, franchit le pont George-Washington, prit à l'ouest sur la nationale 4, au nord sur la nationale 17. Elle savait pourquoi elle éprouvait ce sentiment atroce qu'il ne lui restait plus beaucoup de temps.

C'était interdit de prononcer les noms. Interdit de prononcer le nom qu'il lui avait donné. Le téléphone de sa voiture sonna.

C'était le Révérend Hawkins. « Laurie, Sarah m'a donné votre numéro. Vous rentrez chez vous ?

— Oui. Où est Sarah ?

— Chez nous. Elle a eu un petit accident, mais ne vous inquiétez pas, mon enfant, elle va bien.

— Un accident ! Que voulez-vous dire ?

— Elle est venue prendre un reste de courrier et s'est tordu la cheville. Pouvez-vous passer la prendre ici ?

— Bien sûr.

— Ne tardez pas trop, mon petit. »

111

Le numéro de *People* avec Bobby et Carla Hawkins en couverture avait été diffusé dans l'ensemble du pays.

A Harrisburg, Thomasina Perkins poussa des « oh » et des « ah ! » à la vue de la photo des Hawkins et leur pardonna presque d'avoir manqué d'égards envers elle. Elle ouvrit la revue à la page du reportage qui leur était consacré et sursauta en voyant la photo du couple prise vingt ans auparavant. Cet anneau d'or à l'oreille de Bobby Hawkins ; les mains poilues ; la barbe. Et elle avec ses cheveux tristes, noirs et raides comme des baguettes de tambour. Ils avaient des guitares à la main. Un flot de souvenirs lui revint en mémoire pendant qu'elle lisait : « Bic et Opal, autrefois vedettes de rock. » *Bic*. Le nom qu'elle avait désespérément cherché pendant toutes ces années !

Quinze minutes après avoir téléphoné à Sarah, Justin Donnelly quitta son cabinet pour se rendre dans le Connecticut où il devait participer à un séminaire. En passant devant sa secrétaire, il remarqua le magazine ouvert sur son bureau. Il aperçut l'une des photos sur la double page et son sang se glaça dans ses veines. Il s'empara de la revue. Ce grand arbre. La maison n'existait plus, mais le poulailler à l'arrière... La légende disait : « Site de la maison où le Révérend Hawkins commença à se destiner à son saint ministère. »

Justin revint à la hâte dans son bureau, chercha le dossier de Laurie et sortit la photo reconstituée qu'il posa à côté de celle du magazine. L'arbre, plus grand sur la photo récente, mais avec le même gros tronc noueux ; le mur du poulailler sur la vieille photo, identique à celui de la construction que l'on voyait distinctement dans le magazine. Le mur de pierre qui courait près de l'arbre.

Il s'élança hors de l'hôpital. Il s'était garé dans la rue. Il téléphonerait à Sarah depuis sa voiture. En esprit, il revit l'émission de télévision, le Révérend Bobby Hawkins joignant les mains au-dessus de la tête de Thomasina Perkins, priant pour qu'elle retrouve le nom des ravisseurs de Lee.

A Teaneck, Betty Moody s'apprêtait tranquillement à lire le nouveau numéro de *People*. Inhabituellement détendu, Brendon parlait de prendre deux jours de congé. Il fit une moue de dégoût en voyant la photo des Hawkins sur la couverture. « Je ne peux pas blairer ces deux-là, grommela-t-il en regardant par-dessus son épaule. Quel est l'intérêt d'écrire un article sur eux ? »

Betty tourna les pages jusqu'à l'article principal. « Seigneur Dieu, s'exclama Moody. Bic et *Opal*, autrefois vedettes de rock... »

« Quel crétin je suis, s'écria-t-il soudain. C'était visible comme le nez au milieu de la figure. » Il se rua dans l'entrée, s'arrêtant le temps de prendre son revolver dans le tiroir.

112

Sarah s'assit au bureau de Betsy Lyons et étudia le dossier Kenyon-Hawkins. « Carla Hawkins est venue vous trouver pour la première fois après que nous avons mis la maison en vente, fit-elle observer.

— Mais je ne lui en ai pas parlé tout de suite.

— Comment avez-vous été amenée à le faire ?

— C'est en feuilletant l'album de l'agence qu'elle l'a remarquée.

— L'avez-vous jamais laissée seule chez nous ?

— Jamais, se récria Lyons.

— Madame Lyons, vers la fin du mois de janvier, un couteau a disparu dans notre cuisine. Je constate que

Carla Hawkins s'est plusieurs fois intéressée à la maison avant cette date. Il n'est pas facile de voler un couteau à découper accroché à un mur, à moins de rester seule un instant. Vous souvenez-vous de l'avoir laissée seule dans la cuisine ? »

Lyons se mordit la lèvre. « Oui, avoua-t-elle à contre-cœur. Elle avait oublié son gant dans la chambre de Laurie, et je lui ai dit d'attendre dans la cuisine pendant que j'allais le chercher.

— Très bien. Autre chose. N'est-il pas assez inhabituel de ne pas discuter le prix d'une maison ?

— Vous avez eu de la chance, Sarah, d'obtenir ce prix, vu l'état actuel du marché.

— Je ne suis pas certaine que la chance y soit pour quelque chose. N'est-il pas tout à fait inhabituel de conclure la vente et d'autoriser ensuite les anciens propriétaires à occuper les lieux jusqu'à ce qu'ils décident de déménager, sans même leur faire payer de loyer ?

— C'est tout à fait inhabituel.

— Ça ne m'étonne pas. Une dernière observation. Examinez ces dates. Mme Hawkins venait souvent le samedi vers onze heures du matin.

— Oui.

— C'était exactement l'heure à laquelle Laurie se rendait à sa séance de psychothérapie, dit Sarah d'un ton posé, et ils le savaient. » La tête de poulet qui avait épouvanté Laurie. Le couteau. La photo dans son cahier. Ces gens qui entraient et sortaient, apportant des cartons ne pesant même pas un kilo. L'insistance de Laurie pour repartir à l'hôpital, le soir de son retour à la maison, juste après la visite impromptue des Hawkins. Et... la maison *rose* ! se rappela Sarah. Carla Hawkins l'a mentionnée le soir où j'ai dîné avec eux.

« Madame Lyons, avez-vous jamais dit à Mme Hawkins que la maison à l'angle de notre rue était jadis peinte en rose criard ?

— J'ignorais qu'elle avait été rose. »

Sarah saisit le téléphone. « Il faut que j'appelle à la maison. » Gregg Bennett répondit.

« Gregg, je suis heureuse que tu sois là. Surtout ne quitte pas Laurie.

— Elle n'est pas encore arrivée, dit Gregg. J'espérais qu'elle se trouvait avec toi. Sarah, Brendon Moody est là. Justin est en route. Sarah, les Hawkins sont les gens qui ont kidnappé Laurie. Justin et Moody en sont convaincus. Où est Laurie ? »

Avec une certitude irraisonnée, Sarah en eut la révélation. « Dans notre ancienne maison, dit-elle. J'y vais tout de suite. »

113

Laurie longea la rue familière, résistant à l'envie d'appuyer sur l'accélérateur. Des enfants jouaient sur la pelouse qui bordait le trottoir devant l'une des maisons. Il y a des années, sa mère lui interdisait de sortir seule à cause de ce garçon qui conduisait trop vite.

Sarah. Une entorse à la cheville, ce n'est pas si grave, tenta-t-elle de se rassurer. Mais il y avait autre chose, quelque chose de terrible. Elle le savait. Elle l'avait senti tout au long de la journée.

Elle quitta la rue et tourna dans l'allée. La maison avait déjà l'air différent. Les rideaux bleus de sa mère et les stores festonnés étaient si jolis autrefois. Les Hawkins les avaient remplacés par des jalousies qui, abaissées, étaient complètement opaques de l'extérieur, donnant une apparence fermée, hostile. Elle lui rappelait une autre maison, une maison sombre, toujours close, où il se passait des choses horribles.

D'un bond, elle franchit l'allée, longea le chemin pavé, gravit les marches du porche jusqu'à la porte. Un interphone avait été installé. On avait dû la voir, car dès qu'elle appuya sur la sonnette elle entendit une voix de femme dire : « La porte n'est pas fermée. Entrez. »

Elle tourna la poignée, pénétra à l'intérieur et referma la porte derrière elle. L'entrée, généralement éclairée par la lumière venant des pièces avoisinantes, était plongée dans la pénombre. Laurie cligna des yeux et regarda autour d'elle. Il régnait un silence absolu. « Sarah, appela-t-elle. Sarah.

— Nous sommes dans votre ancienne chambre, nous vous attendons », répondit une voix éloignée.

Elle commença à monter l'escalier, rapidement au début, puis ralentissant le pas.

Des gouttes de transpiration perlèrent sur son front. Sa main cramponnée à la rampe se couvrit de sueur, laissant une traînée humide sur le bois. Il lui semblait que sa langue était épaisse, desséchée. Sa respiration était courte, entrecoupée. Elle arriva en haut des escaliers, tourna dans le corridor. La porte de sa chambre était fermée.

« Sarah ! appela-t-elle.

— Entre, Lee ! » La voix de l'homme était impatiente, aussi impatiente que naguère, lorsqu'elle refusait de lui obéir, de monter avec lui.

En proie au désespoir, elle resta derrière la porte de sa chambre. Elle savait que Sarah n'était pas là. Elle avait toujours su qu'un jour ils l'attendraient. Ce jour était arrivé.

La porte s'ouvrit brusquement pour laisser apparaître Opal. Ses yeux étaient froids et hostiles, comme ils l'étaient la première fois que Laurie l'avait vue ; un sourire cruel déformait ses lèvres. Elle portait une jupe courte noire et un T-shirt moulant. Ses longs cheveux noirs et raides pendaient décoiffés sur ses épaules. Laurie n'offrit aucune résistance quand Opal la prit par la main et la conduisit dans la pièce où Bic se balançait dans un vieux rocking-chair, pieds nus, son pantalon noir luisant déboutonné à la taille, son T-shirt grisâtre dévoilant ses bras poilus. L'anneau d'or à son oreille oscilla au moment où il se pencha en avant, tendant les bras vers elle. Il prit ses mains entre les siennes, la tint debout devant lui, comme une enfant repentante. Un bout de chiffon rose reposait sur ses genoux. Son costume de bain. La seule lumière dans la pièce provenait de la veilleuse que sa mère laissait toujours allumée parce que Laurie avait peur du noir.

Les voix tempêtaient dans sa tête.

L'une, furieuse, grondait : *Petite idiote, tu n'aurais jamais dû venir.*

Une enfant pleurait : *Je ne veux pas. Ne me forcez pas.*

Une voix de garçon criait : *Cours. Cours.*

Une autre, lasse, disait : *Il est temps de mourir pour toutes les vilaines choses que tu as faites.*

« Lee, soupira Bic. Tu as oublié ta promesse, n'est-ce pas ? Tu as parlé de nous à ce médecin.

— Oui.

— Tu sais ce qui va t'arriver ?

— Oui.

— Qu'est-il arrivé au poulet ?

— Vous lui avez tranché la tête.

— Préfères-tu te punir toi-même ?

— Oui.

— Brave petite. Tu vois le couteau ? »

Il fit un signe en direction du coin de la pièce. Elle hocha la tête.

« Va le prendre et reviens vers moi. »

Les voix tempêtèrent de plus belle tandis qu'elle franchissait la pièce. *Non !*

Cours.

Prends-le. Obéis-lui. Nous sommes toutes les deux des traînées et nous le savons.

Refermant la paume de sa main autour du manche du couteau, Laurie retourna près de Bic. Le souvenir du poulet tombant comme un sac à ses pieds la fit frissonner. C'était son tour à présent.

Il était si près d'elle. Son souffle était chaud sur son visage. Elle avait toujours su qu'un jour elle entrerait dans une pièce et le trouverait exactement tel qu'aujourd'hui, dans le rocking-chair.

Ses bras se refermèrent autour d'elle. Elle était sur ses genoux, les jambes ballantes, son visage effleurant le sien. Il se mit à se balancer d'avant en arrière, d'avant en arrière. « Tu as été ma tentation sur terre, chuchota-t-il. Lorsque tu seras morte, je serai délivré de toi. Demande pardon à Dieu pendant que nous chantons cette belle chanson que nous chantions ensemble. Puis tu te lèveras, tu m'embrasseras pour me dire adieu, tu te dirigeras dans le coin de la pièce, tu pointeras le couteau contre ton cœur et tu le plongeras au plus profond. Si tu désobéis, tu sais ce que je serai obligé de faire. »

Il entonna alors d'une voix grave mais caressante : « Grâce suprême, qu'il est doux le son... »

Le rocking-chair se balançait, résonnant sur le plancher nu. « Chante, Lee, ordonna-t-il.

— " Qui a sauvé le misérable que je suis... " » Sa main caressait ses épaules, ses bras, son cou. Dans une minute tout serait fini, se promit-elle. Sa voix de soprano s'éleva, claire et mélodieuse. « " J'étais perdue, mais tu m'as retrouvée... j'étais aveugle mais aujourd'hui je vois. " » Ses doigts pressèrent la lame du couteau contre son cœur.

Il n'y a pas à attendre, la pressait Leona. *Finis-en une fois pour toutes.*

114

Justin roula en direction du New Jersey aussi vite qu'il pouvait, cherchant à se persuader que Laurie était en sécurité. Elle devait rentrer directement chez elle et y retrouver Gregg. Mais elle s'était montrée différente ce matin. Il avait décelé quelque chose qui l'avait troublé. Une sorte de résignation. C'était ça. Pourquoi ?

A peine monté dans sa voiture, il avait essayé de joindre Sarah au téléphone, pour la prévenir de sa découverte au sujet des Hawkins, mais personne n'avait répondu dans l'appartement. Toutes les dix minutes, il pressait sur le bouton de rappel automatique.

Il s'engageait sur la nationale 17 quand on répondit à son appel. Gregg venait d'arriver dans l'appartement. Sarah était sortie, dit-il à Justin. Il attendait Laurie d'une minute à l'autre.

« Ne la laissez pas seule, lui recommanda Justin. Les Hawkins étaient ses ravisseurs. J'en ai la certitude.

— Hawkins ! *Cette ordure !* »

En entendant le cri d'indignation de Gregg, Justin prit conscience de l'énormité des souffrances endurées par Laurie. Depuis des mois, Hawkins rôdait autour d'elle, la terrorisant, cherchant à la mener à la folie. Il enfonça l'accélérateur. La voiture fit un bond en avant.

Il quittait la nationale 17 à la hauteur de la sortie sur Ridgewood Avenue lorsque le téléphone sonna dans sa voiture.

C'était à nouveau Gregg. « Je suis avec Brendon Moody. Sarah pense que Laurie se trouve avec Hawkins dans leur ancienne maison. Nous y allons.

— Je n'ai été là-bas que deux fois. Donnez-moi la direction à prendre. »

Le chemin lui revint en mémoire avant que Gregg eût fini de lui communiquer les indications. Contourner la gare, passer devant le drugstore, droit sur Godwin, à gauche dans Lincoln...

Il ralentit devant la piscine Graydon. Il y avait foule, et des familles avec de jeunes enfants traversaient la rue, se dirigeant vers la piscine.

Justin imagina la tendre et fragile Laurie face au monstre qui l'avait kidnappée, alors qu'elle n'était qu'une petite fille de quatre ans dans un costume de bain rose.

115

La Buick de Laurie était garée dans l'allée. Sarah sauta de sa voiture et monta quatre à quatre les marches du porche. Elle sonna à plusieurs reprises, puis tourna la poignée. La porte n'était pas fermée. Au moment où elle l'ouvrait et se précipitait dans l'entrée, elle entendit une porte claquer en haut.

« Laurie », cria-t-elle.

Carla Hawkins apparut dans l'escalier, échevelée, nouant une robe de chambre. « Sarah, dit-elle nerveusement, Laurie s'est présentée ici il y a quelques minutes armée d'un couteau. Elle menace de se tuer. Bobby est en train de l'en dissuader. Il ne faut pas lui faire peur. Restez avec moi. »

Sarah la repoussa violemment et s'élança vers le premier étage. Sur le palier, elle lança un regard fébrile autour d'elle. Au bout du couloir, la porte de la chambre de Laurie était fermée. Elle courut dans cette direction, ses pieds touchant à peine le sol. Puis elle s'immobilisa. A l'intérieur, une voix d'homme psalmodiait. Avec mille précautions, Sarah ouvrit la porte.

Laurie se tenait dans l'angle de la pièce, fixant un regard vide sur Bobby Hawkins. Elle tenait le couteau dirigé contre son cœur. La pointe pénétrait déjà dans sa chair, et un filet de sang tachait son corsage.

Hawkins était drapé dans un long peignoir, les cheveux librement répandus autour de son visage. « Tu dois obéir au Seigneur, disait-il. Rappelle-toi ce qu'Il attend de toi. »

Il essaie de la forcer à se tuer, pensa Sarah. Laurie, en transe, ne la vit pas. Sarah se retint de faire un mouvement trop brusque vers elle. « Laurie, dit-elle doucement. Laurie, regarde-moi. » La main de Laurie enfonça la lame un peu plus profondément.

« Tous les péchés doivent être châtiés, continua Hawkins, d'une voix hypnotique. Tu ne dois plus jamais pécher. »

Sarah vit une expression irrévocable envahir le visage de Laurie. « Laurie, non ! » s'écria-t-elle. « Laurie, *ne fais pas ça !!* »

Les voix faisaient un vacarme épouvantable.
Lee hurlait : *Arrête.*

Debbie sanglotait de terreur.

Kate criait : *Mauviette. Idiote.*

La voix de Leona était la plus forte. *Finis-en !*

Quelqu'un d'autre appelait. Sarah. Sarah, toujours si forte, toujours là pour veiller sur elle, qui venait vers elle, les mains tendues, des larmes ruisselant sur ses joues, suppliant : « Ne me quitte pas. Je t'aime. »

Les voix se calmèrent. Laurie lança le couteau à travers la pièce et s'avança en vacillant vers Sarah, les bras ouverts.

Le couteau était sur le plancher. Le regard étincelant, les cheveux en bataille, le peignoir qu'Opal l'avait aidé à enfiler en entendant sonner le carillon à moitié dénoué, Bic se pencha. Ses doigts saisirent le manche du couteau.

Lee ne serait jamais à lui désormais. Toutes ces années où il l'avait désirée, craignant que ses souvenirs se fussent dissipés. C'en était fini de son ministère. Elle avait été sa tentation et sa damnation. Sa sœur l'avait éloignée de lui. Qu'elles meurent toutes les deux.

Laurie entendit le sifflement qui l'avait hantée pendant si longtemps, elle vit la lame luire dans la pénombre, trancher l'air en cercles de plus en plus grands, actionnée par le bras recouvert d'une épaisse toison.

« Non », gémit-elle. Elle repoussa violemment Sarah loin d'elle, hors de la trajectoire du couteau.

Déséquilibrée, Sarah trébucha en arrière et tomba, heurtant de la tête le bord du rocking-chair.

Un sourire effrayant sur le visage, Bic s'avança à pas mesurés vers Laurie, lui barrant le chemin avec le couteau. Il n'y avait pas d'issue. Pressée contre le mur, Laurie regarda le visage de son bourreau.

116

Brendon Moody lança sa voiture dans Twin Oaks Road. « Elles sont toutes les deux là », dit-il brusquement à la vue des voitures dans l'allée. Gregg sur ses talons, il se rua vers la maison. Pourquoi la porte était-elle entrouverte ?

Il planait un silence étrange dans les pièces plongées dans l'obscurité. « Faites le tour du rez-de-chaussée, ordonna-t-il. Je monte au premier. »

La porte était ouverte au bout du corridor. La chambre de Laurie. Il courut dans cette direction, sortant instinctivement son arme. En atteignant le seuil de la porte, il entendit un gémissement et embrassa d'un seul coup d'œil la scène de cauchemar.

Sarah gisait sur le plancher, hébétée, s'efforçant de se remettre sur ses pieds. Du sang coulait sur son front.

Non loin d'elle se tenait Carla Hawkins, figée sur place.

Acculée le dos au mur dans un coin de la pièce, Laurie levait les mains vers sa gorge, fixant l'homme au regard fou qui s'approchait d'elle, agitant un couteau en cercles de plus en plus grands.

Bic Hawkins éleva le couteau, abaissa son regard vers le visage de Laurie, à quelques centimètres du sien, et murmura : « Adieu, Lee. »

C'était l'instant qu'attendait Moody. Sa balle atteignit sa cible, la gorge du ravisseur de Laurie.

Justin entra comme une trombe dans la maison au moment où Gregg franchissait l'entrée en direction de l'escalier. « En haut ! » cria Gregg. La détonation retentit à l'instant où ils atteignaient le palier.

Elle avait toujours su que les choses se passeraient ainsi. Le couteau qui entrait dans sa gorge. Le sang chaud et gluant giclant sur son visage et ses bras.

Mais le couteau n'était plus là. Le sang qui l'éclaboussait n'était pas le sien. C'était Bic, pas elle, qui s'était effondré par terre. C'étaient les yeux de Bic, et non les siens, qui levaient un regard fixe.

Immobile, Laurie vit le regard étincelant, irrésistible, vaciller puis se voiler à jamais.

Justin et Gregg arrivèrent ensemble à la porte de la chambre. A genoux près du corps, Carla Hawkins suppliait : « Reviens, Bic. Fais un miracle. Tu peux accomplir des miracles. »

Brendon Moody, les bras pendants, toujours armé de son revolver, les observait d'un œil froid.

Les trois hommes virent Sarah se remettre péniblement debout. Laurie marcha vers elle, les bras tendus. Elles se regardèrent pendant une longue minute. Puis Laurie dit d'une voix ferme : « C'est fini, Sarah. C'est vraiment fini. »

117

Deux semaines plus tard, devant la porte d'embarquement de l'aéroport de Newark, Sarah et Justin regardaient Laurie longer le couloir vers le départ du vol 19 sur United Airlines pour San Francisco.

« Etre auprès de Gregg, terminer son cycle d'études à l'université de San Francisco, c'est le mieux qu'on puisse souhaiter pour elle, assura Justin à Sarah en remarquant l'expression inquiète qui avait remplacé le joyeux sourire d'adieu.

— Je sais. Elle pourra jouer au golf autant qu'elle le voudra, combler son handicap, décrocher son diplôme, être indépendante et avoir Gregg pour elle toute seule. Ils ont l'air si heureux ensemble. Elle n'a plus besoin de moi, du moins pas de la même façon. »

A l'angle du couloir, Laurie se retourna, sourit et envoya un baiser.

Elle est différente, songea Sarah. Confiante, sûre d'elle. Je ne l'ai jamais vue comme ça.

Elle pressa ses doigts sur ses lèvres et lui renvoya son baiser.

Tandis que la mince silhouette de Laurie disparaissait, Sarah sentit le bras réconfortant de Justin autour de ses épaules.

« Gardez le reste pour moi, chérie. »

Mes plus sincères remerciements et ma profonde gratitude à Walter C. Young, M. D., directeur médical du Centre national pour le traitement des troubles de la personnalité à Aurora, Colorado ; à Trish Keller Knode, A. T. R., L. P. C., spécialiste de la thérapie par l'art ; et à Kay Adams, M. A. spécialiste de la thérapie par le journal intime. Leurs avis, assistance et encouragements m'ont été d'un secours inestimable et m'ont permis de raconter cette histoire.

Mille mercis à mon éditeur Michael V. Korda ; à son associé, Chuck Adams ; à mon agent, Eugene H. Winick ; à Ina Winick, M. S. ; et à mon agent publicitaire, Lisl Cade. Et bien sûr à toute ma merveilleuse famille et mes formidables amis.

Soyez bénis, mes très chers, entre tous.

Composition réalisée par BUSSIÈRE 18200 Saint-Amand-Montrond

IMPRIMÉ EN FRANCE PAR BRODARD ET TAUPIN
Usine de La Flèche (Sarthe).
LIBRAIRIE GÉNÉRALE FRANÇAISE - 43, quai de Grenelle - 75015 Paris.
ISBN : 2 - 253 - 07640 - 6

Dans Le Livre de Poche policier

Extraits du catalogue

Le Livre de Poche / Thrillers

Extrait du catalogue

Dans Le Livre de Poche

Extraits du catalogue

Roger Alexandre
Notre entreprise est formidable (le décalage abyssal et hilarant entre le discours que l'on tient sur l'entreprise et la réalité qui s'y vit)

André Breton
Anthologie de l'humour noir (Swift, Sade, Lacenaire, Poe, Baudelaire, Carroll, Apollinaire, Kafka... commentés par André Breton)

Didier Brodbeck, Jean-François Mongibeaux
Chic et toc (anthologie des contrefaçons)

Carelman
Catalogue d'objets introuvables (dessins – outillage, mobilier, habillement, appareils ménagers, articles de bureau à usage de nonsens)

Catherine Carlson
L'Amour, ça fait pas grossir (lettre poivrée aux femmes ou à ce qui en reste)

Coluche
L'Horreur est humaine (y a-t-il une vie avant la mort?)

T. Crosson, J.-C. Florentin
Le Guide de l'emmerdeur (répertoire des forfaits légaux)

Bertrand Deveaux
110 moyens légaux pour arnaquer l'État (ou comment tourner contre l'Etat l'arsenal juridique)

Raymond Devos
Sens dessus dessous (75 démonstrations de logique fortuite)

Jérôme Duhamel
Le Grand Méchant Bêtisier (les méchancetés et âneries des " vedettes " de l'actualité)

Claude Duneton
La Puce à l'oreille (anthologie commentée des expressions populaires)

Xavier Fauche
Gaffes sur gaffes (une anthologie de l'humour involontaire)

Michèle Fitoussi
Le ras-le-bol des SuperWomen (le parcours harassant de la nouvelle femme d'action)

Carlo Fruttero, Franco Lucentini
La Prédominance du crétin (le crétin médiatisé, intello, le crétin au bureau, en vacances, le crétin et la révolution sexuelle...)

Alfred Jarry
Tout Ubu ("Ubu roi", "Ubu cocu", "Ubu enchaîné", "Les Almanachs du père Ubu", "Ubu sur la butte", avec leurs prolégomènes et paralipomènes)

Desmond Morris
Le Singe nu (attitudes et conduites humaines dans l'optique du comportement animal)

Hervé Nègre
Dictionnaire des histoires drôles (du sourire de l'œil à l'hilarité convulsive).

Hector Obalk, Alain Soral, Alexandre Pasche
Les Mouvements de mode expliqués aux parents (de la popitude à la branchitude, le panorama complet des modes de jeunes)

L. J. Peter, R. Hull
Le Principe de Peter (la situation hiérarchique est à proportion inverse de la compétence)

Michel de Pracontal
L'Imposture scientifique en 10 leçons (dix leçons toutes de verve et d'intelligence sur le discours savant et l'imposture plausible)

Alain Schifres
Les Parisiens (leurs castes, leurs manies, leurs opinions, leur langage)

Leonardo Sciascia
Œil de chèvre (métaphores et expressions proverbiales du parler local de Racalmuto)

Philippe Vandel
Le Dico français/français (pour comprendre la multitude des sous-patois locaux, sociaux, tribaux)
Pourquoi? (120 réponses qui fascineront le béotien et terrifieront le dogmatique)

Laurie Kenyon, vingt et un ans, est arrêtée pour le meurtre de son professeur. Tout l'accuse sans équivoque possible. Cependant Laurie ne se souvient de rien.

Sarah, elle, refuse de croire que sa sœur est coupable. Avec l'aide d'un psychiatre, elle va peu à peu faire revivre le terrible passé de Laurie : son enlèvement à quatre ans, les violences qu'elle a subies, les graves troubles de la personnalité qu'elle a développés depuis à son insu. Mais au même moment, le danger rôde à nouveau : le couple kidnappeur, qui a retrouvé sa trace, redoute ses révélations…

La romancière de *La Nuit du Renard*, grand Prix de littérature policière 1980, nous entraîne dans un suspense où se mêlent à chaque page l'angoisse, les cauchemars de l'enfance, la folie.

Une histoire qui n'aurait pas manqué d'intéresser Hitchcock, celui de Pas de printemps pour Marnie *et de* Psychose.

Jean Contrucci, *Le Provençal*

De livre en livre, cette fée domestique de la terreur peaufine son savoir-faire, se concentrant avec malice - car elle n'est pas dénuée d'humour - sur les mécanismes de la peur.

François Rivière, *Libération*

30/7640/3 Code prix **LP 9**

9 782253 076407

Dépôt légal Impr. 5387C-5 Édit. 4562- 10/1997